巴西来的男孩

[美] 艾拉·莱文 著
何斐 译

THE BOYS FROM BRAZIL

Ira Levin

人民文学出版社

著作权合同登记:图字 01-2012-5940 号

Ira Levin
THE BOYS FROM BRAZIL

图书在版编目(CIP)数据

巴西来的男孩/(美)莱文著;何斐译. —北京:
人民文学出版社,2012
ISBN 978-7-02-009499-8

Ⅰ. ①巴… Ⅱ. ①莱… ②何… Ⅲ. ①长篇小说-美
国-现代 Ⅳ. ①I712.45

中国版本图书馆 CIP 数据核字(2012)第 223085 号

特约策划:邱小群
责任编辑:苏福忠
封面设计:董红红

出版发行 人民文学出版社
社　　址 北京市朝内大街 166 号
邮政编码 100705
网　　址 http://www.rw-cn.com
印　　制 山东新华印刷厂德州厂
经　　销 全国新华书店等
字　　数 197 千字
开　　本 890×1240 毫米 1/32
印　　张 9.75
印　　数 1—10000
版　　次 2012 年 12 月北京第 1 版
印　　次 2012 年 12 月第 1 次印刷
书　　号 978-7-02-009499-8
定　　价 28.00 元

献给

杰德·莱文

尼古拉斯·莱文

亚当·莱文

谨以此书纪念

查尔斯·莱文

一

一九七四年九月，某个傍晚，圣保罗市康谷哈斯机场。一架银黑双色小型双引擎飞机在第二跑道上徐徐降落，机身缓缓转向，滑行至停机棚，一辆箱型礼车已等候在此。只见三名男子，其中一名一身素白，走下飞机，坐上礼车。车子驶出康谷哈斯，朝圣保罗市中心的白色摩天大楼开去。大约二十分钟后，礼车行至伊比兰加大道，并在一间外观看起来像寺庙的日本饭店"日本酒井"前停了下来。

三名男子并肩走进"日本酒井"漆成红色的宽敞大厅。另外两名男子身穿深色西装，体型壮硕，面目凶悍，一个金发，另一个黑发。一身素白的男子大步走在他们两人中间，身材看起来瘦削些，年龄也大些，全身上下除柠檬黄领带外，从帽子到鞋子均为素白色。他戴着白色手套，提着一只鼓鼓囊囊的棕色公事包，嘴里吹着某个调子，愉快地边走边四处张望。

一名身穿和服、负责衣帽间的女服务生，面带甜美的微笑向他们屈膝致意，接过白衣男子的衣帽，又伸手去拿他的公事包，但他一下闪了过去，向迎面过来的一位身穿礼服的瘦弱日本青年男子自我介绍。

“我叫阿斯比兹，”他的葡萄牙语里有一种刺耳的德国口音，“我订了一间私人房。”他看上去六十出头，一头白发短而精悍的样子，棕色的眼眸矍铄生辉，白色胡子修剪得十分整齐。

“哦，阿斯比兹先生！”日本男子用他特有的葡萄牙语叫道，“您的聚会一切准备就绪！请跟我来好吗？就在楼上，相信您看到我们的安排一定会很满意。”

“我现在就很满意了，”白衣男子笑着说，“待在城里确实是一件愉快的事。”

“您住在乡下？”

白衣男子紧随着金发男子走上台阶，点了点头，叹了口气。

“是啊，”他轻描淡写地说，“我是住在乡下。”

黑发男子跟在他们后面，日本男子走在最后。

“右边第一扇门，”日本人朝前喊道，“麻烦各位进去之前先脱鞋，好吗？”

金发男子在一个八角形的窗口前低头向里张望了一下，然后扶住门框将脚抬起，脱下鞋子。白衣男子把穿着白色鞋子的脚往前伸，搁在走廊地毯上，黑发男子蹲下身子替他解开鞋上的金带扣。金发男子自行将鞋子脱下、放妥后，打开雕工精致的门，步入一间淡绿色的屋子。日本人敏捷地用脚趾脱下便鞋，“这是我们这里最好的房间，阿斯比兹先生，”他说，“非常精致优雅。”

“是不错。”白衣男子戴着白手套的指尖撑在门框上，一边看着手下帮他把第二只鞋脱下。

“我们饭店准备了七份帝王套餐，配有啤酒——不是清酒哦，餐后有白兰地和雪茄。”

金发男子来到门口。这人脸上有几道白色小疤痕，有一只耳朵没了耳垂，他点了点头，而后退回到房间里。脱去超高的厚跟鞋后，白衣男子此时已显得矮了一大截，他进了房间，日本人紧随其后。

屋内很凉爽，飘着淡淡的香气。房间格局方正，四面墙上贴着薄雾般的淡绿色丝绸。地上铺着榻榻米，房子正中，设有竹制靠背椅，上面放着几个棕白相间的条纹抱枕，椅子被摆在一张黑色长方形矮桌的三边。桌子上摆着白色盘子和杯子，矮桌较长的两侧各放三套杯盘和三张靠椅，右边第一个位置上也放着一套杯盘和一张靠椅。桌子下面有可以让客人放脚的浅井，尺寸比桌子稍小些。而房间右边尽头，则靠墙摆着另一张黑色矮桌，上面放着两个电炉。墙的对头有白纸黑框的屏风。“七个人用这么一个房间，够宽敞了。”日本人边说边朝着中间那张桌子示意，“我们会安排最好的女侍来为大家服务，也是最漂亮的哦。”他扬起眉毛笑笑。

白衣男子指着障子屏风问，“那边是什么？”

“那也是私人包厢，先生。”

“今晚有人用吗？”

“还没人预订，不过可能有个聚会要用。”

“我要了。”白衣男子向金发男子示意，让他拉开障子。

日本人看着金发男子，又看看白衣男子。“那个是六人房，”他迟疑地说，“偶尔八个人也行。”

“当然，”白衣男子信步朝房子尽头走去，“我会付八个人的餐费。”他弯下腰仔细看了看桌上的炉子，厚重的公事包撩拨着裤腿。

金发男子把障子拉开，日本人赶忙过来帮忙，或许是怕他们把纸障子拉坏吧。这边这个房间跟刚才那个其实没什么差别，只不过顶灯不亮，而且顶灯下的桌子是六人用的，两侧各坐两人，头尾各坐一人。白衣男子转身看了看，日本人不安地穿过房子朝他笑笑。“除非有人要用，要不然我不会收你这间房的钱。”他说，“而且即使收，也只收楼上包厢与楼下包厢的差价。”

白衣男子似乎有点意外，说，“太好了，谢谢你。”

“对不起，请问，”黑发男子对日本人说，他刚踏进房里，深色西服弄得乱七八糟的，黝黑的圆脸上闪着汗珠，“有办法把这个关上吗?”他指着身后墙上那个八角窗，葡萄牙语有巴西口音。

“那是给女服务生用的，”日本人热诚地解释说，“她们可以知道什么时候为诸位上下一道菜。”

“没关系，”白衣男子对黑发男子说，“你在外面守着。”

黑发男子说：“我觉得他也许可以……”接着歉意地耸了耸肩。

“一切都安排得很好，”白衣男子对日本人说，“我的客人八点就到，到时——”

“我会带他们上来。”

“不必烦劳，我让手下在下面等，吃完饭我们要在这里开个会。”

“如果喜欢，你们可以在这里待到三点。”

“希望不必那么晚！一小时就够了。现在，麻烦你去拿杯杜本内红酒过来，要加冰和一圈柠檬皮。”

“好的，先生。”日本人行躬身礼。

“可否把这里的灯弄得亮些？我要边看书边等人。”

“很抱歉，先生，这里就这么亮。”

“我自己想办法吧，谢谢你。”

“应该谢谢你才是，阿斯比兹先生。”日本人再度躬身行礼，同时对金发男子微微弯腰、对黑发男子则几乎没有弯下身子，便匆匆离房而去。

黑发男子关上门，然后面对着门高高地抬起双臂，手指弯曲，指尖像敲击键盘一样在门框顶端触摸着，缓缓地将双手向两侧摸去。

白衣男子走过去，背向窗口站着，此时金发男子走到桌子尽头的靠背椅旁，蹲了下来，压了压棕白条纹抱枕，然后把抱枕从竹筐拿起来放到一边。他仔细检查了竹筐，翻过来看底部，又把它放到抱枕旁边。他摸了摸桌子四周的榻榻米，并张开双手探测编织草梗，轻轻地压了压。

他跪了下去，金发脑袋整个伸进了矮桌底下去察看那个放脚的浅井。他继续把身子弯得更低，侧着头，一只蓝眼睛往上看，慢慢地从这一端到另一端扫视桌子底部。

他从桌子底下退了出来，拿着竹筐，重新把抱枕放进去，再把靠椅摆到合适的位置。他站起身来，聚精会神地立在椅子后面。

白衣男子走过来，解开外套扣子。他把公事包放在地板上，小心翼翼地转身坐下，扶着椅子扶手，再把腿曲起来伸到桌子底下，置于浅井中。

金发男子弯下腰去推那把靠椅，把它挪到桌子旁摆正。

“谢了。”白衣男子用德语说。

“不客气。”金发男子也用德语回道，并起身背靠着窗口站着。

白衣男子脱下一只手套，赞许地看着面前的桌子。黑发男子高举双臂，从侧边慢慢穿过两个房间的通道，手指摸索着凸出的黑色梁楣顶部。

一阵轻微的拍击声传来，金发男子往门口走去，黑发男子则转过身，垂下双臂。金发男子侧耳听了听动静便把门打开，门口是一名穿粉色和服的女侍，她低着头，手里端着叮当作响的玻璃杯子和托盘，套着连趾白袜的脚窸窸窣窣地穿过榻榻米，走进房里来。

“啊！”白衣男子愉快地叫了一声，把手套叠好。当这大饼脸女侍在他身旁跪下、帮他把盘子里的餐巾和筷子摆开时，他热切的表达显得有点支支吾吾的。“你叫什么名字，乖乖？”他故作开心地问。

“我叫鹤子，先生。”女侍摆上一块纸杯垫。

“鹤子！”白衣男子瞪大眼睛，皱起嘴巴看着金发男子和黑发男子，仿佛和他们一起惊讶一件特别出人意料的事。

女侍摆好饮料后，起身准备离开。

“鹤子，我的客人到来之前，我不希望再被人打扰。”

“好的，先生。”她转过身，踩着碎步匆匆离开房间。

金发男子把门关上，退回到窗口刚才站的地方。黑发男子转过身，举手继续摸索梁楣顶部。

“鹤……子……，”白衣男子边在嘴里念着，边把公事包拖到身边，接着又用德语说道：“如果她也算漂亮，那那些不漂亮的长得会是怎样啊？”

金发男子咕哝着大笑起来。

白衣男子打开公事包的锁，让公事包口全敞开着，这样就便于往里面放东西了。他把叠好的手套塞进包的一端，又翻了翻里面的文件和牛皮纸信封，从中抽出一本薄薄的杂志。他把《小刀》——一本英国医学杂志——摊在桌面上盘子旁边。白衣男子浏览了一下杂志封面，然后从胸前的口袋里掏出一个上面的刺绣已很破旧的眼镜盒，并从盒子里拿出一副黑框眼镜。把眼镜打开、戴好，眼镜盒放回口袋，手指轻抚着自己那稀疏硬挺的胡子。他的手看起来挺小的，红润而洁净，像似挺年轻的。他又在外套口袋里拿出一只金色雪茄盒，盒子上刻着一长串手写的题字。

金发男子站在窗前，黑发男子则忙着检查四周墙壁、地板、备餐桌和靠椅。他将一张长桌子挪到一边，把自己的手帕摊开、摆好放在上面，然后站了上去，并用螺丝起子启开头顶那个铬合金镶边的灯板。

白衣男子在一旁看《小刀》杂志，不时停下来吸口烟。他好像偶尔会被他读到的内容吓着，其中有一次甚至用英语大声叫起来：“荒诞不经啊，先生！”

客人在约定时间前后四分钟内陆陆续续到达。第一位是八点

差三分到的，他寄存了帽子，但小提包仍带在身边；最后一位客人于八点十分抵达。每个人从一字排开等候的人群中走到穿着礼服的日本人跟前时，都会热情地被领到楼梯口金发男子那儿，稍事寒暄后，客人按指引往楼上去，直走到站在门口、指着一排鞋子的金发男子身边。

六名衣着光鲜的商人：五十开外，皮肤白皙，日耳曼籍，他们脚上穿着袜子，礼貌地向彼此点头致意，并躬身用葡萄牙语和西班牙语向白衣男子自我介绍。

“我叫伊格那修·凯勒斯，是名医生，很荣幸见到你。”

“嗨，你好！我站不起来，被卡在这里了。这位是里约来的荷西·德里曼；这位是来自布宜若斯艾利斯的伊格那修·凯勒斯。”

“医生？我是乔治·雷蒙。”

“小兄弟啊！你兄长就像我的左右手，请原谅我只能坐着，被困在这儿了。这位是布宜若斯艾利斯的伊格那修·凯勒斯；这位是里约的荷西·德里曼；这位是乔治·雷蒙，圣保罗本地人。”

另外两位客人是老朋友，相见甚欢。“在圣地亚哥时，你都跑哪去了？”“在里约！”另一个客人踢了下脚后跟，可惜没踢到，他自我介绍说，“我是来自阿雷格里港[①]的安东尼奥·帕兹。”

大伙儿屈身在桌子边坐下来，为彼此如此笨拙的坐姿一边开玩笑一边抱怨，公事包和小提包什么的都放在自己身侧。大家把餐巾纸都打开，向一名优雅地蹲着的漂亮女侍点饮料。大饼脸女

---

① 阿雷格里港(Porto Alegre)，巴西南部港口城市。

侍鹤子给大家递上热毛巾，白衣男子和一群宾客感激地把热毛巾拿在手里，擦了擦嘴。

擦拭完毕，葡萄牙语和西班牙语显然派不上用场了，于是德语开始登场，他们开始交换德文名字。

“哦，我认识你，你在史坦格手下做事，对吧？在特布林卡[①]？”

“你是说‘法贝奇’吗？我妻子就是法贝奇人哪，靠近法兰克福的兰艮一带。”

饮料端上来了，还有几碟开胃菜——小虾和炸丸子。白衣男子向大伙儿示范筷子的用法，学会使用的人指导还不会用的。

“拿个叉子来，看在上帝的分上！”

“不，不要！”白衣男子笑着对漂亮女侍说，“我们得让他学！非学会不可！”

女侍名叫莫莉。另一个女孩穿着素色和服，正把盘子和盖碗递给备餐桌旁的鹤子，并红着脸说道：“我叫吉子，先生。”

众人开始一边吃喝，一边谈论秘鲁的一场地震以及刚上任的美国总统福特。

侍者端上一碗碗清汤、一盘盘要么油炸要么生冷的菜肴，再倒上热茶。

他们又聊到石油的态势以及石油将让西方国家对以色列的同情态度减弱的可能性。更多的菜端了上来——熟肉条、龙虾肉片——还有日本啤酒。

---

① 特布林卡(Treblinka)，波兰东部一村庄，二战集中营营地之一。

大伙儿又开始谈论日本女人。身材瘦削、滴溜着玻璃义眼的克莱斯特——也就是化名为凯勒斯的男人——讲了一则非常趣事,说的是他一个朋友在东京妓院的不幸遭遇。

穿礼服的日本男人进来,询问对他们的服务是否满意。“好极了!”白衣男子赞许地说。“太棒了!”其他人间杂着葡萄牙语、西班牙语和德语附和。

服务生又上了甜瓜,加了茶。

大家又谈起钓鱼及鱼的各种烹制方法。

白衣男子问莫莉是否愿意嫁给他,她笑了笑,推说自己已经有丈夫了,还有两个孩子。

众人从嘎吱嘎吱的靠背椅上坐起来舒活舒活筋骨,拍拍饱胀的肚子。其中几个,包括白衣男子,到走廊找洗手间,其他几个则在谈论白衣男子的种种:他多有魅力啦,多年轻啦,多有活力啦——他到底是六十三岁呢还是六十四?

去洗手间的第一拨人马回来了,换另一拨人去。

桌面已清理、恢复了原有的黑色,摆上小口白兰地酒杯、烟灰缸,还有一盒玻璃管包装的雪茄。莫莉拿着酒瓶,蹲身下来沿桌为客人们一一斟上深琥珀色的酒。鹤子和吉子在备餐桌旁低声嘀咕,对于要不要打扫房间意见不一。“你们都出去吧,各位小姐!”白衣男子说,一边回到自己的位置上,“我们想谈些事,不想有外人在。”

鹤子催着她前面的吉子,从客人面前经过时,不好意思地说,“我们待会再来打扫。”莫莉倒完最后一杯白兰地,把酒瓶放在桌子一边，便匆匆退到门边，低头站在一侧等候其余的客人回到自己的位子。

白衣男子低下身子往靠椅上一坐，那个法贝奇人——帕兹，服侍他坐正。

站在门口的黑发男子向里面张望，数了一下人数，又把门关上。

客人们各归各位，躬身坐了下来。这会儿他们严肃了起来，不再像刚才那样，轻轻松松地谈笑风生了。雪茄盒在他们之间传递。

另外一面墙上的窗口被黑灰色的西装挡住了。

白衣男子从自己的金色盒子里取出一支雪茄，盖上盖子，瞅了瞅，然后把它递给了坐在右边的法贝奇，法贝奇摇摇剃得油光发亮的头，这才知道白衣男子只是让他看看雪茄盒子上的题字，而不是请他抽烟。于是他接过盒子，拿在手里专注地看，看得他一双蓝眼睛睁得老大。"噢……！"他边看边用厚厚的嘴唇大口吸气，兴奋地对白衣男子笑着说，"真了不起！比奖章还珍贵！可以拿给他们看看吗？"他拿着盒子朝坐在身边的克莱斯特示意。

白衣男子点头同意，绯红的双颊充满笑意。他转过身，拿着雪茄就着左边恭候已久的打火机点火。他一边眯着眼睛吞云吐雾，一边把公事包往身边拉近并再次把它完全打开。

"太棒了！"克莱斯特说，"你瞧瞧，苏曼。"白衣男子在公事包里找到一扎文件并把它们抽了出来，放在自己面前，并将白兰地推到一旁，把烟放在白色烟灰缸的凹口上。看着年轻帅气的苏曼将盒子横过桌面传给蒙德，他便从胸前口袋里掏出眼镜盒，拿出眼镜。

他对着一脸羡慕笑容的苏曼和克莱斯特笑了笑，把眼镜盒放回口袋，打开眼镜戴上。蒙德口哨响起，悠长低沉。白衣男子拿起烟，品尝式地吸了一口，又把它搁回到烟灰缸上。他把文件摊开在面前，一边仔细地看着最上面一张，一边伸手去拿白兰地。“嗯，嗯，嗯。”——出声的是托尼斯坦。白衣男子一边啜着白兰地，一边用拇指上上下下翻看文件。

雪茄盒子从一头银发的荷森手里传回到他手上，荷森清瘦的脸上，有一双熠熠生辉的蓝眼睛，他说道，“能拥有这样的珍品真是太棒了！”

“是啊，”白衣男子赞许道，“我为此非常自豪！”说着便把盒子放在文件旁。

“谁能不自豪啊？”法贝奇感慨道。

白衣男子把酒杯搁在一边，说道：“我们开始谈正事了，弟兄们。”他歪着理着短白发的头，把鼻梁上的眼镜往下推推，看着围在身边的大伙儿。一群人神情专注地面对着他，雪茄都不抽了，屋里一片沉静，仅能听见低沉的冷空气徐徐吹送。

“大家都很清楚自己要做什么了，”白衣男子说，“你们也都知道这是一桩耗时长久的工作，我现在就向你们细述详情。”他往前稍把头低下，透过眼镜往下看。“未来两年半时间里，有九十四人必须在指定日期的当天或前后被杀掉，”他读着文件：“其中十六人在西德，十四人在瑞典，十三人在英国，十二人在美国，十人在挪威，九人在奥地利，荷兰有八人，丹麦和加拿大各六人，总计九十四人。第一个人死的时间定在十月十六日当天或前后；最后一个家伙的死期则在一九七七年四月二十三日当天或前后。”

说完，白衣男子往后一靠，再次看着大家。“这些人为什么得死呢？为什么非要在特定的某一天或其前后死呢？”他摇了摇头，“现在暂时还不能告诉你们，以后就知道了。但我现在可以告诉你们的是：他们的死，是我以及党团组织各个领导努力多年的最后一个环节，这事耗费心力，攸关党团的命运。这是党团有史以来最重要的一次行动，或许‘重要’这两个字的一千倍都不足以描述，应该说雅利安人的一切希望与命运全系于此。我并没有夸张，朋友们，我只是在陈述事实：雅利安民族的命运——消灭斯拉夫人、闪族人、黑人和黄种人，就看这次行动能否成功了。所以我说‘重要’两字不足以形容其意义，对吧？也许应该用‘神圣’才对？没错，这才比较贴切。诸位参与的是一项神圣的使命。”

他拿起烟，弹去烟灰，小心翼翼地把剩下的一小截放到嘴边。

众人面面相觑，神情畏怯，默不作声。后来才突然想起什么似的开始抽起烟、啜起白兰地来。他们再一次把目光聚集在白衣男子身上，他把雪茄按熄在烟灰缸里，注视着大伙儿。

“你们将以新的身份离开巴西，”他边说边碰了碰身边的公事包，“东西都在这里，都是真东西，不是假造的，这两年半里各位会有足够的经费，带着钻石，”——他笑了笑——“只怕大家在离开海关的时候会有些不舒服。”

大家都耸耸肩笑了。

“你们每个人将负责一个或两个国家，每人负责十三到十八个目标，不过其中少数几个目标可能会自然死亡，因为有几个都六十五岁了。不过自然死亡的人不会太多,因为他们的健康状况都很好,好得像只有五十二岁,没有什么病痛的迹象。”

“所有人都是六十五岁吗?”荷森一脸困惑地问。

“差不多,”白衣男子说,“我的意思是说,到他们死的日期他们差不多就都六十五岁了,只有少数几个会差一两岁。”他把他刚才念过的、写着国家和数字的文件放在一边,拿起另外九或十张文件。“这是他们的住址,”他告诉大家说,“虽然都是一九六一和六二年的地址,不过你们要找到他们现在的住址并不难,大部分人应该还住在原处,因为他们都有家室,生活也很稳定——他们大多数是公务员,税务人员、校长等等,都是没什么权势的人。”

“他们大家都有这些共性?”苏曼问。

白衣男子点点头。

荷森说:“这是一群共性颇多的人,他们是另一个跟我们对立的组织成员吗?”

“他们彼此根本不认识,也不认识我们,”白衣男子说,“至少我希望他们是不认识我们的。”

“他们就要退休了,不是吗?”克莱斯特问,“如果他们都六十五岁了?”他的玻璃眼珠往别处看。

“是的,他们大多数到那时候都该退休了,”白衣男子表示了相同看法,“不过如果他们搬家了,大家要相信,他们一定会留下新的联系地址。苏曼,你到英国去,那儿有十三个对象,是数量最少的。”他把打印好的文件递给克莱斯特,让他传给苏曼。“这么安排与你的能力无关,”他对苏曼笑着说,“相反,这是对你的认可。我听说如果让你扮成英国人，连女王都不会怀疑。”

“你真会说奉承话，老头子，”苏曼慢吞吞地用牛津腔英语回他，并一边看文件，一边摸摸自己那黄褐色胡子，“的确，那老女人也有糊涂的时候，你们都知道。”

白衣男子笑了笑。“你的才智也许会大大地派上用场，”他说道，“不过你的新身份，跟其他人一样，都是德国籍。你们是到处做推销的业务员，各位；也许在完成任务之余，能顺便制造点风流韵事。”他看着下一张纸，“法贝奇，你的目的地是瑞典。”他把文件递到他右手边。“这上面的十四位客户将享受到你的进口精品。”

法贝奇拿着文件，身子往前倾，稀疏的眉毛微皱。“全都是些老公务员啊，”他说，“把这些家伙杀掉，咱们就能完成雅利安人的使命吗？”

白衣男子看了他好一会儿，“你说这话是表示质疑，还是发表议论，法贝奇。”他问道，“你的口气听起来有点质疑的意思吧，如果是这样，我感到很意外。你，还有你们大家，之所以能被党团挑选出来完成这次行动，那是因为你们不仅身怀绝技，而且绝对服从命令。”

法贝奇坐了回去，双唇紧闭，鼻孔大张，满脸涨红。

白衣男子看着下一份夹在一起的资料。“不，法贝奇，我相信你只是在陈述你的看法而已，”他说，“如果是那样的话，我必须纠正一下你的看法。杀掉这些人，才能为雅利安人的命运以及达成其他目的做准备。我们的使命就要完成了，虽然不是在一九七七年四月那九十四个人死的时候，但一定会准时到来，大家遵从组织命令就是了。楚斯坦尼，你去挪威和丹麦。”他把资料递过去，“挪威十人，丹麦六人。”

楚斯坦尼接过资料，方正、涨红冷峻的脸上带着流露出的一种警示的表情：无可置疑的服从。

“荷兰和西德北半部，”白衣男子说，“由克莱斯特中士负责，一共也是十六个人，每个地方各八个。”

“谢啦，医生先生。”

“西德南半部有八个人，奥地利九个——这十七个人由蒙德中士负责。”

蒙德——短发，圆脸，戴着眼镜——在等着资料传到手上时，咧嘴笑着。“我到了奥地利时，”他说，“会把亚克夫·赖柏曼料理妥当。”把资料递给他的楚斯坦尼听他这么一说，笑得露出满口金牙。

“亚克夫·赖柏曼嘛，”白衣男子说，“他已经得到时光的眷顾，疾病缠身，存钱的银行又倒闭。他现在正忙着到处寻找演讲邀请，他没心思管我们，别理他。”

“当然，”蒙德说，“我只是开开玩笑。”

“我可没开玩笑。对警方和媒体来说，他只是个无聊、讨厌、身上背负着成千上万犹太鬼魂的糟老头。杀了他，就相当于把他变成了一位悲剧英雄，让世人知道他的敌人还活着，而且还逍遥法外。”

“我怎么从未听说过这个犹太杂种。”

“我倒希望我也能这么说。”

大伙儿一阵哄笑。

白衣男子把最后一份文件递给荷森。“你呢，有十八个目标人物，”他笑道，“其中十二个在美国，六个在加拿大。我可把你当成人中豪杰哦。”

“明白，”荷森抬起他布满银丝的头，五官分明的脸充满自豪地说，“我会证明给你看的。”

白衣男子环视了一下大伙儿，说，“我说过，这些人必须在指定的日子当天或前后被除掉，当然，‘当天’比‘前后’好，不过这之间的差别很微小，相差一个星期左右其实差别不大。如果考虑觉得可以减少完成任务的风险，即使差一个月也还是可以接受的。至于所用的方式嘛，随大家的便了，只要不重复，不留下任何预谋的痕迹就行。千万不能引起任何一个国家高层的疑心，让他们觉得有人在进行组织性的行动，这对各位来说应该不是什么难事。请牢记，他们都是六十五岁的人——眼神不好，反应迟缓，体力不济。他们开车出点状况、过马路时有个闪失、一不小心摔个跤，或者被哪个小混混打劫捅一刀，这都是有可能的。总之要除掉他们方法有很多，只要不引起高层的注意就行了。”他笑了笑，“我相信你们能找到办法。”

克莱斯特说：“我们可否雇别人下手或让人协助行事？如果这是达成目的的最好办法的话？”

白衣男子表情讶异地双手一摊，“你们都是敏锐而且具有良好判断力的人，”他提醒克莱斯特，“这也是我们选择你们去做这件事的原因。你们觉得这件事怎么做最好就怎么做，只要保证名单上的人在指定的时间死亡，又不会让官方怀疑那是有组织的运作，你们完全可以放手去做。”他竖起一手指，说，“不，还不能说是完全随你们，对不起。有一个附加条件，一个很重要的条件，那就是我们不能让暗杀对象的家人受这件事牵连，不能让他们在任何意外中成为受害者——比如说，跟被害者年轻的妻子拉开浪漫的序幕——并让其成为同谋，这是不允许的。我再重复一遍：无论如何，不能把目标对象的家人卷入进来，要找同谋只能找圈外人。”

“我们为什么需要同谋？”楚斯坦尼问。克莱斯特说，“谁都不知道会遇到什么状况。”

“奥地利我都跑遍了，”蒙德盯着手上的资料说，“可这上面有些地方我从来没听说过。”

“是啊，”法贝奇看着手里唯一一张资料埋怨道，“瑞典我挺熟悉的，可是我确实从来没听说过什么‘路斯堡’。”

“那是一个距离乌普萨拉东北方向十五公里的小镇，”白衣男子说，“那个人应该是白帝·海丁，对吧？他是那里的邮政局长。”

法贝奇看着他，抬了抬眉毛。

白衣男子与他的眼神交汇，并耐着性子笑笑。

“干掉海丁局长，”他说，“从头到尾都很重要——纠正一下，应该说神圣——就像我之前所说的一样。法贝奇，你要一如既往地做个好士兵啊。”

法贝奇耸耸肩，又低头看手上的资料。“是，你是……医生嘛。”他说。

“你说得对。”白衣男子说着，转身去拿公事包时依然面带微笑。

荷森看着文件说，“这个地名也挺有意思，叫什么‘坎坎奇’。”

“就在芝加哥市郊。”白衣男子说。他双手抱了一叠牛皮纸袋，并将它们扔在桌上——六个鼓鼓囊囊的大信封，每个都在边角上标注了姓名：Cabral，Carreras，de Lima——他一边把信封都推到一旁，一边啜了一小口酒。

“麻烦一下，”白衣男子身子往后一靠，示意大伙分发信封。摘下眼镜后，说，“请不要在这里打开信封。”他又捏住鼻子揉了揉，“今天早上我亲手一一核对过了，里面的德国护照上都盖了巴西的入境章，还附上了签证、工作证、驾照、名片和证明文件，东西都齐了。各位回到自己的住处后，练习一下自己新的签名，把该签的地方都签妥。大家的机票也在信封里面，还有目的地国家的钞票，大约值几千块巴西币。”

“那钻石在哪儿呢？”克莱斯特问，他双手捧着写着 Carreras 字样的信封。

“在总部保险箱里。”白衣男子把眼镜放回刺绣眼镜盒里。“各位去机场的途中可以顺便去领取——大家明天就出发，到时候你们把现有的护照和个人文件交给奥泰齐保管，直到你们回来再交还给你们。”

蒙德说，“我刚刚习惯自己叫‘高曼’呢。”他咧着嘴笑，大家也跟着大笑起来。

“我们能得到多少啊？”苏曼问，唰的一声拉上公文包，“我说的是钻石。”

“每人大概四十克拉。”

“哎哟。”法贝奇叫道。

“别怕，管子很小，每颗三克拉的钻石，总共大概十二颗左右。以现在市场价，每颗估计值大约七万巴西币。因为通货膨胀的关系，明天说不定又涨价了。所以你们大家在未来两年半时间里，至少有相当于九十多万巴西币的钱可用，大家的生活肯定很不错，相当于大型德国公司业务员的水准，而且购买所需要的设备资金绰绰有余。顺便说一下，千万不要携带任何武器上飞机，近来他们每个乘客都会搜查。把你们的东西都留在奥泰齐那儿。钻石很容易卖掉，说不定你们还得推掉一些买主呢。刚才说的都清楚了吗？”

“报到呢？”荷森问，并将小型手提包放在身边。

“我刚才没提到么？每月的第一天打电话到你所在连队的巴西分部报到——也就是党团总部啦。报到时尽量做得像谈生意的样子，尤其是你，荷森。我很肯定，美国的电话十个有九个都会被窃听。”

楚斯坦尼说：“我从战后就没说过挪威话了。”

“学嘛。”白衣男子笑着说，“还有别的问题吗？没有了？那好，咱们来点白兰地吧，我要祝各位一切顺利。”他拿起烟盒打开，取出一支香烟，再盖上盖子。端详了烟盒一会儿，最后用雪白的袖子轻拭盒子表面，把它擦光亮。

鹤子弯下腰向白衣男子致谢。把纸钞折好塞进和服腰带内放妥后，她轻手轻脚从白衣男子身边走过，急忙来到备餐桌边，吉子正在那儿把剩有干菜的小碗叠在一起。“他给了我二十五元钱呢!”吉子用日语低声说,“他给你多少?”

“不知道。”鹤子低声说,并弯下身子,把斜放在桌子底下的盖子放进装饭的碗里。“我还没看。”接着她又用双手端出一个平底红漆大碗。

“一定有五十,我打赌!”

“希望如此。”鹤子站起身来,端着碗匆匆从白衣男子和另外一位正在和莫莉调笑的客人身边走过,来到门厅通道。她左避右闪穿梭在在其他宾客之间——他们正在相互传递着鞋拔①,有的弯着腰,有的蹲着——鹤子则用肩膀抵着一扇活门,把它推开。

她端着碗,步下狭窄的、只有一只用电线吊着的灯泡提供照明的楼梯,再穿过同样狭窄的走廊,走廊两侧是贴板墙。

走廊通向蒸汽弥漫的厨房,厨房里老旧的吊扇在天花板上慢悠悠地转动,风扇叶片吹着一群叽叽喳喳的女侍、厨师和帮工。鹤子穿着粉红色和服,端着红漆碗在其间穿梭。她从一个正在切菜的帮工身边经过,另一个帮工正从湿淋淋的玻璃洗碗机里拉出一碗槽的碗碟,抬头瞅了鹤子一眼。

鹤子把碗放在堆着蘑菇盒的桌子旁,转过身,从亚麻布篮子里拿出一条用过的餐巾,抖开放在金属桌面上。再拿起碗盖放在一边,红碗里放着一部铬合金嵌黑色松下录音机,按键上刻着英文,

---

① 鞋拔,汉族人穿鞋时所用的一种辅助用具。穿鞋时把鞋拔放入鞋后跟,只要踩一下,就可以轻易、快速地把鞋子穿好,避免双手直接接触鞋子,卫生,方便。

窗型卡匣里面的转盘在平稳流畅地转动。鹤子的手在按键上游移，皱着眉头犹豫着，随后又从碗里将录音机拿起来放在餐巾布上，再用餐巾布把录音机包起来。

她把包好的录音机藏在怀里，走到一扇镶着玻璃窗格的木门前，抓住把手。一名紧挨着门边坐着缝围裙的男子抬眼看她。

“剩菜。”鹤子说，并朝他晃了晃手上的东西。“一个老太婆要的。”

那名脸色蜡黄的男子用疲惫的双眼看着她，又低头继续专注于手上的缝纫。

鹤子打开门，朝后巷的通道走去。一只猫从垃圾桶里蹿了出来，朝远处通道尽头的街灯和霓虹灯处落荒而去。

鹤子将身后的门关上，摸索在一片漆黑中。“喂，你在吗？”她轻声地用葡萄牙语喊道，“韩特先生？”

一个身影从通道一旁闪了出来，那是一个身材高瘦、拿着背包的男子。“东西到手了吗？”

“到手了，”她说，并把餐巾布打开。“机器还在转呢，我忘了要按哪个键才可以停下。”

“太好了，太好了！忘了按停止键没关系。”这是个年轻的男子，五官俊秀，远处门口泻出的灯光映照着他一头棕色卷发。“你把东西放在哪里的？”他问。

“放在一个饭碗里，藏在备餐桌下面。”她将录音机递给他。“上面用碗盖斜扣着，所以他们不会发现。”

男子将录音机朝门口有光的方向斜放，按下其中一个键，接着又按另一个，只听那机器发出吱吱的鸣叫。鹤子在一旁看着，并往旁边挪了一下位置，以免挡住他的光。“他们坐在哪边？”他问她，葡萄牙语说得很糟糕。

“从这边到那边。”她用手势比划了一下自己到最近的一个垃圾桶的距离。

“好，很好。”年轻男子按下一个按钮，机器不再发出鸣叫声了；接着他又按了另一个按键，机器里传出白衣男子的德语，声音像从远处传来，还听得见回音。“非常好。”年轻人说，并按下一个按钮让播放停止。他指着录音机说，“你什么时候开始录音的？”

“他们吃完饭，他让我们都出去之前。他们谈了将近一小时。”

“他们走了吗？”

“我下来的时候他们正准备离开。”

“好，好极了。”年轻男子用力将一只蓝白相间的航空包拉链拉开。他身上穿着蓝棉布短外套和蓝色牛仔裤，看起来二十三岁左右的样子，北美人。“你可真是我大大的帮手，”他对鹤子说，一边稳妥地把录音机放进包里。“我的杂志社要是知道我录到了阿斯比兹先生的故事，不知该有多高兴。他可是最有名的电影制作人啊。”男子从后臀裤袋掏出钱包，对着光线把它打开。

鹤子看着，手里还拿着卷成一团的餐巾布。“是一个北美杂志社吗？”鹤子问。

“是啊，”年轻男子数着钱币说，“杂志名叫《电影故事》，是非常重要的电影杂志。”他愉快地朝鹤子笑了笑，而后把钱给她。“一百五十巴西币。太谢谢你了，你真是我大大的帮手。”

“谢谢。”她瞟了一眼手上的钱,对他颔首微笑。

“你们饭店的菜味道挺香的。”他将钱包放回裤兜说,“刚才等你的时候,我肚子饿极了。”

“我去拿点东西给你吃吧?”她把钱塞进和服说,“我可以——”

“不,不用。”他碰了碰她的手说,“我回酒店吃,谢谢,非常感谢。”他捏了一下她的手,转身大踏步朝通道走去。

“不用谢,韩特先生!”她在他身后叫道,站在那里目送他一会儿,然后转身打开门走了进去。

他们一伙人又在吧台喝了一巡赠送的饮品,吸引他们留下来的,倒不是那位穿着礼服的日本男人的盛情——他自我介绍名叫桑山,是“日本酒井”的三名合伙人之一——而是摆在店里那台新奇的电子乒乓游戏机。因为游戏机太抢手,所以他们又点了东西继续喝,结果大家玩得还不尽兴,不过还是决定不再玩了。

大约十一点半,一行人到衣帽间取自己的帽子,穿和服的女孩将帽子递给荷森,微笑着说,“你的一个朋友在你到之后进来,不过他不好意思不请自到,所以没到你们楼上去。”

荷森看了女孩一会儿,“是吗?”他说。

女孩点点头,“是一个年轻男子,我猜是个北美人。”

“噢,”荷森说,“当然,是,我知道你说的是谁。你是说他是紧随我之后到这里的是吧。”

“是的,先生,在你上楼的时候他就到了。”

“他肯定问过我要往哪儿去,对吧?”

她点头称是。

“你告诉他了？”

“你们是私人聚会。他认为他知道谁做东，不过他估计错了。我告诉他是一个叫阿斯比兹的先生，他说阿斯比兹他也认识。”

“好的，我知道了，”荷森说，“我们都是好朋友，他应该上楼来才是啊。”

“他说可能你们在开商务会议，所以不便打扰。再说，他衣着也不合适。”她歉意地用自己的侧身比试了一下，“穿着牛仔裤。”又用纤细的手指拍了一下嗓子，说，“没系领带。”

“哦，”荷森说。“呃，真可惜他没上来，打声招呼也好啊。后来他又走了是吗？”

女孩点了点头。

“哦，好吧，”荷森说，面带微笑赏了女孩一元巴西币。

荷森走到白衣男子身边谈了起来，其他几人正忙着拿帽子和手提包的人，也纷纷靠拢过来。

金发男子和黑发男子快步走到木雕门入口；楚斯坦尼则迅速进入吧台，一会儿就带着桑山走了出来。

白衣男子把戴着白手套的手搭在桑山穿着黑礼服的肩膀上，郑重地跟他谈了起来。桑山听罢，倒吸一口凉气，双唇紧闭，摇了摇头。

他言辞诺诺地应承着，而后急速往饭店后方奔去。

白衣男子挥手示意大伙赶紧散开。他来到大厅一侧，将帽子和公事包放在一张黑色的灯台上，公事包此时已不再鼓鼓囊囊了。

他站在那儿,看着饭店后院,皱着眉头搓戴着白手套的双手,然后又低头看了自己两只手,把它们垂在身侧。

鹤子和莫莉从饭店后头走过来了,两人已换上鲜艳的便裤和外套,而吉子则还穿着和服。桑山推搡着她们往前走,她们一脸惶惑不安,宾客们都盯着她们看。

白衣男子嘴角一撇,挤出一丝和善的笑容。

桑山将三个女孩送到白衣男子跟前,向他点了点头,便交叠着双手站在一旁守着。

白衣男子微笑着,遗憾地摇了摇头,一只戴着手套的手捋了捋短劲的白发。"各位小姐,"他说,"刚刚发生了一件很糟糕的事情,我的意思是,这件事对我而言很糟糕,而不是对你们。其实对你们而言反倒是件好事,我这就解释给你们听。"他吸了一口气。"我是一个农具机械制造商,"他说,"那是南美最大的企业之一。今晚和我一起在此聚餐的客人"——他往身后示意——"都是我的销售员。我们今天在这里碰头,是因为我要向他们说明公司将要生产的一些新机器,并给他们详细的资料和说明书。你们知道,所有资料都是高级机密,可我发现,与我们敌对的一家北美公司的间谍,在我们的会议刚要开始时就得知了消息。我很了解这些人工作的模式,我敢打赌,他一定会到厨房去,央求你们中的某个人,甚至你们大家,让你们藏在某个暗处……偷听我们的谈话,或者偷拍我们的照片。"他竖起一根手指,"你们明白,"他解释说,"我的销售员中有几位曾经为这个对手公司工作过,他们——那家企业不知道——现在有谁跟我在一起,所以获取我们的照片对他们很有用处。”他点了点头，露出一丝苦笑。“这是个竞争非常激烈的行业，”他说，“狗咬狗，人吃人。”

鹤子、莫莉和吉子茫然地看着他，轻轻地、慢慢地摇了摇头。桑山在白衣男子身侧和身后走来走去，贴着脸说，“要是你们当中有谁做了先生刚才说的——”

“让我来说吧！”白衣男子往后甩了一下手，但没转身。“请你们听着。”他把手放下，微笑着向前迈出半步。“这个人，”他显得脾气很好地说，“这个年轻的北美人一定给了你们一些酬金，而且，他肯定给你们编了某种故事，说他只是跟我们开开无伤大雅的玩笑什么的。现在我很肯定，女侍的收入是很低的——你们收入不高，对吗？我的那位出手不凡，给了你们丰厚的酬劳吧？”他棕色的眼睛发亮地盯着她们，等待她们的回答。

吉子咯咯笑了笑，用力摇摇头。

白衣男子跟着她笑了起来，并伸出手正想去碰她的肩膀，却突然又把手缩了回来。“可我不这么想！”他说，“是，我他妈的很肯定他不会那么做！”他朝莫莉和鹤子微笑，她们俩迟疑地跟着他笑了笑。“现在，我完全理解，”他说，神情又变得严肃起来，“你们这些女侍的境况有多艰难，工作辛苦，家庭责任重——你还有两个孩子，莫莉——我完全能理解你为什么会去赚那样一笔钱。事实上，你要不那么做我反倒无法理解，傻瓜才不会那么做！一个无伤大雅的玩笑，一笔额外的巴西币。现今物价那么贵，我是知道的，所以刚刚在楼上我会给你们那么多小费。如果确实有人赏给你们那笔钱，而且你们也接受了，各位小姐请相信，我不会生气，一点怨气都没有，有的只是谅解，还有就是必须知道实情。”

“先生，”莫莉抗议道，“我向你发誓，没人任何人给我任何东西或要求我做任何事情。”

“真的没有，”鹤子也摇头说；吉子见状也摇头说，“我们说的是实话，先生。”

“为了证明我的诚意，”白衣男子说，他拿着夹克外套，手伸进前袋，“他给了你们多少，或给你们开了多少价，我愿意双倍给你们。”他掏出一个厚厚的黑色鳄鱼皮钱包，打开，露出里面两大叠纸钞。“正如我刚才说的，”他说，“对我而言的坏事，对你们来说却是好事。”他挨个打量着这几个女人，“这可是他给你们的两倍啊，”白衣男子说，“给你们，还有你们的老板……”他斜着脑袋对着桑山，桑山补充道，“这样他就不会生你们的气了。三位姑娘，请你们把事情说了吧？”白衣男子拿着钱在吉子前面晃了晃，“你可知道，我们花了多少年时间——在这些机器设备上，”他对着她说道。“那可是好几百万巴西币啊！”他接着又在莫莉面前晃了一下手里的纸钞。“如果我能弄清楚对手探听到多少，我就可以采取措施保护自己了。”他把钱举到鹤子面前，“我可以加快生产，或者把这个年轻人找出来并……把他拉入我这边，给他钱，就像给你们和你们老板一样——”

桑山说，“说出来吧，姑娘们，不用害怕，告诉阿斯比兹先生吧。我不会生你们的气的。”

“你们明白了吧？”白衣男子催促道，“说出来只有好处，没坏处，对每个人都一样！”

“可是真的无可奉告，”莫莉坚持道，吉子则看着打开的皮夹子里的一大叠钞票，难过地说，“真没什么能告诉您的，我说的是实话。”她抬头道，“要是有，我会很乐意告诉您，先生。可是真的没什么可说的呀。”

鹤子正盯着皮夹子。

白衣男子注视着她。

她仰起头看着他，犹豫了一下，尴尬地点点头。

他长吁了一口气，定定地看着她。

“就像你说的那样，”她承认，“我在厨房，正准备给你们上菜，有个男生走过来，说外面有人想跟负责你们聚会的服务生说话，还说此事非常重要。所以我就出去了，他就等在那儿，那个北美人。他给了我两百巴西币，先给五十，事成后再给另外一百五十。他说他是一名杂志记者，而你是电影制片人，从来不接受采访。”

白衣男子看着她，说，“继续。”

“他说如果他能探听到你正在计划拍些什么新电影，对他来说，一定会是一篇很精彩的报道。我告诉他你用餐后将和你的贵宾们讨论——是桑山先生告诉我你们将要——所以他——”

“所以他请求你躲在一边偷听。”

“不是这样的，先生。他给了我一台录音机，我把它带了进去，你们谈完后，我又把它带了出来给他。”

“一部……录音机？”

鹤子点点头。“他教我怎么操作，一次按两个键。”她边说边用两个手指做了一下按键的动作。

白衣男子闭上眼睛站在那儿一动不动，只是轻微地左右摇晃了一下。他睁开眼，看着鹤子，勉强笑了笑。“我们整个谈话过程，录音机都开着吗？”他问。

“是的，先生，”鹤子说，“就在桌子下一个饭碗里放着。这机器运行得很好，那个男的付给我酬劳前已经试过了，他很满意。”

白衣男子张着嘴大吸了口气，舔了舔上嘴唇，吐出一口气，然后又闭上嘴咽下。抬起戴着白手套的手，慢慢擦着前额。

“总共两百巴西币。”鹤子说。

白衣男子看着她，并向她靠近，又深吸了一口气。他低头对她笑笑，鹤子在他身边显得比他矮了半个头。“亲爱的，”他温柔地说，“关于这个人，我要你把你能描述的一切都告诉我。他很年轻——到底多年轻？他长相怎样？”

鹤子被他们之间太近的距离弄得有些不安，她说，“我觉得他大概二十二三岁，我看得不是很清楚。他很高，长相很不错，很友善的样子，有一头微卷的棕色头发。”

“很好，”白衣男子说，“你描述得很好。他还穿着牛仔裤是吧……”

“是，还穿了一件夹克，跟裤子同款——你知道的，就是那种短款蓝色的。另外他还背了个航空包，有肩带的那种。”她在肩上比了一下。“录音机就放在那个包里。”

“很好，你很善于观察，鹤子。那个背包是哪个航空公司的？”

她有些懊恼地说，“我没留意，是蓝白相间的。”

“蓝白相间的航空包。好了，还有什么吗？”

她皱着眉摇了摇头，突然又想起一件事来，很高兴地说："他叫韩特，先生！"

"韩特？"

"是的，先生！韩特。他说得很清楚。"

白衣男子歪着嘴笑了笑，"我相信他说得很清楚。继续说，还有别的什么吗？"

"他的葡萄牙语说得很烂，他说我是他的'大大的帮手'，还有诸如此类的错误，还有发音也不对。"

"这么说他在这里待的时间不是很长，是吧？你也是我'大大的帮手'，鹤子。继续说。"

她揪着眉头，萎靡地耸耸肩。"就这么多了，先生。"

他说，"请再想想，看还有没有别的什么，鹤子。你不知道这事对我有多重要。"

她咬着拳头指关节，看着他，摇了摇头。

"他没告诉你，如果我再安排一次聚会，你该怎样跟他取得联系吗？"

"没有，先生！没，没提这方面的事，真的没有。有的话我一定会告诉您。"

"你再想想。"

她纠结的脸突然一亮。"他住在一个酒店里。这对您有帮助吗？"

他棕色的双眼狐疑地看着她。

"他说他回酒店去吃饭。就是我问他要不要吃点东西的时候——他等得很饿了——他就是这么说的，他回酒店吃饭。”

白衣男子看着鹤子，说，“你现在明白了吧？我说了，你肯定还能想到别的事。”他退后几步，低头打开他的皮夹子，抽出四百块巴西币，给了鹤子。

“谢谢您，先生！”

桑山涎着脸靠过来，一脸讪笑。

白衣男子给他四张纸钞，又给了莫莉和吉子一人一张。把钱包放回上衣口袋后，他对鹤子笑了笑，又训斥道，“你是个好女孩，可是以后你应该多考虑一下客人的感受。”

“我会的，先生！我保证！”

接着白衣男子又对桑山说，“不要为难她，真的。”

“噢，不会的，现在不会了！”桑山咧嘴而笑，一边把手从口袋里抽出来。

白衣男子从衣帽间取走自己的帽子和公事包，对躬身行礼的女人和桑山笑笑，然后转身朝一直在一旁守候着的弟兄们走去。

他的笑容霎时消失，眼睛眯起。走到他们身边时，低声用德语对他们说，“他妈的傻逼黄种母狗，我真想把她的奶头割了！”

他把录音机的事跟大伙儿说了。

金发男子说，“我们搜查了街道和车辆，没找到穿牛仔裤的北美青年男子。”

“我们会找到他的，”白衣男子说，“他只有一个人，因为目前尚在从事活动的组织全都是里约和布宜诺斯艾利斯的人组成的。他是一只菜鸟，这不仅可以从他的年龄——二十二三岁而已——而且还可以从他的名字'韩特'看出来,那是英语'猎人'的意思;任何一个有经验的人都不会为这种玩意费心的。他真是个傻瓜,要不然也不会让那只母狗知道他住在酒店。"

"除非,"苏曼说,"他根本没住在任何一个酒店。"

"如果是这样的话,算他聪明,"白衣男子说,"那我明早就上吊。我们就探个究竟吧。荷森,你这个保利斯塔[①]的家伙,居然让'猎人'这么外行的人跟踪了老半天。现在该将功补过了,你趁早指派大伙儿去找那个酒店。"他看着荷森——后者正仰着头检查自己的帽子。"一个能在这么晚还供应餐点的酒店,"白衣男子对他说,"不过也不要找高级得让一个穿牛仔裤的家伙望而却步的。你站在他的位置设身处地地想想:如果你是一个北美青年,来圣保罗追查霍斯曼·荷森甚至可能是门格勒[②],你会住哪间酒店?你身上有大把钱可以用来买通女侍——我相信那只母狗说的数目不会是假的——不过你还有些浪漫,希望自己成为亚克夫·赖柏曼第二,而不仅仅是一个自由自在的观光客。锁定五家酒店,荷森,给我按其可能性大小一家一家地找。"

他看了看其他人,"荷森把酒店名分派给你们后,"他说,"大家到那边那个碗里拿一盒火柴,再出去叫计程车。等到了酒店,找找有没有一个年轻高大、一头棕色卷发的北美男子下榻该处,他刚才进去的时候,穿着蓝色牛仔裤和蓝色短夹克,还背着蓝白相间的航

① 保利斯塔(Paulista),巴西城市。
② 门格勒(Mengele Josef, 1911—1985),狂热的纳粹分子,奥斯维辛集中营主持医师,恶名昭彰,战后逃窜到南美。

空肩包。接着你们按火柴盒上的号码打电话回来，我会在这里等着。如果查到他的确在某个酒店，鲁狄、丁丁和我会马上赶过去；如果他没在你们查的酒店，荷森会给你们下一个待查酒店的名字，都清楚了吗？好，我们要在半小时内逮住那家伙，在他甚至连那个该死的录音带都还来不及听的时间内。荷森啊？”

荷森对蒙德说，“纳西诺，”蒙德回应道，“纳西诺”便去拿火柴盒。

荷森又对苏曼说，“戴雷。”

对楚斯坦尼说，“马拉巴。”

对法贝奇说，“卡摩多拉。”

最后对克莱斯特说，“撒威以。”

他听了五分钟左右录音带，然后切断，再倒带，从他们刚吹嘘完他们正在吹嘘的什么玩意开始重听，一个叫什么“阿斯比兹”的人正用德语说：“我们开始谈正事了，弟兄们！”他确信从这里开始谈的就是正事了。好一个正事！天哪！

他把整件事听了个遍——边听边时不时地惊呼“天哪！”“万能的主啊！”或“我操！你这混蛋！”——最后听到叮咚一声，接着有很长一段没有声音了，肯定是女侍把装着录音机的碗带到楼下那一段时间。他切掉带子，又倒回去重放了一部分，以此来确认刚才听到的都是真的而不是因为自己饥肠辘辘而神志不清或其他什么错觉。

接着，他在房间里来来回回地踱步，摇头晃脑，搔首弄耳，绞尽脑汁想——这群只要有人收买随时都可以翻脸不认人的家伙，他妈的下一步会做些什么。

只有一件事是当务之急，他最后决定，事不宜迟，顾不上时差问题了。他拿出录音机，放在床头柜上，让它对着电话；再取出钱包，坐到床上，找出一张有名字和电话号码的卡片，把卡片放在电话机座底下，拿起话筒，把钱包放回口袋。他请长途电话接线生帮忙拨号。

接线生的声音俏皮而性感。“接通了我会通知你。”

“我不挂线，一直等着，”他说，生怕女孩会突然跑到某个地方去跳桑巴舞。“请快点。”

“这得花五到十分钟，先生。”

他听到她把电话号码报给海外接线生，大脑飞快地想着在电话里该说些什么。当然，这是假定赖柏曼他人在家，没有到别的地方去演讲或追踪某个纳粹头子去了。你一定要在家啊，赖柏曼先生，拜托！

轻轻敲门的声音传来。

“时间差不多了。”他用英语说，握着电话，起身，走到门边，转了一下球形门柄，把锁打开。门开的时候撞到他的手，一个胡子拉碴的服务生端了盖着餐巾布的盘子进来，托盘上还有一瓶勃拉马啤酒，却没有杯子。“不好意思，让你久等了，”他说，“十一点他们都跑光了，我只好自己动手。”

“没关系，”他用葡萄牙语说，“请把盘子放在床上。”

“我忘了拿杯子。”

“没关系，我不用杯子。请把账单和钢笔给我。”

他贴着墙在账单上签了名，用持电话听筒的手拿着，在服务费上添了小费。

服务生连声谢谢都没说就出去了，关门时还打了个嗝。

他真不该离开戴雷酒店的。

他坐回到床上，电话窸窸窣窣在耳里空响。他把盘子摆妥，然后恶心地看着那条泛黄的餐巾布，上面一角还印着“米拉马”字样的防盗大黑印。他拎起餐巾布，该死的，把它丢开。三明治看起来厚实可口，里面夹满了鸡肉，没放生菜或其他杂七杂八的东西。懒得跟服务生计较了，他拿起半个三明治，低下头狠狠地咬了一口。上帝，他快饿死了！

“请接维也纳，”一名接线生说，“维也纳！”

想到录音带，还有等会儿在电话里该跟亚克夫·赖柏曼说些什么，他便觉得满嘴食物味如嚼蜡，他嚼了又嚼，勉强把它咽下去。最后，他放下三明治，拿起啤酒。其实这牌子的啤酒的确是好啤酒，甘醇可口，只是此时他食不甘味。

“再等一会儿就好。”性感俏皮的接线生说。

“但愿如此，谢谢你。”

“接通了，先生。”

电话响了起来。

他急匆匆地吞下一口啤酒，放下酒瓶，在膝盖部位牛仔裤上擦了擦手，转过身子往电话机旁靠近。

另一部电话叮铃铃、叮铃铃地响了起来，有人接电话：

“喂?”——声音非常清晰,就像在近处。

“请问是赖柏曼先生?”

“喂,请问哪位?”

“我是白瑞·柯勒。您还记得吗,赖柏曼先生?我八月初拜会过您,想为您效劳?我是伊利诺伊州伊凡斯坦的白瑞·柯勒。”

一阵沉默。

“白瑞·柯勒,我不知道伊利诺伊州现在是几点,不过维也纳现在天黑得我连钟都看不见。”

“我不在伊利诺伊,我在巴西的圣保罗。”

“那也没法让维也纳天色亮一点呀。”

“很抱歉,赖柏曼先生,不过我这时候打电话打扰你是迫不得已,等你听完我说的就知道了。”

“先别说,我猜猜:你在公交车站看见马汀·鲍曼①了?”

“不,不是鲍曼,是门格勒。我没看见他本人,不过拿到他说话的磁带,在一家饭店。”

又是一阵沉默。

“门格勒医生?”白瑞提示道,“就是那个主持奥斯维辛集中营、人称‘死亡天使’的?”

“谢啦,我还以为你是说另外一个门格勒,人称生之天使的那个。”

---

① 马汀·鲍曼(Martin Bormann,1900—1945),纳粹德国副元首,希特勒得力助手。战后失踪,尸体直到一九七二年才在西柏林找到。

白瑞说，“很抱歉，你刚才——”

“是我把他驱逐到南美丛林的，我当然知道谁是约瑟夫·门格勒了。”

“你那么冷静，我不得不补充点什么。他已经从丛林里出来了，赖柏曼先生。他今晚在一家日本饭店。他曾用过一个化名叫什么阿斯比兹是吗？”

“他的化名多了去了：葛雷利、费雪、柏莱登柏、林登——”

“还有阿斯比兹，对吗？”

一阵沉默。

“是的，不过我觉得那可能是某个人的真名。”

“那就是他咯，”白瑞强调说，“他聚集了六七个纳粹党卫军在那里，他要指派他们去谋杀九十四个人，荷森也在场，还有克莱斯特、楚斯坦尼和蒙德。”

“听好了，我不太确定我现在是不是很清醒，你呢？你知道自己在说什么吗？”

“当然！我这就把录音带放给你听，带子就在我身边！”

“等一下。从带子开头开始放。”

“好吧。”他拿起酒瓶，喝了几口，这回就换赖柏曼等一会儿吧。

“白瑞？”

呵呵！“我在，刚才在喝啤酒。”

“噢。”

“就喝了一点，赖柏曼先生，我快渴死了，到现在还没吃饭呢，这卷带子让人倒胃口。我这里有可口的鸡肉三明治，可是我怎么都咽不下去。”

“你跑到圣保罗去干什么？”

“你不雇用我，我就寻思着自己到这里，我可比你想象的积极主动多了。”

“不雇用你，那是我的财力问题，不是你的主动性问题。”

“我说过我可以为你免费工作。现在有谁付薪水给我呀？你看，咱就不要管这些了。我已到此地，并四处打探，终于找到下手的最佳途径，就是待在福斯特车厂，斯坦哥就在那儿工作，于是我就在那边晃悠。几天前我看到了霍斯曼·荷森，至少我觉得是他，虽然不是很肯定。他现在头发白多了，他肯定做过整容手术。不管怎么说，我觉得我看到的人是他，所以开始盯他的梢。今天他回家很早——他住的那房子，前所未见的好看，老婆又漂亮，还有两个女儿——七点半他又出门了，搭了个巴士到城里。我尾随着他进了一家豪华的日本饭店，他到楼上去参加一个私人聚会。楼梯口有纳粹守卫，聚会是一个叫‘阿斯比兹先生’的人举办的，就那个奥斯维辛的阿斯比兹。”

一阵沉默过后，赖柏曼说，“继续。”

“于是我绕到饭店后面，找到一名女侍，给了她两百巴西币。后来她交给我一卷门格勒向这群杀手布置任务的录音带。门格勒交待得非常清楚，这支队伍的范围渐渐变得模糊。赖柏曼先生，他们明天就出发——前往德国、英国、美国、斯堪的纳维亚半岛诸国，遍及各地！这是一次疯狂的同志党合作，范围极广，我真的很抱歉我意外地涉入这一事件中，他们的目的是要——”

“白瑞。”

“完成雅利安民族的天命，天哪！”

“白瑞！”

“什么？”

“冷静点。”

“我的确很冷静啊。不，我没法冷静。好了，我现在冷静多了，真的。我把带子倒一下播放给你听。我按键了，听得见吗？”

“你刚才说谁明天就出发，白瑞？几个人？”

“六个，荷森，楚斯坦尼，克莱斯特，蒙德——还有另外两个人。嗯，苏曼和法贝奇。这些人你听说过吗？”

“苏曼，法贝奇和蒙德没听说过。”

“蒙德？你没听说过蒙德？你的书上有他的名字啊，赖柏曼先生！我就是从你的书上知道他的名字的。”

“一个叫蒙德的人，你在我的书上看过？不可能。”

“有啊！在《特布林卡村》那章，我旅行箱里就有你的书，要不要我翻一下告诉你哪一页？”

“我从未听说过蒙德，白瑞，一定是你弄错了。”

“哦，天哪，好吧，算了。反正有六个人就对了，他们的任务期限长达两年半，而且必须在指定日期谋杀指定的对象。最疯狂的是——你准备好了吗，赖柏曼先生？他们要杀的人，多达九十四位，都是六十五岁的公务员。你觉得这些好东西怎么样？”

沉默了一会儿。“这些好东西？”

他叹了口气。“这只是一种说法。”

“白瑞，我问你几个问题。带子里的谈话是用德语说的，是吧？你——”

“我听得非常清楚！虽然我德语说得不太好，但我听是绝对没问题的。我奶奶除了德语，不会说别的语言，而且我父母也经常用德语说悄悄话，所以我还很小的时候他们的悄悄话就躲不过我了。”

“同志党组织和约瑟夫·门格勒要派人去——”

“杀掉一批六十五岁的公务员，其中有少数几个是六十四和六十六岁。磁带已经倒好了，我放给你听，听完你再告诉我该把它交给哪位可靠的高层人士，然后你先打个电话给他，告诉他我要去见他，这样他才会同意尽快见我。这件事必须在他们出发前就阻止。第一个暗杀行动将在十月十六日进行。稍等一下，我得找一个合适的地方开始播放给你听，因为前面有一大段是他们就座时的嘈杂声，还有他们刚开始时吹嘘的什么事情。”

“白瑞，这太荒唐了！你的录音机一定有问题，要不然——要不然就是他们并不是你认为的那些人。”

门上传来轻敲声。“走开！”他用手遮住听筒朝门喊道，然后才想起要用葡萄牙语：“我在打长途电话！”

“一定是别的什么人，”电话那头说，“他们在跟你开玩笑罢。”

“赖柏曼先生，你听完磁带再说行吗？”

敲门声越来越响，持续不断越敲越猛。

“妈的！别挂线。”把电话放在床上，他起身往响个不停的门边去，握住门把问，“什么事？”

只听见一串葡萄牙语在门外响起，是一个男人的声音。

“说慢点！慢点！”

“先生，这里有个日本女士要找一个长得像您的人。她说她有事得提醒你，有人要——”

他扭开门把，一名黑壮的男子破门而入，把他撞得往后倒退了几步，气势汹汹地抓住他，将他扭过身来，他的嘴被挤压得变了形，扭在背后的手剧痛不已。站在楼梯口那个纳粹拿着一把六英寸的尖刀一个箭步冲了上来。白瑞的头整个被往后扯，一阵天旋地转，他觉得泛着黄色水渍的天花板都倾斜了。他的手臂疼痛，腹部直痛到内里。

白衣男子戴着帽子、提着公事包走进房间。他把门关上后立在门前，冷眼看着金发男子一刀一刀朝这个北美青年刺去。刺入、扭转、拔刀；再刺，再扭，再拔，最后他高高举起滴着鲜血的尖刀，直刺入那紧身白衬衫下的肋骨。

金发男子喘着气，停止了刺杀，黑发男子则将目光惊惧的青年男子缓缓放到地板上，尸体一半倒在灰色地毯上，一半搁在油漆木地板上。金发男子握着鲜血淋漓的刀，跨过青年人的尸体，对黑发男子说道：“拿块毛巾过来。”

白衣男子往床上看去，走过去，并将公事包放在地板上。“白瑞？”床上的电话传出叫唤声。

白衣男子看着床头柜上的录音机，用戴着白手套的手指按下最后一个按钮。录音机窗口打开，卡带随即弹了出来。白衣男子拿起带子，看了一眼，把它放进上衣口袋。他瞥见座机底下的卡片，拿了起来，再看了看床上的黑色听筒。“白瑞！”听筒里面在喊，

“你还在吗?”

白衣男子慢慢伸出手,抓起听筒,拿高放到耳边,眯着棕色的眼睛、鼻翼颤抖,听起电话来。他张开双唇,欲言又止。随后又紧闭着嘴,气得胡子都翘了起来。

他将听筒放回电话机上,手缩了回来,紧盯着电话。过了一会儿,他转过身说,“我差点就要开口跟他说上几句了,这是我期待已久的。”

金发男子用毛巾把尖刀上的血拭去,好奇地看着他。

白衣男子说,“我和他彼此憎恨了那么久,现在他居然就在这儿,在我手上,终于能跟他说上话了!”他再次转过身对着电话,遗憾地摇了摇头,轻声说道,“赖柏曼,你这犹太杂种,你的密探已经死了,他到底告诉了你多少事情?无论多少都没关系,没人会信你,因为根本没证据。证据在我口袋里,我们的人明天就开拔,第四帝国时代就要来临。再见了,赖柏曼,毒气室门口见。”他笑着摇了摇头,转过身,把卡片放进口袋。“不过,这么做很愚蠢,”他说,“我的话可能会被录下来。”

黑发男子站在敞开的衣柜前,指着里面一只旅行箱,用葡萄牙语问道,“要把这些东西打包吗,医生?”

“交给鲁狄吧,你下楼去找楚斯坦尼,再找一扇能打开的后门,把小车开到那儿,你们其中一位再上来协助我们下楼。千万不要告诉他这个小鬼跟别人通过电话,就说他在听录音带。”

黑发男子点点头出去了。

金发男子用德语说,“他们会不会被抓住?我是说咱们的人。”

“任务还是必须完成，”白衣男子边说，边拿出眼镜盒，“我们要不惜一切代价，尽可能完成更多暗杀任务，运气好的话他们完全可以做到。有谁会相信赖柏曼的话呢？连他自己都不相信；你都听到了那小子是怎样费劲口舌说服他的。上帝会助我们一臂之力的，九十四个人得尽数去死。”他戴上眼镜，从口袋里拿出一盒火柴，转向电话机，拿起听筒，给了接线生一个号码。

“你好啊，朋友，”他开心地说，“请找荷森先生听电话。”他用戴着白手套的手指盖住电话听筒，眼睛朝别处瞅。“把他口袋掏空，鲁狄，那边柜子下有双运动鞋。荷森吗？我是门格勒医生，事情很顺利，没什么好担心的了。果然如我所料是一菜鸟而已，我料他根本不懂德语。你把伙计们送回去练习签名吧，今晚这事就当是令人兴奋的插曲吧。不，恐怕要等到一九七七年。这边一清理完毕，我就飞回基地，上帝与我们同在，荷森。把我这句话向各位转达：‘上帝与我们同在。’”他挂掉电话，说道，“希特勒万岁！”

二

城堡公园里有水池、莫扎特纪念碑、草坪、人行道及弗兰兹大帝骑马雕像，与维也纳路透社分社办公室距离很近，因而这间国家新闻社的记者和秘书们，常在天气和煦的月份，把午餐带到公园享用。十月十四日，星期一，虽然天气寒冷阴暗，却依然有四个路透社的人来到公园。他们在长凳上坐下，打开三明治，把白酒倒到纸杯里。

四人之中，倒酒的那位叫西尼·贝南，是这个路透社分社的资深记者。这位年龄四十四岁的利物浦人离过两次婚，两位前妻都是维也纳人。贝南戴着牛角框眼镜的样子看上去很像那个已退位的英王爱德华。就在他把酒瓶放在身边长凳上，正要啜饮杯中物时，突然看见头戴棕色帽子、敞着黑色风衣的亚克夫·赖柏曼正蹒跚着朝他走来，他心里的负疚感陡然而生。

大约在前一星期左右，贝南接到过几次赖柏曼的电话留言，希望他回电。可是他没那么做，尽管他通常都会一丝不苟地回复别人的来电，但现在却被一个下意识里想回避的人逮个正着，他心里越发觉得内疚：一来因为赖柏曼在其巅峰时期一次俘获伊奇曼和斯坦哥时，曾给他提供过最好、最有利的报道资料；二来则是因为这位纳粹追缉者向来让每个人都觉得愧疚。有人曾这样描述他——是斯蒂夫·狄更斯说的吧——“他把地狱般的整个集中营挂在上衣后背当布景。赖柏曼一踏进屋里，所有从坟墓里出来的犹太鬼魂都会对着你哀号。”听起来很悲哀，但却是事实。

也许赖柏曼也意识到这点，因为他出现在别人面前的时候，总是像他现在出现在贝南面前一样，站在社交距离一步之外，带着一丝轻微的歉意；或者倒不如说，贝南觉得他像一头怕把疾病传染给别人的熊。“嗨，西尼，”赖柏曼碰了碰自己的帽檐说，“不麻烦了，不用站起来。”

尽管令人讨厌的三明治撒了一膝盖，贝南还是觉得负疚感更甚于此。于是他还是站起半个身子。“你好，亚克夫！见到你很高兴。”他伸出手，赖柏曼向前欠身相迎，并用温暖的大手轻轻握住贝南的手。“很抱歉我还没回你的电话，”贝南道歉说，“上周我一直在林茨跑来跑去。”他坐回到凳子上，用拿着纸杯的手为大家介绍：“菲雅·纽斯坦德、保罗·席比、帝蒙·柏狄。这位是亚克夫·赖柏曼。”

“哇噻。”菲雅瘦骨嶙峋的手在裙子上蹭了蹭把它展平，欢快地微笑着。“你好，真是太荣幸了。”她显得有些歉疚。

看着赖柏曼点着头跟同事们一一握手，贝南有些吃惊地发现，自两年前他们最后一次见面后，赖柏曼衰老了许多，虽然看起来风度依旧，却再也没有了曾经的魁伟、内敛、举手投足间透着一股力量。如今，他那宽厚的肩膀耷拉着，似乎难以承受那件风衣微不足道的重量；而往日那张坚毅的脸也已爬满皱纹，脸颊苍白；松弛的眼皮下，双目疲惫。倒是鼻子没什么变化——犹太人特有的鹰钩鼻——只是一脸胡子凌乱斑白，疏于修剪。这可怜的人已失去了妻子，还失去一个肾什么的，连他建立的“战犯信息中心”基金也没了，所有的失落都在他身上刻下烙印——皱巴巴的破旧帽子、脏污的领结——贝南看着他这些烙印，终于知道自己潜意识里为何总有一种障碍，不想回他电话了。他的负疚感膨胀起来，但他竭力抑制住这种感觉，告诉自己回避一个失败者是一种自然而且正常的本能，即使——或者说，尤其是——回避一个曾经是一个胜利者的失败者更是如此。

不过，人还是希望对别人和善些，这点毫无疑问。“请坐，亚克夫，”他热情地指着身旁的凳子，并把酒瓶挪近了一些。

“我不想打扰各位用餐，”赖柏曼用他浓重的英国口音说，“要不咱们稍后再谈？”

“请坐，”贝南说，“我跟这些家伙成天在办公室里粘着都腻了。”他转过身背对着菲雅，向后挪了挪；菲雅给他让出几英寸地方，朝另一个方向转过身去。贝南微笑着向赖柏曼示意，让他坐到刚让出来的凳子一端的空位子上。

赖柏曼坐了下来，叹了口气。一双大手撑着膝盖，他晃着双脚，沉着脸往下看。“新鞋，”他说，“打脚得要命。”

“别的都还好吧？”贝南问，“你女儿好吗？”

“我很好，她也挺好的，她现在有三个孩子了，两女一男。”

“噢，那很好啊。”贝南碰了碰放在他们中间的酒瓶瓶颈。“恐怕没有多余的杯子了。”

“不，不用。反正我不能喝，滴酒不沾。”

“我听说你住院……”

“住过，出院；再住院，再出院。”赖柏曼耸耸肩，疲惫的棕色双眼转向贝南。“我接到一个非常荒谬的电话，”他说，“几星期前一个午夜。打电话的后生是美国人，从圣保罗打过来找我。他得到一卷门格勒的录音带。你知道谁是门格勒，对吧？”

“就是你想抓的纳粹分子，是吗？”

“每个人都想抓他，”赖柏曼说，“不仅仅是我。德国政府现在还在悬赏六十万马克通缉他。他是奥斯维辛的主治医师，人称‘死亡天使’。他有两个学位：医学医生和哲学医生，他在儿童、双胞胎身上做过成千上万个实验，试图打造出更优等的雅利安人，还用化学药剂，试图改造基因，把棕色眼睛变成蓝色眼睛。就是这个拥有两个学位的家伙，杀害了成千上万的双胞胎，受害人遍及全欧洲、犹太裔和非犹太裔，这些全都记录在我的书里。”

贝南拿起半个鸡蛋沙拉三明治，狠狠地咬了一口。

“战后，他回到德国家中，”赖柏曼继续说道。“他的家族是德国冈兹堡的农具制造商，在当地非常富裕。不过已经有许多审讯开始将他归案，所以纳粹党只好将他送到南美。我们在那里发现了他的行踪，并一个城市接一个城市地追捕他：从布宜诺斯艾利斯到贝里洛奇，再到奥桑圣。他自五九年起就住在南美丛林，位于巴西和巴拉圭交界处一条河边的一处居所里。他有一队保镖，持巴拉圭户籍，所以他不会被引渡回国。不过他也不敢太张扬，因为南美很多年轻犹太人组成的团体都想抓他。有些人的尸体在巴拉圭那河被发现，死者喉咙被割断了。”

赖柏曼稍事停顿，菲雅拍了拍贝南的手臂向他要酒，他把酒瓶递给她。

“那男孩拿到一卷录音带，”赖柏曼说，眼睛直视前方，手放在膝盖上。“门格勒在一家饭店指派一批前纳粹党卫军前往德国、英国、北欧和美国，暗杀一批六十五岁的人。”他转过身，对贝南笑笑。“听起来匪夷所思，对吧？这是一次非常重要的行动。同志党组织也介入其中，不仅仅是门格勒。而同志党组织的人则负责他们在南美的安全和安排任务。套用他们说的话，你喜欢这些好东西吗？”

贝南对他眨眨眼，笑着说，“不，我恐怕不是很喜欢，你亲耳听过那卷磁带吗？”

赖柏曼摇摇头。“没有。他正要放给我听的时候，有人敲门，敲他的门，他就去开门。接着我听到乒乒乓乓一阵混乱，没多久，电话就被挂断了。”

“不早不晚，时间正巧，”贝南说。“听起来很像一场骗局，你不觉得吗？那男的是什么人？”

赖柏曼耸耸肩。“一个两年前在他念书的普林斯顿大学听过我演讲的年轻人。今年八月他来找过我，说他想为我效忠。我怎么会需要新的帮手呢？我有几个老同事就够了，你也知道，我就当假设我自己所有的钱、我们信息中心所有的钱，全都在维塞特银行。”

贝南点点头。

“我们中心现在就设在我的公寓里——所有的档案都堆在里面，里面就几张桌子，还有我和我的床，楼下的天花板都裂了，房东还控告我。我唯一需要的新助手是资金赞助人，这可不在那个小伙子的兴趣范围内。于是他自己跑去了圣保罗，自己做自己的老板。”

“听起来不很让人信服。”

“我当时也是这么想的，而且他有些事实陈述不太正确。他说其中有一名纳粹分子叫蒙德，而且他还是在我的书上看到这个蒙德的。可是，我书上根本没有蒙德这个人呀。我从来没听说过蒙德这个人。这就很难让我相信了，不过还是……那一阵乒乒乓乓的嘈杂声过后，我叫他回来接我电话，却听到另一个声音，虽然不大却很清晰，那一定是磁带从录音机里掉出来的声音，不可能是别的什么。”

“是弹出来的声音吧？”

“不是掉啊？是推出来的？”

“应该算是弹出来的吧。掉是往下坠，要是那样就有点惨了。”

“哈。”赖柏曼点头称是。“谢谢你的指正。磁带是从录音机里弹出来的。另外还有一点，当时那边出奇地寂静了好一阵子，我也屏声静息地没出声，只是在想那一阵乒乓声跟卡带的声音有什么关联。在长久的沉默中——”他不安地看着贝南——“有一股憎恨透过话筒传递过来，西尼。”他点了点头继续说，“我从未感受过如此强烈的恨意，即使斯坦哥在法庭上看着我的时候也没那么深重。

那股恨意透过电话线传递过来的时候，就像那个青年的声音那般清晰，也许是因为刚听他说了那一席话吧，但我还是百分百确信那憎恨来自门格勒。电话挂掉的时候，我也非常确信那是门格勒挂的。”他目光朝别处看去，身子往前倾了倾，手肘支撑在膝盖上，一只手盖在另一只握成拳头的手上。

贝南看着他，一脸狐疑却颇为感动。“事情发生那段时间你都做了些什么？”他问。

赖柏曼坐直身子，两手搓了搓，看着贝南，耸了耸肩。“我能做什么？那可是维也纳凌晨四点。那小伙子说的话我能记住的都记下来了，然后念了一遍，告诉自己他那是疯了，我也一样。只是那个人会是谁……弹出卡带并把电话挂掉？可能不是门格勒，但肯定有个人。后来，应该是巴西那边的上午时间吧，我打电话给那边美国使馆的马丁·麦卡锡；他接着又打了电话给圣保罗警方，警方再打给电话公司查找打给我的那个电话来自何处。结果查出是一家酒店，那个小伙子那天晚上就失踪了。我打电话给这边的人帕契尔，问他能否前往巴西去监视那几个纳粹分子——那小伙子说过他们当天就要开拔——帕契尔虽然还不至于嘲笑我，可他还是拒绝了，因为我没有实实在在的证据。一个青年还未结账就从酒店消失，不算证据；我说纳粹分子马上就要出发了，也不算证据，因为这也是那个小伙子告诉我的。我只好试着联络负责门格勒案的德国检察官，可是他外出了。如果还是费里兹·鲍尔在负责的话，他肯定会在家等我的，可是新任的检察官出去了。”他又耸了耸肩，揉了揉耳垂。“如果那小伙子说的是真的，那么那几个纳粹分子已经离开巴西了，可他自己到现在还下落不明。他父亲已经赶到巴西催促警方尽快搜找。他挺富裕的，我理解，可惜儿子已经死了。”

贝南抱歉地说，“我无法在维也纳报道一则关于——”

“不，不，不，”赖柏曼打断他，手按在他膝盖上，说道，“我不是要你报道这件事。我希望你做的是另一件事，西尼，我相信这事一定可行，而且我希望不会带给你太多麻烦。小伙子那天说第一个暗杀行动将在后天即十月十六日进行，但他没有说地点在哪里。你能否请你们伦敦总社把来自各分社的剪报或新闻报道派送给你？内容是有关六十四岁至六十六岁的人，被谋杀或死于某个意外事故的？从星期三开始，任何一个非自然死亡的案件，死亡人是六十四岁至六十六岁的男子。”

贝南皱了皱眉头，推了推眼镜，疑惑地看着赖柏曼。

“这不是骗局，西尼。他不是那种会开这种玩笑的青年。他失踪三个星期了，他平时会定期写信给家里，甚至连换个酒店都会给家里打电话。”

“就算他真死了，”贝南说。“也有可能是因为在他不该涉足的地方到处窥探，好管闲事而被人杀了吧？要么就是与另外一个也在跟踪门格勒的年轻人发生冲突？或者，甚至也有可能是被抢劫并且被一个普普通通的小毛贼做掉的吧？总之，他的死无法证明……纳粹党人正在阴谋暗杀某个特殊年龄层的人。”

“可这些他都录在带子上了，他何必要对我撒谎呢？”

“可能不是他要对你撒谎，而是带子本身就是一个为他设计的骗局。或者，他可能理解错了带子里的内容。”

赖柏曼深吸了口气，然后呼气，并点了点头。“我知道，”他说，“这些都有可能，刚开始我自己也是这么想的，而且到现在有时还会这么想。但是事情总得有人去核实吧，我不这么做，还有谁会去做呢？如果他错了，那就错了吧，我浪费了一点时间并给贝南·西尼你添了麻烦都无所谓。可是如果万一他是对的呢——那样的话事情可就严重了，门格勒做这一切是有理由的。我必须找到些具体的证据，才好让检察官介入，而不是置之不理，这样就可以在他们的阴谋得逞之前阻止他们。我告诉你一件事，西尼。你知道是什么事吗？”

“什么事？”

“我书里确实提到一个叫蒙德的。”他忧郁地点了点头。“那个名字正好就在他提到的那个章节里，那是在特布林卡实施暴行的纳粹党卫军分子名单列表里，纳粹党卫军埃弗特·蒙德。是我自己忘了，谁能把他们全都记住呢？他只是书中微不足道的一页：一个里加[1]女人目睹他拧断一个十四岁女孩的脖子；一个佛罗里达男子被他阉割。如果我逮到埃弗特·蒙德，这名男子还愿意出庭作证。埃弗特·蒙德这个混蛋，至少这点那个小伙子说对了，也许他对的还不止这些。你能不能帮我搜集一些剪报，拜托？我会非常感谢你的。”

贝南深吸了口气，并作出让步。“我看看能帮点什么忙吧。”他把杯子塞在一边，从口袋里拿出笔记本和钢笔。“你刚才说的是哪

---

① 里加(Riga)，拉脱维亚共和国首都。

几个国家?”

“呃,那小伙子提到德国、英国和斯堪的纳维亚半岛诸国——即挪威、瑞典、丹麦——还有美国。不过他话语里的意思好像那伙人要去的还有其他地方。所以,法国和荷兰顺便也查问一下。”

贝南看了赖柏曼一眼,速记下内容摘要。

“谢谢你,西尼,”赖柏曼说。“真的非常感谢。不管有什么事,我一定第一个告诉你,不仅仅是这件事,其他任何事情都一样。”

贝南说,“你知不知道他们计划中的六十五六岁的人,每天会有几个身亡?”

“你是说被谋杀?或者是貌似意外的谋杀?”赖柏曼摇摇头。“不知道,应该不会太多,我希望不会。有些可以根据他们的职业排除掉。”

“此话怎讲?”

赖柏曼一只手拂过胡子,托着下巴,一根手指交叉在唇沿。过了一会儿,他放下手,耸了耸肩。“没什么,”他说,“那个小伙子还提到了一些别的细节。你听着”——他指了指贝南的笔记本——“你一定要在这旁边记下‘介于六十四与六十六之间。’”

“记下了,”贝南说完,看着他。“还有别的细节吗?”

“没什么重要的了。”赖柏曼把手伸进外套。“我四点半要飞往汉堡,”他说。“我要在德国演讲到十一月三日。”他掏出一个厚厚的棕色旧皮夹子。“不管你得到什么资料,请邮寄到我的公寓,这样,我从德国回来就能看到了。”他递给贝南一张名片。

“如果你发觉纳粹确实是在进行谋杀行动你会怎么做呢?”

“谁知道?”赖柏曼把皮夹子放回大衣里。“我也只能一步一步慢慢来。”他对贝南笑笑。“尤其是脚上穿着这样的鞋。”他撑起双腿站了起来,四下望望,然后颇不赞同地摇了摇头。“唉。好阴暗的天啊。”他转过身,用责怨的语气对他们说,“这么糟糕的天气,你们怎么会跑到外面来吃饭?”

“我们是‘周一莫扎特俱乐部’成员,”贝南笑着说,竖起拇指指向纪念碑。

赖柏曼伸出手,贝南将他的手握住。赖柏曼对大家笑笑,说道,“很抱歉刚才霸占了你们这位可爱的同伴。”

“你可以随时把他要去。”帝蒙·柏狄说。

赖柏曼对贝南说,“谢谢你,西尼。我知道我可以把这事托付给你。哦,对了,”他弯下腰,握着贝南的手压低声音对他说,“务必请他们从周三开始,我的意思是,从那天开始不间断地一直持续下去。因为那小伙子说有六个人在行动,如果他们当中有人很长一段时间内都无事可做,门格勒怎么会一次性把他们全都派出去呢?这样说来,第一起谋杀过后不久,接着应该会有两起以上——那是假定他们是两人一组行动的情况下——万一他们是单独行动,上帝发发慈悲吧,会有五个人以上被杀害。当然,这些假定的大前提是,那小伙子的情报属实。需要持续地搜集资料,你能做到吗?”

贝南点点头。“一共有多少暗杀目标?”

赖柏曼看着他。“很多,”他说。他放开贝南的手,站直身子,向其他人点头告别。他双手插进大衣口袋,转过身匆匆往车水马龙的环形路上走去。

坐在长凳上的四个人目送他离去。

“噢，天哪，”贝南说，菲雅·纽斯坦德难过地摇摇头。

帝蒙·柏狄靠过去，说道，“他最后跟你嘀咕了些什么，西尼？”

“他问我能否拜托他们不间断地搜集剪报。”贝南把笔记本和钢笔收起来放进口袋。“将会有三至六起谋杀，不止一起。说不定还有更多。”

保罗·席比拿掉嘴里的烟斗说，“我有个奇怪的想法：他说的完全正确。”

“哦，得了吧，”菲雅说。“‘纳粹分子通过电话传递过来一股恨意’，可能吗？”

贝南拿起杯子，又抓起半个三明治。“过去两年，他历经了非同一般的艰难，”他说。

“他多大年纪了？”菲雅问得有点尖锐。

“我不太清楚，”贝南说，“噢，对，我知道了，他差不多六十五岁吧，我应该想到的。”

“你明白了吧？”菲雅对保罗说。“这就是他说纳粹党要暗杀年龄六十五岁的人的原因了，纯粹是制造出来的幻觉。不出一个月，他肯定还会说他们要来杀他了。”

帝蒙·柏狄又凑了过来，问贝南，“你真打算去搜集那些剪报啊？”

“当然不会，”菲雅转过身朝贝南说，“你不会那么做，对吧？”

贝南啜了口酒，手里拿着三明治。“呃，我的确说过我愿意试试，”他说。“如果我不去做，他回来以后还会来缠我。此外，我这么做，伦敦那边会觉得我这是在做某些有意义的事。”他对菲雅笑笑。“给人这样的印象，对我总没什么坏处吧。”

与大部分同龄人不一样，六十五岁、曾任埃森[1]公共运输部长二号行政助理的艾米尔·道林，是不允许自己成为某种习惯的动物的。已退休的他，现居埃森北部的盖柏克镇，每天都很刻意地让自己的日常生活丰富多彩。他会在不同时间去拿早报；会在不固定的某个下午去探望住在奥伯豪森[2]的妹妹；晚上——如果他没在最后时刻决定还是待在家里的话——他会在某个喜欢的邻近酒吧里度过。他有三个比较喜欢的酒吧，至于要去哪间，得在他出门的时候才决定。有时他待一两小时就回来了，有时则非到午夜过后才会离去。

终其一生，道林一直都觉得有仇人藏在哪儿伺机谋害他，他不仅随身携带武器，年龄大了以后，还尽量保持行踪不定，以此自保。他最早的仇人是同学的兄长们，那些瘦小的同学控告他欺负他们；后来是他那些战友，个个都是笨蛋，就因为他懂得讨好长官，分配给他的任务轻松又安全，因此他们就拼命排挤他；再后来就是他在公共运输部的竞争对手，他们中有些人的本事，就连马基雅维利[3]都甘拜下风。运输部的故事，只有他道林才说得清！

---

① 埃森(Essen)，德国西部城市。

② 奥伯豪森(Oberhausen)，德国西部城市。

③ 马基雅维里(Machiavelli，一四六九——一五二七)，意大利政治家和历史学家，以主张为达目的可以不择手段而著称于世。

如今，这原本该属于他的黄金岁月，他以为自己终于可以卸下戒备、轻松度日了，是时候把那支老毛瑟枪藏进抽屉了——却觉得与以往相比，现在才真正面临受人突袭的危险。

他的第二任妻子克拉拉，比他小二十三岁，总是以各种方式不厌其烦、颇有心机地提醒他这一点，道林很肯定妻子与儿子前一任竖琴老师有染，那个卑鄙、骨瘦如柴的家伙叫威罕·史宾格，年龄甚至比克拉拉还小——只有三十八岁！——而且有至少一半犹太血统。道林深信，克拉拉和史宾格这对奸夫淫妇巴不得自己早点滚蛋，这样她就可以成为寡妇，而且是富裕的寡妇。他拥有超过三十万马克的财产（这是她知道的部分，另外五十万则无人知晓，这笔财产用两个铁箱子装着，被埋在他妹妹家后院）。因为钱，克拉拉才没跟他离婚。从他们结婚那天起，这个贱女人就一直在等着他命归西天。

当然了，她得一直遥遥无期地等下去，因为他的身体好着呢，就算有一打史宾格从暗巷里突然蹦出来，他也可以防备。他每周去健身房两次——当然不是在固定的下午——不管是六十五岁还是多少，虽然床上功夫再也不如当年，但男人与男人之间的拳脚功夫还真他妈的不错。他本人宝刀未老，他那把毛瑟枪也还相当管用——他总喜欢对自己这么说，并拍拍外套里面两股间硬邦邦的家伙，得意地微笑。

头一天晚上，在罗雷利酒吧碰见那个外科医疗设备推销员李奇迈时，他也是这么跟他说的。李奇迈真是一个讨人喜欢的家伙！道林聊到运输部的事时，他居然听得津津有味，听到他五八年挪用公款那件事,笑得差点从凳子上摔下来。刚开始道林还觉得跟他聊天有点不舒服,因为他有一只眼睛转动起来怪怪的——显然是一只义眼——不过道林很快就习惯了,不仅把挪用公款的事告诉了他,还把六四年的国家调查事件和柴勒门的丑闻通通抖了出来。五六杯啤酒下肚后,他们的交谈渐渐进入私人层面——道林把克拉拉和史宾格的风流韵事也说了出来,说到这里,他拍了拍他的毛瑟枪,言下之意是自己和这把枪都宝刀未老。李奇迈无法相信他有六十岁了。“我发誓你看起来不超过五十七岁,顶多就五十七岁!”他一再强调。真是个可爱的家伙!很遗憾他只打算在此地待几天,不过挺凑巧的是,他这几天待的地方是盖柏克镇,而不是埃森。

他跟李奇迈约好再聚,他要告诉他那个夸夸其谈的奥斯卡·瓦文柯的大起大落,于是他今晚又来到罗雷利酒吧。虽然他们头一天晚上已敲定了见面时间,可是九点过后很久,还是不见李奇迈的踪影。酒吧里充斥着俊男靓女们的嘈杂声,其中一个女孩一对乳房露出半截。酒吧里老顾客寥寥无几——福斯特、艾菲,还有个叫什么来着——反正这些人没有一个是好听众。今天是星期三,酒吧里的气氛却更像是星期五或星期六。电视上正在播一场足球赛,道林边看边慢慢喝酒,并通过镜子大饱眼福地看那对鲜脆欲滴的酥胸。他时不时地往凳子后靠,看看门口又进来了什么人,盼着李奇迈能如约而至。

事实上李奇迈确实来了,不过很让道林吃惊的是,他突然用一只手抓住道林的肩膀,斜着眼急切地压低嗓门说:“道林,到外面来,快点!我有话非对你说不可!”说着他又出去了。

道林一头雾水，只好拿着十块钱钞票朝弗兰兹挥手，并把钱丢在桌上，而后匆匆从人群中挤了出去。李奇迈正专注地等着他出来，向他招了招手后，便从柯臣盖司那边折了回来。他左手包着手帕，好像受了伤，身上那套貌似很昂贵的灰西装腿部和肩膀上都沾着白色尘灰。

道林急忙走到他身边，问道，“怎么回事？你出什么事了？”

“有事的应该是你，而不是我！”李奇迈激动地说。“我是沿着近邻那个楼座的街道，穿过正在拆迁的那幢楼，跌跌撞撞到这里来的。听着，那家伙叫什么来着，就是你告诉我说跟你老婆暗渡陈仓的那个！”

“史宾格，”道林说，他全然被弄糊涂了，不过还是能感受到李奇迈的激动。“威罕·史宾格！”

“我就知道是他！”李奇迈大叫道。“我就知道我没弄错！刚才我真是走运，太巧了——听着，我会把事情一五一十地解释给你听。我正沿着这条街往前走，可是尿急，实在憋不住了，所以到了那幢正在拆的大楼时，我就走进了大楼旁边的巷弄里，可是因为那儿太亮了，所以又从工地围栏的缺口钻了进去。我解完手，正准备出去时，有两个人进来了，就在我进来的地方停了下来。其中一个叫另一个‘史宾格’，”——他很肯定地慢慢点了点头，道林倒吸一口冷气——“接着另一个人则对第一个人说了些类似‘那个死鬼现在在罗雷利酒吧’，还有‘咱们去打击一下那个胖猪’这样的话。我知道史宾格就是你提过的那个名字！你回家得经过那儿，对吗？”

道林闭上眼，深呼吸，将一肚子的暴怒咽了下去。“有时，”他睁开眼睛，低声说道，“我会走不同方向。”

“呵呵，他们可是在算计你今晚会走那个方向呢。他们两个现在正在那儿等着呢，手里抄着家伙，帽子拉下来遮住眼睛，还竖起衣领。就像你昨晚说的那样，史宾格打算在某个暗巷里冲出来袭击你。我经过那座楼的时候发现旁边有条小道。”

道林再次深吸一口气，并满怀谢意地用一只手拍了拍李奇迈沾满灰尘的肩膀，“谢谢你，”他说，“非常感谢。”

李奇迈笑笑，说，“我相信你哪怕把一只手绑在身后也能把他们两个撂倒——那个家伙骨瘦如柴，弱不禁风——不过，当然还是绕道回家最好。如果你愿意，我可以和你一起走。除非，你想把这个史宾格干掉，一了百了。”

道林狐疑地看着他。

“这可是一次难得的机会，真的，”李奇迈提醒道，“如果你不这样做，他一定会在以后某个晚上对你下手。你采取的办法可以很简单，只要你从那儿经过，他们就会向你进攻。”——他看了一眼道林身上的大衣，斜着眼对他笑笑——“你让他们先出手，我会跟在你身后几步之外，可以当你的目击者，而且万一他们对你动真格的，”——他凑近过来，拉开衣领，露出插在皮套里的枪托——“我来收拾他们，你就成了我的目击证人了。不管用什么方式，你都可以除掉他们，而且你顶多挨一两下棒打。”

道林盯着李奇迈，手伸向外套，按了按藏在里面的枪。“我的天，”他有点难以置信地说，“这东西该派上用场了！”

李奇迈解开绑在手上的手帕，用嘴吹了吹手背上带血的刮痕。

“这样就可以给你那个婆娘一点教训。”他振振有词地说。

“上帝，”道林欣喜若狂地说，“我怎么没想到这一点！她一定会在我脚下晕过去！‘哦，克拉拉，你还记得那位威罕·史宾格吗，就是艾利克的竖琴老师啊？今晚在大街上他突然冒了出来——不知道为什么——我把他宰了。’”他高兴地摸摸脸颊，吹着口哨。“天哪，这也会要了她的命！”

“咱们去吧，干掉他！”李奇迈催促道。“在他们因为失去勇气而逃走之前就下手！”

两人匆匆走下柯臣盖司那段漆黑的下坡路。偶尔有车头灯的光亮从他们身边急速掠过。

“谁说这世界没有公理，嗯？”

“骂我‘肥猪’？你这个无耻的芦柴棒，我就是要让子弹从你心脏正中穿过去！”

他俩穿过无人的林登大街，开始放慢脚步轻轻地走，紧靠着已经打烊的店铺门口往前走。来到一处四层楼的石砌大楼，黑暗破落的楼顶与月光辉映的天空遥遥相对，楼前和楼侧是木条和门板潦草铺成的通道。李奇迈拉着道林走到漆黑的侧通道，“你留在这里，”他低声说，“我走过去，确定一下他有没有招来乌合之众。”

“好，最后确认一下！”道林拔出枪。

“我熟悉这条路，而且我带了手电筒。我一会儿就回来，你待在这里别动。”

“别让他们看到你！”

话音未落，李奇迈已迈开步伐，“别担心。”他低声说道。通道就在眼前,厚木板铺的屋顶和门板竖起的墙笼罩在昏黄闪烁的灯光下。李奇迈高瘦的身影跨过入口,转身进到围墙内侧后便消失了,身后留下一片漆黑。

警觉又兴奋——加上尿急——道林握着那把分量十足的毛瑟枪,多年来如影随形地带在身边,现在终于派上用场。他拿着枪靠近通道入口,透过林登街照过来的昏暗的灯光把枪检查了一遍,手抚着光滑的枪身,小心翼翼地推下保险杆,蓄势待发。

他退回到李奇迈让他待命的墙边。真够朋友!真是大丈夫!明天他得好好请他大吃一顿,到凯瑟霍夫饭店去。另外还要买些东西谢他,要金质的,链扣也许是不错的选择。

他站在渐渐光亮起来的通道里,手握着枪,想象着一颗致命子弹朝威罕射出的情景。

而后——应付完警察后——回家把这事告诉克拉拉。去死吧,贱货。

甚至报纸上都会报道这件事!已退休的运输部行政官员击毙袭击者,还附带一张他的照片。还会有电视采访吧?

这会儿他真的憋不住要尿尿了,都是啤酒害的。他把保险杆推回去,将枪放回皮套里。他转身面向墙壁,拉开裤裆拉链,张开双腿撒了起来。好舒畅啊!

"你在吗,道林?"李奇迈在上面轻声喊道。

"在呢!"他应道,抬头看着墙板问,"你在那儿干吗?"

"从这上面比较容易穿过去,下面乱七八糟的东西太多了。我马上就回来,你站在那别动。我的手电筒不亮了,你一走开我就找不着你了。”

“你看到他们了吗?”

没听见回音。他继续撒尿,眼睛看着模糊的门板之间一道裂缝。李奇迈能摸黑从上面下来吗?他见着史宾格和另外一个人了吗?还是他还在半路没到达目的地?快点啊,李奇迈!

上面传来一阵轻快的脚步声,他再次抬头看,先是听见有砂砾之类的东西掉在墙板上,接着这些砂砾以迅雷不及掩耳之势,铺天盖地袭来。他在惊异、疼痛的瞬间,命丧黄泉。

赖柏曼上一次在海德堡演讲——是一九七〇年的事了——当时演讲大厅设在一间辉煌的黑橡木大教堂里,千人坐席的大教堂听众爆满。这一次演讲,安排在一个设计精良的现代化沙色贝壳形演讲厅里,内设五百个坐席,后两排空无一人。这次演讲自然比以往轻松多了,像是在人家大客厅里聊天,可以跟这些年轻、聪慧的孩子们真正用目光交流。可还是……

还好,到目前为止,演讲一直进行得很顺利。德国的听众,尤其是年轻人,一直以来都是最好的听众。对过去的历史,他们发自内心的关心、专注、在意。正是这些优秀的听众,让赖柏曼将自己发挥到极致,重新找回一种真挚的感觉——那是漠然的美国和英国听众所没有的,他们只会让他陷入机械、照本宣科的演讲模式中。用德语演讲当然也是导致效果大不一样的因素——使用母语,自然要比费劲斟酌该用“was”还是“were”自如得多。(让人费劲的还有“掉出来”与“弹出来”之间的区别。你有没有帮我搜集剪报呢，西尼？）

他将思绪拉回演讲中。“一开始，我只想报仇，”他对一位坐在第二排、专注地看着他的女士说，“为我死去的父母和姐妹报仇，为我在集中营多年所受的磨难报仇”——他继续对后面几排听众说——“为所有死难者报仇，为每一个经历过多年磨难的人报仇。若不是为了报仇，我靠什么支撑着活下来呢？”他稍事停顿。“维也纳当然不需要再多一名作曲家。”听到此，听众像往常一样发出一阵笑声。赖柏曼也跟着笑笑，并将目光投向远处右边角落的一名棕发年轻男子身上（这名男子看起来有点像白瑞·柯勒）。“不过报仇带来的折磨，”他对这棕发男子说，竭力不去想白瑞，“其一是仇难以报，仇恨是不可能真正得到平复的”——他将目光从长得像白瑞的男子身上移开，继而对所有听众说——“其二是即使仇人遭到报应了，对我们又有什么用呢？”他摇了摇头。“没用的。因此现在，我想做比报仇更有意义、差不多和报仇一样艰难的事。”他对坐在第二排那个年轻女士说：“我只想牢记。”他告诉大家：“牢记过去。这很难，因为生活在不断继续，每年我们会面临新的恐怖——越南问题啦，中东及爱尔兰的恐怖行动啦，谋杀啦”——（那九十四个六十五岁的人会被暗杀吗？）——“而且每年，”他让自己回到正题上，继续说，“所有恐惧，包括犹太大屠杀的恐惧，将渐行渐远、淡若轻烟。然而，哲人曾告诫过我们：忘记历史，必将重复历史。所以捕获伊奇曼和门格勒之流何其重要；只有这样，他们才可能——”他听见自己说漏了，“我是说，还有个斯坦哥，”他笨拙地解释说，“请原谅，我刚才想别的事情去了。”

大家想忍住大笑，不过还是抑制不住，笑声最终掀爆屋顶。他努力想重新调整过来："所以说，捕获伊奇曼和斯坦哥之流何其重要，"他说，"只有这样，他们才可能受到审判——倒不是一定要定他们的罪，但只有这样，才能告慰受害者，并提醒世人，尤其是提醒你们这些灾难发生时还没出世的人，那些外表跟你我没分别的人，在某种特定环境中也会犯下最野蛮最无人性的暴行。因此，你，"——他指着大家说——"你——你——还有你——一定要明白这样的境况千万不容许再发生。"

演讲结束，他鞠躬致谢，掌声如雷。他往讲坛后退一步，一手扶着弧形桌角保持被拥戴的姿势。他让自己缓了缓，深吸了口气，然后往前迈出一步，双手重新扶着演讲桌，直看着欢呼声渐渐平息。"谢谢大家，"他说，"现在，如果各位还有什么问题要问，我会尽量回答。"他朝四周环顾，点选发问者。

楚斯坦尼身体前倾，紧握方向盘，加大油门，全速朝一个行走在路肩的白发男子冲过去。车头灯强光照射下，那人转过身，将合拢的杂志举起来挡住眼睛并往后退。车子的挡泥板将他抛起，再撞出去。楚斯坦尼克制住得意的微笑，突然将车掉过头来，全速开上人行道，差点在一个蓝底白字的岔路标志处开过了头。他猛踩数次急刹车，再向左急转，朝标示着"伊斯柏格——十四公里"的方向开去。

"主要靠捐献，"赖柏曼说，"来自犹太人及其他全世界关怀人士的赞助，同时也靠我写书和参与类似今天这样的活动所得的收入来维持。”他指向后排举起的一只手，一位脸上红润，身材丰满的年轻女子站了起来，她开始发问，赖柏曼料到她可能要问到菲黛·麦隆尼的问题。

“我知道，”年轻女子说，“将那些位高权重的关键人物推上审判台的确非常重要，但菲黛·麦隆尼只不过是一个普通警卫，而且加入美国籍也很多年了，再拉回来审判，你的动机难道不是为了报复吗？不管她在战时做过什么，她后来不是通过行动来做过弥补吗？她在美国是一个有贡献的良民，从事的是教育以及其他有意义的工作。”年轻女子说完坐了下来。

他点点头，沉默了一会儿，若有所思地捋了捋胡子——以前好像从来没人问过这个问题。接着他说，“从你提的问题看出，你已经知道那个女子当过幼儿园老师、曾为弃婴寻找收养地四处奔走；她还是一个贤妻良母、善待流浪狗的好心人，也曾经是——同一个名字却两个面孔的女人——曾经是纳粹集中营的警卫，一个罪人，也许——如果有一天她最终得到审判，事实将会告诉我们——大屠杀的真相。现在我想问你：假如菲黛·奥莎·麦隆尼没被人发现并被引渡回来，你可能知道这个惊人的内幕吗？我想那是不可能的，而且我觉得无论对大家还是政府，知道这件事都是极其重要的。”

他看了看坐席四周——看举手提问的人，包括那个长得像白瑞的青年。他将视线从他身上移开（现在不行啊，白瑞，我忙着呢）并指着正中央一名看上去很精明的金发男子。（“多达九十四位，”白瑞电话里的声音挥之不去，“都是六十五岁的公务员。你觉得这些好东西怎么样?”)

听众向他提出一个新的问题。“可是菲黛·麦隆尼到现在还没被起诉,”金发青年说,“我们的政府真的有意追诉纳粹战犯吗?当今世界的任何一个政府都有这种意愿吗,甚至以色列?他们的意向不是已经慢慢淡下来了吗?您的信息中心难以为继不也是这个原因吗?”

谁叫你点那些看起来就很精明的人发问呢?

“首先,”他说,“本中心只是暂时迁到较小的地方,但依然正常运行,大家继续在工作,各种信件和各类报告照样来来往往。就像我之前说的一样,我们这个中心是由私人赞助的,不靠任何政府支援。其次,虽然德国和奥地利检察官确实不如……以往那么响应,而以色列又在面临其他更迫切的问题,但公理和正义是不会被抛弃的。我已从可靠消息了解到,菲黛·麦隆尼二三月份将会被起诉,此后不久就会受到审判。证人已经找到,我们中心也参与了这项艰苦、耗时的工作。”说完,他再看着举手的听众,看着一张张年轻聪明的脸——他突然明白到自己真正看到什么了。这可是金矿啊,感谢上帝!就在自己眼前!

在这间明亮的贝壳形演讲厅里,有近五百名优秀的德国青年,他们是同侪之精华,可自己这么个愚笨疲乏的老头,却试图单枪匹马完成大业。亲爱的上帝啊!

请求他们出力?疯了吗?

他肯定又点了某个举手的人,有关新纳粹主义的问题被提出来了。“纳粹复活必须有两个必要因素,”他很快回答提问,“社会环境恶化到接近三十年代早期那种境地;另外就是一个希特勒这样的领袖人物再次出现。假如这两个因素都具备了,世界各地的新纳粹势必成为危机焦点,但就目前而言,不,我不太担心。”许多人纷纷举起手来,不过他举起手阻止了大家发问。

“稍等一下,”他说,“我先暂停一下答复你们的问题——我想问大家一个问题。”

举起的手都放了下去,一群聪慧的年轻人一脸期待地看着他。

真是疯了!不过他怎么能不去试试利用一下这些聪明的大脑的能量呢?

“我是想,”他对着这个大贝壳里装满的优质珍珠说:“借用各位的智慧来解答一个问题。这是一个年轻朋友抛给我的一个假设性问题。我急于找到答案,因为太迫切了,所以想趁现在这个机会求助于大家。”观众轻笑。“还有谁能比一流学府的青年才俊更能帮助我呢?”

他把手从演讲桌上松开,站直了身子,轻松随意地看着大家——以一个提出一个假设性而非真实问题的姿态。

“我曾跟你们谈过南美的同志党组织,”他说,“还有有关门格勒的事情。我那位朋友问我,如果同志党组织和门格勒医生预谋暗杀一大批散居在欧洲和北美各国的人士,准确暗杀数量是九十四人,而且全都是六十五岁的公务员,暗杀行动为期两年半,而且他们这么做是出于纳粹主义的政治动机。那么动机到底是什么呢?诸位能为我找到答案吗?这些受害者将会是谁?他们的死对同志党和门格勒有什么意义呢?”

年轻的听众们个个犹豫地坐在那儿，并渐渐开始交头接耳。有人咳了一声，接着又有人跟着咳了一声。

他扶着演讲台——依然像刚才一样轻松随意。

“我可不是在跟大家开玩笑喔，”他说，“真有一个朋友问我这个问题。我们就当它是一道逻辑推理练习题吧，各位能帮我吗？”

台下一阵骚动，众人纷纷交头接耳，各种不确定的想法在汇聚、传播。

“有九十四个，”他慢慢提示他们。“六十五岁，公职人员，分散在各国，行动时间为两年半。”

有人举手了，接着又有另一个人举手。

他满怀期待地点了第一位——一个坐在后几排中央靠左的听众。

“请讲？”

一位穿着蓝色毛衣的年轻人站了起来。“这些都是位高权重的人，”他说话声音出人意料地大。“他们的死将直接或间接导致社会环境的恶化，这点你刚才也提到过，因此而滋生一个更适合纳粹主义复生的大气候。”

他摇摇头。“不，我不这么认为，”他说。“在仅仅几个月内暗杀这么多高层人士，难道他们不怕引起人们关注并引起警方作深入调查吗？更不必说这一行动长达两年半。不对，我觉得受害者必定是地位较低的公务员，而且年届六十五，他们很可能都已经退休了。所以，杀他们的目的不可能是为了把他们从他们的职位上拉下来。”

“那干吗要杀他们呢?”右后方传来一个声音。“这些人本来就活不了多久了!”

他点点头。“没错,”他说。“他们来日无多,为什么还要杀他们呢? 我想要问你们的正是这个问题。”他指着中间往后的第二个举手人;还有其他人这时也举起了手。

一名高大的青年站起来说:“他们都是没家室的纳粹支持者,毕生积蓄留给了纳粹组织。这次的害命是为了谋财,他们因为某种原因,现在就急需一大笔资金,等不了五年、十年。”

“有可能,”他说,“不过可能性好像不大。我之前说过,同志党组织大战结束前从欧洲掠夺了大笔财富。”他从胸前的口袋里掏出笔,按了一下笔头。“不过,可能性还是存在的。”他从桌子上拿了一张笔记卡,翻到背面,在上面写上:钱? 然后拿着笔指向右手边。

一名戴眼镜、留着棕色长发的年轻女子站起来。“以我个人之见,这种可能性比较大,”她说,“这些人是反纳粹分子而不是纳粹支持者,而且很显然,他们和纳粹分子之间有某些瓜葛。他们会不会是某国际犹太组织的成员,而这个组织对同志党组织在某方面构成了威胁?”

“如果有这么一个组织,我应该会知道,”他说,“而且我从来没听说过任何类型的任何团体成员年龄都是六十五岁。”

那名女子仍然站在那儿。

“也许他们现在六十五岁这个年龄并不是最重要的,”她说。“这种……瓜葛也许在他们年轻时形成的,当他们都才二三十岁的时候。可能是他们在战时全都介入了一项特定的军事活动,现在暗杀这些人是一种报复行动。”

“其中有些是德国人，”他说，“有些是英国和美国的，还有中立国的瑞典人。但是——”

“那就是联合国巡逻队咯！”有人叫道。

“可他们年龄都太老了吧。”他回答道，接着又抬头看了看那名长发女子，此时她已经坐了下来。“不过这种想法挺有意思的，”他说，“年龄六十五岁也许不是重点，因为，毫无疑问，这群人这辈子岁数都一样。由此，我们又打开了通往别的可能性的另一扇门，谢谢你。”

他又在卡片上写道：早年关系？——有人大声说道：“这些人都是在所居住的国家土生土长的，还是只是侨居此地的？”

赖柏曼抬头看过去。“又是一个好想法，”他说，“我不知道。说不定这些人原本是一个国家的。”出生地？他写道。“很好，请继续！”他点选着。

前排一名交腿而坐的年轻人说，“他们是帮助过你的人，即你的主要赞助人。”

“你太高估我了，我没那么重要。把我所有年纪的赞助人加起来，也凑不到九十四个。”他指向别处。

长相酷似白瑞的年轻人说：“他们指定的两年半时间什么时候开始算起，先生？”

“两天前。”

“那就是说一九七七年春天结束咯？那个时间是不是有什么重要的政治事件发生？也许他们想在那个时候将这项行动大白于

天下，以此来显示他们的实力，或以此来杀鸡儆猴。”

“可是受害者为什么是这个特殊群体？当然这种观点挺有意思的。有没有人知道一九七七年春天有什么重要事件？不管是政治方面还是其他方面？”他四下环顾。

台下一片沉寂，大家都摇头否定。

“那时是我的毕业典礼！”有人叫道，众人一片哄笑欢呼。

一九七七年春天？他把它写了下来，并微笑着继续点了个举手的人。

又是那个穿蓝色毛衣的青年，他大声说道：“这些人权位不高，但也许他们儿子的职位很高啊！他们应该是四十几岁了吧？杀掉这些老头子，他们的儿子就得丢下重要的工作去参加葬礼。”

台下一片嘲笑与唏嘘声。

“这就有点扯得太远了吧，”他说，“不过，不管怎么说，肯定是有需要我们去挖掘的根源。这些人跟某些政要是否有亲戚关系或其他什么关联呢？”他在卡片上写下：亲戚？朋友？接着继续点名。

一脸精明的那个金发青年站起来，笑着说：“赖柏曼先生，这真是个假设性问题吗？”

再也不要点这个家伙了。一片寂静在演讲厅蔓延开来。

“当然是啦。”他说。

“那么你应该请你那个朋友多给一些信息，”一脸精明的年轻人说。“要是这九十四人之间最起码的关联资料都没有，即使是海德堡最聪明的大脑也解不开这个谜啊。就我们现有的资料，我们只能胡乱推测。”

"你说得对,"他说,"我们的确需要更多的信息,不过多作些推测也是很有用处的,这样能让我们看到更多可能性。"他四下看了看。"还有谁有别的推测吗?"

右后方有人举手,赖柏曼点了他。

一名年长的人站了起来,他头发花白,看上去有点儿虚弱,有可能是教职员或某个学生的祖父。他身体紧靠着前排座位的椅背,用坚定而轻蔑的语气说:"到现在为止,还没有人认识到门格勒医生在这件事中存在的意义。他为什么会介入?如果不是非同寻常的政治暗杀事件,同志党根本不需要动用门格勒这号人物,他的介入很显然是因为他的医学背景。因此,我觉得这次行动有医学方面的目的。比如,可能他们在对新的杀人方法进行一种秘密实验,这些人之所以会被选中是因为他们年老、无足轻重、对纳粹不会构成威胁。如果是一项实验计划,耗时两年半的时间也就很容易解释了。到一九七七年春天,真正的杀戮就开始了。"说完他坐了下去。

赖柏曼站在那儿看着他,好一会儿后才说,"谢谢你,先生。"然后对着所有听众说,"但愿这位先生是你们的一位教授,如果这样,各位就受益匪浅了。"

"他就是啊。"有几个人很强烈地肯定这一点,并听到有人叫他葛瑞斯。

为什么门格勒会介入?他写道,而后再次朝那个人的方向看去。"我认为他们没必要把实验计划局限在公务员身上,"他说,"而且也没必要在南美之外的地区进行。不过你有一点说得很对,门格勒医生的涉入一定是有特殊原因的。有谁能想得出这个原因吗?”

他打量四周。年轻的听众们沉默地坐着。

“从医学的角度看待对这九十四个人的暗杀?”他看着那位长发年轻女子,她摇了摇头。

貌似白瑞的青年也摇头,那位穿蓝色毛衣的小伙子也一样。

他犹郁了一会儿,而后看着那位精干的金发青年,他也只是微笑着向他摇摇头。

赖柏曼低头看着桌上的卡片:

钱?

早年关系?

出生地?

一九七七年春天?

亲戚? 朋友?

为什么门格勒会介入???

他看着观众们。“谢谢大家,”他说,“虽然各位并未最后找到答案,却提供了许多具有引导作用的建议,对此我非常感谢。现在各位请继续发问吧。”

大家纷纷举手。他选了一位。

一位坐在貌似白瑞的年轻人身边的青年女子站起来说,“赖柏曼先生,您对默西·戈林和‘犹太青年捍卫团’有何看法?”

“我从未见过戈林牧师，因此对他个人没什么看法。”他不假思索地说。“至于他领导的‘犹太青年捍卫团’嘛，如果他们的确是在捍卫自己，那很好；但如果，像被报道的那样，他们有时会进行袭击活动，这就不太好了。坏事永远都不会是好事，无论谁去做都一样。”

满头银发的霍斯曼·荷森在明媚的阳光下挥汗如流。他把大型望远镜举起来凑近自己碧蓝的双眼，看着一名敞着胸、头戴白色遮阳帽、驾着电动割草机缓缓驶过青翠草坪的男人。远处的旗杆上飘着一面美国国旗，前方是一座用玻璃和红木构筑的灵巧的房子。突然，眼前喷出一股窜着烈焰的黑云，将那名男子和割草机淹没了，远处传来轰然一声爆炸声。

三

门格勒把领袖的肖像和所有小照片、遗物，全部挪到西面墙的沙发上方——这么一来，他就得在南面墙两个窗口之间、实验室观察窗四周，以及东面墙的门边找到位置来摆放自己的学位证书、奖状和家庭照片。这样，北面墙就可以腾出来，装上齐腰高、三英寸厚的木饰线了。饰线上方的浅灰色壁纸已被撕掉，涂上两层白漆，第一层是底漆，第二层则是半高光漆面。木饰线漆成了浅灰色。油漆全部干透之后，他请了一个画广告牌的师傅从里约飞抵此地。

这位师傅画得一手细直漂亮的黑线条，字体也很秀丽，可是在画草图时，经常抄错字或把不熟悉的发音符号画错，按自己的巴西语拼法写上去。因为这样，门格勒花了整整四天时间，坐在画桌后盯着他工作，及时予以指正、提醒，他渐渐开始讨厌这位画师了。不过，第二天，想到这个笨蛋将会被人从飞机上扔下去，心里便有了几分窃喜。

工作完成后，长桌及桌上一摞摞整齐的日记均靠墙放妥。门格勒终于可以舒舒服服地坐在金属皮椅上，欣赏这张自己想象已久的图表了。图表上有九十四个名字，每个名字后面都标注了所在国家、日期和一个类似投票用的方框。图表分为三栏，中间一栏不可避免地有一个名字会比外边两栏的长（有点讨厌，但时间有限，能有什么法子呢?）。名字全都在图表上了，从 1.道林—荷兰—16/10/74□到 94.艾本尼—加拿大—23/4/77□。他多么期待能把这些方框填满啊！当然，这事必须由自己亲手去做，至于该用红色还是黑色颜料，他暂时还没想好。也许打个钩就可以了，要是刚开始的几个看起来不够均匀，就把方框填满。

他在椅子上摇晃摇晃，面带微笑地看着领袖。您不会介意我为了这事把您挪到旁边，对吧，敬爱的领袖？当然不会啦，您怎么会计较这些小事呢？

接下来呢，唉，除了等待，没有别的事情可做——一直等到十一月一日，他们打电话回总部为止。

他让自己在实验室里忙碌着，不怎么投入地试着移植青蛙细胞里的染色体。

有一天，他甚至飞到巴拉圭首都亚松森去理发、嫖妓、买电子钟，还和法兰兹·绪夫在卡兰吉亚饭店吃了一客上好的牛排。

现在，该来的日子终于来了——这是一个晴朗的日子，阳光如此明亮刺眼，他只好把书房的窗帘拉上。无线广播设备已经打开，并调到总部频道，耳机也已经准备好，就摆在记事簿和笔的旁边。玻璃桌面的一角，摆着一块白色亚麻毛巾，上面整整齐齐排放着一列东西：一个未启封的红色小搪瓷罐、一把螺丝起子、一支新的细短毛画笔、一个无盖的培养皿，还有一罐旋盖的松节油。长桌左边一端已从墙边拉出来了，第一栏的姓名和国家下面支着一把折梯。

他决定先试试在方框里打钩。

临近中午时分，正当他渐渐变得很不耐烦时，窗帘后传来飞机渐飞渐近的嗡嗡声。从声音听起来应该是总部的飞机——这就意味着要么他们带来特别好的消息，要不就是特别糟的。他匆匆走出书房，穿过大厅，踏上门廊。几个佣人的小孩正坐在那儿分吃饼干之类的东西。他从这几个孩子旁边跨过去，跑到屋后，下了几级台阶。飞机正好在树梢后面降落。他用手遮挡刺眼的光线，并快速穿过后院——一名佣人在那儿站直了身子正准备锄地——他走过佣人房、兵舍和电机房，抄小路穿过浓密的树林，慢跑来到绿茵覆盖的小径。他听得出飞机正在降落，于是放慢脚步，由慢跑改为疾走。把后背的衬衫塞进裤子里，拿出手帕擦了擦额头和脸颊。为什么会派飞机来？怎么不用无线电联系呢？一定出什么事了，这点他深信不疑。是赖柏曼吗？那混蛋该不会坏了自己的好事吧？如果真是这样，他一定亲自到维也纳把赖柏曼找出来并把他干掉！否则活着还有什么意思？

他来到覆着草皮的飞行跑道边，正好看到红白相间的双引擎飞机缓缓驶到自己那架小一点的银黑飞机旁。两名警卫和飞行员在那儿慢慢走着，飞行员朝他挥了挥手，他点头回应；另一名警卫则跨过一个铁链围篱，穿过跑道，手里还拿着东西想引诱一只动物。这是违反规定的行为，不过门格勒并未制止，他直盯着红白色飞机的舱门。飞机此时已停妥，螺旋桨慢慢停下来。门格勒暗自祈祷。

机门缓缓摇下，一名警卫跑过去协助一个穿湖蓝色西装的高个子下飞机。

塞伯特上校！看来，一定是坏消息。

门格勒慢慢走上前去。

上校看见了他，并向他挥了挥手——高高兴兴地——朝他走过来。他手上拿着一个红色购物袋。

门格勒加快脚步。

"有什么消息吗?"他喊道。

上校点头微笑。

"有，好消息!"

谢天谢地！门格勒加快步伐。

"我担心死了!"

两人握握手。这位金发花白、有着日耳曼人典型五官的英俊上校微笑着说:"所有'推销员'都来报到了，十月份的'客户'全都拜会过了，四名在预定日期当天，两名早一天，还有一位晚一天。"

门格勒压住胸口深呼吸。

"谢天谢地！听见有飞机飞过来的时候，我真是担心死了。"

"我想乘飞机过来,"上校说,"天气实在太好了。"

他们并肩朝步道走去。

"七个都干得干净利索?"

"是，没有半点差池。"上校递上购物袋。"这是给你的，是欧斯塔奇要我转交给你的神秘礼物。"

"噢,"门格勒说着接过袋子。"谢谢。没什么神秘的，我只是让他帮我买块丝绸而已，我有个女佣准备帮我做衬衫。你留下来一起吃午饭吗？”

“恐怕不行，”上校说。“三点钟我得去参加孙女的婚礼彩排。你知道她要嫁给恩斯特·罗比林的孙子吗？就在明天。不过我可以喝杯咖啡，聊聊天再走。”

“稍等，先去看看我做的图表吧。”

“什么图表？”

“马上就知道了。”

上校一看，顿时满腔热情。“太漂亮了！简直就是艺术之作！这不会是你自己弄的吧？”

门格勒把购物袋放在书桌旁，开心地说：“天哪，怎么可能，我怕是连钩钩都打不好！我从里约找了个人过来做的。”

上校转过身，惊讶而质疑地盯着他。

“别担心，”门格勒举起手打包票地说，“他回家途中出了点意外。”

“希望是很严重的事故，”上校说。

“非常严重。”

咖啡端上来了。上校仔细看了看领袖的部分照片，然后两人在沙发上坐下来，端着镶金边的白色小杯子，啜着香浓、烫嘴的咖啡。“咱们的推销员全部都安顿在公寓里，”上校说，“只有荷森例外，他买了部野营车。我要求他每周打一次电话来报告，以防有什么意外，因为我们没办法主动联系他。那部车他也就在天气还没变得太糟糕之前用用。”

门格勒说："我需要拿到那些人死亡的准确日期，以便作记录。"

"当然啦。"上校把杯碟放在咖啡桌上。"我已经让人全都打印出来了。"说着把手伸进上衣里。

门格勒放下杯碟，接过上校递过来的一张折好的薄纸。他把纸张打开，拿远了一点，斜着眼看上面打好的字，而后微笑着摇了摇头。"七个里面有四个是按指定日期完成的！"他惊叹道，"这真是太了不起了，不是吗？""他们都不是等闲之辈，"上校说，"苏曼和蒙德已经准备好第二次出击了，法贝奇还需要好好开导，他有点好问是非。"

"我知道，"门格勒说，"上次我向他们作简要汇报时就领教过他抛给我的麻烦了。"

"我想他以后也不敢再这么做了，"上校说，"我已经彻彻底底地严厉责骂了他一顿。"

"骂得好。"伴随着悦耳的折叠声，门格勒将纸张折回去，而后又将它放在咖啡桌边，摆在与桌子边缘成直角的位置。他一边看着墙上的图表，一边想象着一会儿上校离开后，自己在七个方框里打上红勾的情景。他端起杯子，心里期待着这一批的七个勾勾能为后面树立典范。

"鲁道上校昨天早上打过电话给我，"上校说，"他现在在科斯塔布拉瓦[①]。"

---

① 科斯塔布拉瓦(Costa Brava)，西班牙沿海地区。

“哦?”门格勒立刻明白上校此行并非为享受飞行乐趣。他到底为何而来?

“他还好吧?”门格勒一边喝咖啡,一边问道。

“好着呢,”上校说。“只不过有点担心。他收到刚特·方士乐的一封信,信里提醒他,亚克夫·赖柏曼可能会对付我们。赖柏曼两星期前在海德堡演讲时,问了听众一个非常不寻常的‘假设性问题’。方士乐一个朋友的女儿当时也在场,于是这位朋友就让方士乐传话给鲁道上校,以防万一。”

“赖柏曼到底问了什么问题?”

上校看了门格勒好一会儿,才说:“他问,为什么我们——就是你和我们——要杀九十四个六十五岁的公务员。还说是一个‘假设性问题’。”

门格勒耸耸肩。

“显然这家伙什么都不知道,”他说,“我相信没人能给出正确答案。”

“鲁道上校也这么认为,”上校说,“不过他很想知道赖柏曼怎么能提出这么直接的问题。你好像对这件事不太感到惊讶呀。”

门格勒啜着咖啡,很不经意地说,“我们找到那个美国人的时候,他不是在听录音带,而是在跟赖柏曼通电话。”他放下杯子,对上校笑笑。“这一点,我相信你昨天下午已经从电话公司查出来了。”

上校叹了口气,身子稍稍往门格勒那边靠近。“你为什么不早告诉我们?”他问。

“说实话，”门格勒说，“我是担心你们一听到赖柏曼开始调查，就打算将计划延期。”

“你说得对，我们正是想这么做，”上校说，“延迟三至四个月——这不至于导致什么严重后果吧？”

“延期很可能完全改变结果。相信我，真的是这样，上校。不信的话你可以去问任何一个心理学家。”

“即便推迟，我们还是可以放弃前三四个月的暗杀对象，用后面剩下来的人选完成计划啊！”

“放弃百分之二十的成果吗？前四个月有十八个对象呢。”

“你不觉得现在这种冒险方式导致的损失更大吗？”上校口气强硬地问。“赖柏曼仅仅是跟那帮学生随便提及这件事吗？我们的人很可能明天就被逮住了！这样的话我们的收获就少掉百分之九十五了！”

“上校，你先别激动。”门格勒以和解的语气说。

“当然，就算是最后会有所收获，到目前为止，也只是你单方面承诺而已。这点你心里也明白！”

门格勒默默地坐着，深吸了口气。上校端起杯子，看了一眼又将它放下。

门格勒吐了口气。“结果会跟我承诺的一样。”他说，“上校，你仔细想想，如果有人愿意听信赖柏曼的话，他还会拿这个问题去问那些学生吗？我方将已在外，对吧？他们正在出色地完成任务。赖柏曼当然一定会跟其他人提及此事——说不定跟欧洲每个检察官和警察提呢！不过显然没人理他。他们又能做些什么呢？——

就凭一个反纳粹的糟老头所讲的一个荒诞不经的故事,他们就会去作调查吗?何况赖柏曼根本无法提供这个故事背后的理由。就是根据这一点,我才决定不告诉你们。”

“决定权不在你,”上校说,“你让我们六个部属陷入更危险的处境,这可不符合我们当初谈的条件。”

“这么做才能保住你们的巨额投资呀,更不用提雅利安民族的命运了。”门格勒站起来走到书桌前,从黄铜制的杯形容器里拿出一根香烟。“不管怎么说,泼出去的水已经收不回来了。”他说。

上校喝着咖啡,看着门格勒的后背。接着把杯子放下,说:“鲁道上校要我把派出去的人召回来。”

门格勒转过身,从嘴里把点着的香烟拿开。“我不相信,”他说。

上校点点头。“他把自己作为长官对下属的责任看得很重。”

“他更应该把雅利安的命运看得更重!”

“的确,不过他对这个计划并不像我们这些人那么有把握,这点你也很清楚,约瑟夫。老天爷,这是笔我们不得不做的买卖。”

门格勒一言不发地站在那儿——一脸敌意地等着他继续说下去。

“其实,我也是按你刚才那番话跟鲁道上校说的,”上校说,“如果派出去的人能如期进行报告、登记,而且一切进展顺利,赖柏曼又搅不起什么风浪,那为什么不放手让他们去干呢?鲁道最后也同意了。不过从现在起,要严密监视赖柏曼——这件事由蒙德负责,万一有什么风吹草动,我们就果断做出决定,要么除掉赖柏曼，当然，这么做可能会引发更多问题——要么把我们的人召回来。”

门格勒说，“如果把人员撤回，我们的计划就前功尽弃了，我所有的努力也白费了。你们投在人事、设备和组织安排等方面的钱也将付之东流。鲁道怎么会出此下策？万一这六个人被捕，我可以再派六个啊，人有的是，再不行就继续派，直到计划完成为止！”

“我赞成，约瑟夫，我赞成，”上校缓和下来。“万一真的迫不得已要作出决定，我一定会站在你这边说话，大声疾呼。不过如果现在让鲁道知道，你早就知道赖柏曼已对此行动有所警觉——他一定会把你从这个计划中完全清除出去，那么你连每个月的报告都收不到。所以关于这点，我宁可不告诉他。不过要我替你隐瞒，你得先向我保证……绝不再私自做决定了。”

“除了安排他们出去工作，还有什么需要决定的呢？”

上校笑笑。“就怕万一你跳上飞机，亲自去追杀赖柏曼。”

门格勒吸着烟。“别开玩笑了，”他说，“你知道我连欧洲都不敢踏进半步。”他转向书桌，把烟灰弹到烟灰缸里。

“你可愿意向我保证——”上校问，“保证没有经组织同意，你不会擅自做任何关系到这次行动的事。”

“当然，我保证，”门格勒说，“绝对没问题。”

“那我就告诉鲁道说，不知道赖柏曼是怎么听到风声的。”

门格勒难以置信地摇了摇头，“我真的无法相信，”他说，“那个愚蠢的老头——我说的是鲁道，不是赖柏曼——宁可为了六个普通人的安危，而白白丢掉一大笔钱财，而且置雅利安民族的使命于不顾。”

“那些钱只是我们拥有的一小部分，”上校说，“我们夸大钱的重要性，是让你有点成本意识。至于雅利安人的命运，我说过，鲁道从来都不完全相信这项计划能起什么作用。我觉得，对他而言，这事有点像是变魔术或巫术，他是个没有什么科学理念的人。”

“你让他拥有最后决定权真是太不明智了。”

“船到桥头自然直，”上校说，“等真到了那一步再说吧。咱们最好能让赖柏曼别乱说话，即使对学生也不行。那样的话，你就可以在这幅美丽的图表上打满九十四个勾了。”他站起身。“送我上飞机吧。”他迈出粗壮的腿，慢慢转过身，一边唱：“‘新娘来了’——迈一步！‘一身洁白’——迈一步！真是麻烦！我喜欢简单的婚礼，你呢？不过这一点得让女人明白才是。”

门格勒送他上了飞机，向空中挥手道别，然后回到屋里。他的午饭已摆在饭厅了。吃完饭，在实验室水槽把手洗干净后就去了书房。他使劲摇了摇那个搪瓷罐，并用螺丝起子掀开盖子。戴上眼镜，手里拿着那个亮红色漆料罐子和那把新细毛画笔，爬上梯子。

他用画笔蘸了点颜料，又在罐子边缘把多余的漆料刮去，缓缓地吸了口气，然后用已经蘸上红漆的画笔笔尖在道林—德国—16/10/74旁的方框内打上勾。

这个勾勾打得挺不错，油亮的红漆映衬着白底墙面，娇艳无比；笔直的边线看起来也让人好生得意。

他又蘸了一点漆料，在贺夫—丹麦—18/10/74旁的方框里打上相似的勾。

接着是古泰依—美国维州—19/10/74。

他爬下梯子，往后退几步，透过眼镜端详已打好的三个红勾。

没错，就是这个样子。

他又爬回梯子上，在朗斯登—瑞典—22/10/74、罗森伯格—德国—22/10/74、里曼—英国—24/10/74 以及欧斯特—荷兰—27/10/74 旁的方框上打上勾勾。

他走下梯子，再看了一眼。很好，七个红勾。

可是心里居然没有丝毫喜悦。

该死的鲁道！该死的塞伯特！该死的赖柏曼！所有人都该死！

赖柏曼一回到信息中心来所面对的情形，可以用一片混乱来形容。房东盖朗塞——这家伙若非自己就是个犹太人，肯定会是个极端反犹太分子——正大声训斥瑟瑟发抖的小艾丝特；此时麦克斯则和一个赖柏曼未见过的笨拙女子正使劲将莉莉的办公桌往卧室门边角落里推。地上到处摆着锅碗瓢盆，正接着从天花板各处滴下来的水，水滴声此起彼伏，奏着叮叮当当的交响曲。厨房里传来陶器撞碎的声音——“啊！糟了！”（那是莉莉的声音）——就在此时，电话铃声也凑热闹似的响个不停。“啊哈！”盖朗塞转过身，指着赖柏曼大叫着。“那个对别人的财产毫不在乎的世界级大人物终于现身了——别把行李放下来，我怕地板会撑不住！”

“欢迎回家。”办公桌一头的麦克斯大声喊道。

赖柏曼放下行李和手提箱。因为是星期日，他原以为这个上午公寓里会一片寂静，空无一人呢。“怎么回事？”他问。

“怎么回事？”盖朗塞站在两张办公桌后，圆鼓鼓的脸涨得像火烧一样通红。“我来告诉你怎么回事吧！楼上发大水了，就是这么回事！你在这里堆放太多东西了，结果把水管压破了！你以为水管能承受得住你这么乱堆的重量吗？”

“楼上水管破了能怪到我头上？”

“每样东西都是相互关联的！”盖朗塞怒吼。“压力会传导呀！这整个房子都快要倒了，就因为你们这边堆放了太多东西！”

“亚克夫？”艾丝特用手遮住听筒将电话递过来。“是曼海姆[①]市一个叫范派蒙的打来的，他上星期也来过电话。”她红棕色的假发侧边露出一小撮白发。

“把号码记下来，我回头再打过去。”

“我刚才把那个粉红色的碗打破了，”莉莉一脸凄惨的样子站在厨房门口说。“那是汉娜最喜欢的碗哪。”

“都给我滚出去！”盖朗塞在赖柏曼头顶上方恶声恶气地吼叫，“把这些桌子全都给我搬出去！这是公寓，不是办公大楼！还有那些档案柜也通通搬出去！”

“该滚的是你！”赖柏曼以同样大声的吼叫回敬他——他觉得这是对付盖朗塞最好的办法。“去把你那些破水管修好！这是我的家具、办公桌和档案柜！租约上有规定只能摆桌子和椅子吗？”

---

① 曼海姆（Mannheim），德国西南部一城市。

“租约上到底写了什么，咱们上法院后你就知道了！”

“到时候你也知道这次水患你得赔偿多少损失了！滚！”赖柏曼用手指着门。

盖朗塞眨眨眼，看着脚边的地板，好像听到什么声音似的，他不安地看着赖柏曼，点了点头。

“你说的没错，我这就走，”他低声说道，“要不然就来不及了。”他踮着脚尖向门口走去。“我的命可比我的财产值钱。”他踮着脚出去，小心翼翼地把门关上。

赖柏曼用力跺着地板并喊道：“盖朗塞，我正使劲跺地板呢！”

远远传来一句“去死吧！”。

“亚克夫，算了，”麦克斯说，碰了碰赖柏曼的手臂。“我们也有责任。”

赖柏曼转过身，四处看了看，又抬头看天花板，发出一声，“哎呀呀”的哀叹声，牙关紧闭。

正拉长着身子拭擦档案柜顶端的艾丝特说：“还好我们发现得早，所以没那么糟。幸好我今天早上烤了坚果蛋糕带过来，我一看到这情形，马上打电话叫麦克斯和莉莉赶过来。只有这里和厨房遭了殃，其他房间没事。”

麦克斯介绍那位有些笨拙却有着一双灰色漂亮大眼睛的年轻女子说，她是他和莉莉的甥女爱丽丝，从英国布莱顿来这里度假。赖柏曼握了握女孩的手，感谢她帮忙，然后脱下外套，加入到他们的行列开始干活。

大伙擦着办公桌和家具，把水倒掉换上空碗盆，并用毛巾裹着扫把去擦湿透的天花板。

然后一伙人坐在桌上以及只有半边能坐人的沙发上，喝咖啡，吃蛋糕，天花板还有大约六个地方还在时不时地往下滴水。赖柏曼跟大伙聊了些这趟行程的事，聊他拜会过的老朋友以及耳闻目睹的种种变化。爱丽丝则用生硬的德语回答艾丝特说，自己是一名针织品设计师。

“我们收到不少捐款喔，亚克夫。”麦克斯向他报告说，一边庄重地点了点他那灰白的头。

莉莉说，“每年圣神日过后都会有比较多捐款啊。”

“不过今年比以往多，亲爱的，”麦克斯转向赖柏曼，说，“大家都知道银行方面的事了。”

赖柏曼点点头，然后看着艾丝特。“路透社有没有寄什么东西给我？报告或剪报什么的？”

“有封路透社来的信，”艾丝特说，“厚厚的一封，不过上面注明仅限你私人拆阅。”

“什么报告？”麦克斯问。

“我离开之前去找过西尼·贝南，把柯勒那个小伙子所说的事告诉了他。到现在还没那男孩的任何消息，是吗？”

大伙儿摇摇头。

艾丝特端起放着杯子和茶托的托盘起身，说道：“不可能是真的吧，太疯狂了。”她挪到麦克斯桌旁，莉莉站起来收拾自己的盘子，但艾丝特说：“都搁这儿吧，我来收拾就好，你带爱丽丝去看看风景吧。”

麦克斯、莉莉和爱丽丝于是都穿上外套准备出门，赖柏曼向他们道谢，并吻了吻莉莉，跟爱丽丝握了下手，祝她假期愉快，然后拍了拍麦克斯的后背。他们一出门，赖柏曼就把门带上，拿起皮箱走进卧室。

他进到浴室，把午时的药服了，并把另一件西装挂在衣柜里，然后脱掉上衣换上毛衣，脱下皮鞋穿上拖鞋，手里拿着眼镜回到客厅，拎起手提箱，绕过办公桌，走到餐厅的落地窗前。

艾丝特在厨房门口说，“我会留下观察漏水情况。要不要我帮你拨通那个曼海姆的人？”

“待会儿吧。”赖柏曼说，而后走进餐厅——这里暂时是他的办公室了。

桌上堆满了杂志和一叠叠拆封过的信件。他放下手提包，扭开灯，戴上眼镜，把一大摞信件从好几个大信封上挪开，找到路透社寄来的灰色信封，上面的住址是手写的，信封塞得鼓鼓的。怎么会有这么多？

他坐下来，一边把桌上多余的杂物推开，成堆的信件被推到办公桌两侧和后边，汉娜的照片也被调了个方向，杂志噼噼啪啪掉到地上。

他解开信封上系着纽扣的细绳，撕开粘着胶的封口，再把信封斜靠在绿色记事本上。他抖了抖信封，从里面抽出厚厚一叠剪报，还有电传打字机上扯下来的资料。二十、三十，还有更多，有些是影印的，大部分却是报纸上直接剪下来的。某个男人意外摔死啦，一个牧师被劫匪杀害啦，年龄大约六十四的男性。有些剪报上用蓝色和黄色笔标注了日期和报纸名称，剪报足足有四十份。

他往信封里面再看了一下，发现还有两张小一点的剪报、一张折好的、用来绑住所有资料的白纸。白纸中央一排工整秀气的字体写着：

保持联系。西尼·贝南，十月三十日。

赖柏曼将这张纸和信封放在一边，把剪报和电传资料都摊开，这样看起来就一目了然了，并按法语、德语、英语——还有瑞典语、丹麦语以及其他语言分门别类地堆放，一些除了零零星星的几个单词外无法破译的语种也堆在一起——比如什么"Död 肯定 tot 并死亡"。

"艾丝特!"他喊道。

"什么事?"

"拿字典来翻译，要瑞典和丹麦的。荷兰和挪威的也要。"

他拿起一张德文剪报。索林根一家化工厂爆炸，炸死值夜班的门卫奥古斯特·莫耳，六十五岁。这个不是。他把剪报推到一边。

他又把剪报重新拿过来再看了一下。说不定是底层的公务员晚上兼职做门卫？六十五岁年龄的人不太可能会这样吧，不过可能性还是存在的。爆炸发生在报道前一晚的凌晨一点，那应该是十月二十日了。

头顶灯依旧亮着，艾丝特正穿过房间，她说道："肯定是在这里面。"她走到靠墙的餐桌边，看了看纸箱两边的字。"我们没有丹麦字典，"她说，"麦克斯都是用挪威字典。"

赖柏曼从抽屉里拿出一本笔记。“最好法文字典也一并给我。”

“我先找找吧。”

赖柏曼从邮件堆中拿出自己的钢笔，再一次瞄了一眼剪报，开始拿起笔——先在黄色大笔记本顶端划了几下，好让笔写起来更流畅，接着在本子上写下：二十日；奥古斯特·莫耳，索林根，并在后面打上问号。

“字典找到啰，”艾丝特宣布，并把纸箱打开。“你要的是挪威、瑞典和法文字典吗？”

“还有荷兰文的，拜托。”他把有可能跟事件有关的剪报归类放到左手边，接着又在英文剪报里找跟牧师有关的报道。找到了，略读了一下——“唉！”——再把它放到右手边。

艾丝特摇摇晃晃地捧着四本厚重的蓝皮字典走过来，赖柏曼见状顺手把桌上的信件挪过来一点，腾出位置来放字典。“本来每样东西都整理得好好的，”她抱怨说，并把字典放下。

“我会重新整理，谢啦。”

她把那撮白头发塞进假发里面。“如果你需要翻译东西，应该把麦克斯留下来的。”

“我刚才没想到。”

“要不要我去找他？”

他摇摇头，拿起另一张英文剪报，标题是：争执演变成凶杀。

艾丝特一脸不解地看着摊开在桌上的一大堆剪报，说：

“这么多人被谋杀啊？”

“不全是被谋杀的，”他说，边把手上的剪报放到右边。“有些是意外事故。”

“你怎么辨别哪一起是纳粹下的毒手？”

“我没法辨别，”他说。“所以得去调查。”他又拣出一张德文剪报。

“调查？”

“是啊，看看能否找出暗杀的原因。”

艾丝特皱了皱眉头。

“就因为一个男孩打来一通电话，然后他本人失踪？”

“你该回家了，亲爱的艾丝特。”

她离开办公桌，说：“看来我该就此写几篇文章赚点稿费。”

“写吧，写完我签名就是。”

“你要不要吃点什么？”

他摇摇头。

有些剪报所报道的是同一起死亡事件；有些报道中的死者则年龄不在确定范围内；而有许多死者是商人、农民、退休工人和流浪者；另外，很多人是被邻居、亲人、小混混杀害的。他拿着放大镜翻着双语字典，查到 makelaar in onroerende goederen 的意思是房地产经纪人，而 tulltjänsteman 则是海关官员之意。他把不可能的人选放到右手边，有可能的则摆在左边。丹麦剪报里的字词大部分可以在《挪威字典》里查到。

黄昏时分，赖柏曼把最后一张剪报放到不可能的那一叠里。总共有十一名死者属于可能人选。

他把列有可能人选名单的纸张从笔记本上撕下来，再按死亡日期重新整理出一份工整的名单。

三个人死于十月十六日：波尔多的海列·张柏；埃森地区盖柏克镇的艾米尔·道林；还有瑞典法戈斯塔的拉斯·皮森。

电话铃响，他让艾丝特去接。

两名死于十八日：图森市的麦尔肯·古塞——

“亚克夫？又是曼海姆市来的电话。”

他接过听筒。

“我是赖柏曼。”

“嗨，赖柏曼先生。”是一名男子的声音。“你这趟旅行挺好的吧？有没有找到他们意欲暗杀那九十四个人的原因？”

他坐直身体，看着手上的笔，这声音似曾相识，但想不起来。

“请问您是哪位？”他问。

“我叫克劳斯·范派蒙，在海德堡听过你的演讲，也许你还记得我，我当时问你这个问题是否真的是假设性问题。”

记得，当然记得，就是那个一脸精明的金发青年。

“是的，我还记得你。”

“你的其他听众是不是表现得比我们更出色？”

“我后来的演讲没再提这个问题了。”

“这不是假设性问题，对吧？”

他很想说“是”，或者干脆挂上电话，不过有个比这更强烈的冲动控制着他：坦诚地跟一个愿意相信他的人谈，即使对方是个带着敌意的德国青年。“我不知道，”他坦承道，“告诉我这件事的人……已经失踪了。也许他说的是对的，也许是错的。”

“我也是这么想。不知你有没有兴趣知道？十月二十四日，普福滋海姆[1]有个人从桥上掉下去淹死了，他六十四岁，马上就要从邮局退休。”

“是阿德夫·莫勒吧，”赖柏曼说，并低头看了一下他那一叠可能人士名单。“我已经知道了，除了他之外还有十个人左右，分别在索林根、盖柏克、伯明翰、图森、波尔多以及法戈斯塔……”

“噢。”

赖柏曼看着手里拿的笔，笑了笑说，“我可是有路透社资源的哦。”

“那太好了！你有没有作进一步调查来了解十一名六十五岁的公务员在——那什么，三个月内突然死亡，从统计学上来说是不是正常的？”

“还有其他死亡案例，”赖柏曼说，“有的被亲朋杀死，还有一些我相信被路透社遗漏了。在这些人中，我觉得最多只有六个人有可能……是我所担心的那个案子。比平常多六个死亡能证明什么呢？何况，有谁会去作这种统计呢？两大洲死于暴力的人，用年龄和职业来过滤，也许只有上帝才知道这个数字‘从统计学上来说’是不是正常的；或者，把十几家保险公司叫到一起来统计？不过我不想浪费时间去做这些。”

“这事你有没有向政府当局说起过？”

---

① 普福滋海姆(Pforzheim)，德国西南部城市。

“是你告诉我说,现今各国政府不再热衷追缉纳粹分子,不是吗?我跟他们说了,但他们听不进去。说真的,也不能怪他们吧?因为我能对他们说的只是:‘也许有人会被谋杀,但原因不明。’”

“那么我们就必须找到原因,而找到原因的唯一途径就是调查这些案子。我们必须深入调查这些人死亡的情景,更重要的是,要弄清死者的性格与背景。”

“谢谢你啦,”赖柏曼说。“这点我早想到了,在只有我一个人知道这件事的时候,而不是‘我们’大家都已知道的时候。”

“普福滋海姆离这儿不到一小时车程,赖柏曼先生。我是法律系的学生,是班上第三名,具备相当的观察力和提出有针对性问题的能力。”

“我知道什么是针对性问题,不过这件事实在与你无关,小朋友。”

“噢,为什么?难道反纳粹是你个人的权利吗?在我的国家?”

“范派蒙先生——”

“你既然在公开场合提出了这个问题,你就应该先告诉我们这个是你的独有的财产。”

“请听我说,”赖柏曼摇摇头:好一个咄咄逼人的德国人。“范派蒙先生,”他说,“向我提出这个问题的是一个像你一样的年轻人,你们两个还真是不相伯仲,只是他和蔼可亲,对人比较尊重,但我相信他已遭人杀害了。我说不关你的事,就是因为这个原因,这种事应该留给专业人士去调查,不应该让你们这种业余人员去做。同时,我若去普福滋海姆,你很可能会把事情搅得更乱,这样工作就更难展开。”

“我一定不会碍你的事，而且我会尽力保护好自己不遭人暗算。你要不要我随时打电话向你通报我获得的信息，还是要我把调查出来的真相藏在我自己心里？”

“你至少知道该寻找哪方面的信息吧？”他问。

“我当然知道了。比如像莫勒，我们就得查出他会把遗产留给谁、他有哪些亲戚关系、参加过什么政治和军事活动——”

“还有他在哪里出生——”

“我知道，那天晚上在演讲厅里大家提出来的所有要点都要考虑。”

“还有他有没有可能在战时或战后跟门格勒扯上什么关系？他在哪个单位供职？他有没有去过冈兹堡？”

“冈兹堡？”

“那是门格勒以前住过的地方。另外，你尽量别像个检察官一样问东问西，想诱捕苍蝇，蜂蜜比醋管用。”

“必要的时候，我也会甜言蜜语的，赖柏曼先生。”

“我都迫不及待想听你示范一下了。把你的地址给我，我寄三名可能的杀手照片给你。这都是三十年前的旧照片了，其中至少有一个人整过容，不过要是有人看到陌生人在附近转悠，照片可能还是管用的。我另外再寄封信给你，说明你是为我工作的；要不，由你寄封信给我，说明我是在帮你做事？”

“赖柏曼先生，我其实非常敬佩并尊重您，请相信我，我一定能对您有所帮助，做这件事让我觉得无比荣幸。”

“好啦，好啦。”

“怎么样，这就是甜言蜜语了吧，感觉如何？”

赖柏曼写下克劳斯·范派蒙的地址和电话，再跟他作了一番交代，然后挂上电话。

这下倒好，真的成了“我们”的事了。不过也许这男孩确实能起点作用，毫无疑问，他挺聪慧的。

他列完第二张名单，研究了几分钟后，打开左手边最底下那个抽屉，从档案夹里拿出一叠照片。他抽出荷森、克莱斯特和楚斯坦尼的照片。照片上都是穿着纳粹党卫军制服的年轻人，有的微笑，有的表情严肃。这些都是颗粒粗糙的放大快照，用途虽然不大，但聊胜于无。

“艾丝特！”他喊道，一边将照片放在桌上。

照片上黑发而凶悍的荷森正对他微微笑着，两手环抱着他那满脸堆笑的父母。赖柏曼将照片翻过来，背面贴有一张油印的照片来历介绍，他在上面附注上：现在为银白发色，整过容。

“艾丝特？”

他拿起照片，从椅子上站起来，走到门边。

艾丝特坐在自己桌前睡着了，只见她头枕着手臂，手肘边摆着一个装着水的盘子。

赖柏曼轻手轻脚走过去，把照片放在桌角，再踮着脚悄悄穿过客厅，进到卧室。

“你要去哪儿呢？”艾丝特喊道。

赖柏曼很奇怪她怎么醒了，还问他话。“我去洗手间啊。”他回了她一句。

“我是问你要去哪里做调查?”

“噢,”他说。“到埃森附近,盖柏克,然后到索林根。你觉得怎样?”

法贝奇在旅馆外驻足凝望,欣赏着散发蓝紫色亮光的黄昏奇观。柜台工作人员说,这种美丽的景致一般会持续数小时。法贝奇戴上手套,翻起绒毛衣领,拉下帽子盖住耳朵和后脑勺,这样就可以暖和些。斯多林恩[1]并不像他之前想象得那么寒冷,但也确实够冷的了。谢天谢地,这是他的任务中最北边的一个,巴西的气候把他惯得多少有点娇气畏寒了。

“先生?”有人拍了拍他的肩膀。他转过身,一个戴着黑帽、身材比他还魁梧的男人把一张身份证明递到他手上。“我是罗奎斯探长。方便和您说句话吗?”

法贝奇接过装在皮塑夹里的身份证明,并佯装因为光线过暗而看不清上面的字,以此来赢得一点思考的时间。接着,他将身份证明还给这位拉斯·蓝纳·罗奎斯探长,并愉快地对他笑笑(他希望自己是这么做的),以此来掩饰自己心里的惊慌和不安。他说,“是,当然,探长。我中午才到此地,应该还来不及触犯什么法律吧?”

罗奎斯也报以微笑道,“我相信你没有。”他把夹子放回自己的

---

① 斯多林恩(Storlien),瑞典耶姆特兰省奥勒市的一个村,也是滑雪胜地。

黑色皮大衣里。“可以的话，我们边走边谈吧。”

“好啊，”法贝奇说。“我正想去看看瀑布呢，这附近好像只有瀑布可以看看。”

“是啊，尤其是这个时节。”两人开始穿过旅馆铺着鹅卵石的前院。“六七月份，这里会比较热闹，”罗奎斯说。“那时我们这里整个晚上都有阳光①，游客众多。不过一到八月底，晚上七八点后，连市中心都一片死寂，这里更是跟坟场一样。你是德国人，是吧？”

“是的，”法贝奇说。“我姓布区，威廉·布区。我是一名销售员。没什么问题吧，探长？”

“没，没什么问题。”两人穿过一道拱门。“你大可不必紧张，”罗奎斯说，“我们纯粹是非官方谈话。”

他们向右拐，肩并肩走在碎石路上。法贝奇笑着说，“被一个探长突然拍了下肩膀，就算是无辜的人也会觉得自己有罪啊。”

“我想也是，”罗奎斯说，“很抱歉让你受惊了，我只不过对来这里的外国人会多加留意而已，尤其是德国人，我觉得他们……聊起来很让人受启发。布区先生，您是推销什么的？”

“采矿设备。”

“哦？”

“我是卢贝克的奥林斯登及柯帕公司派驻瑞典的代表。”

“我应该没听说过这个公司。”

“他们在业界算是大公司了，”法贝奇说，“我为他们工作十四

---

① 这是瑞典的极昼现象。

年了。”他看着走在左侧的探长说。

探长上翘的鼻子和尖下巴让他想起自己以前在党卫军里的一位长官，这位长官的审问伎俩，跟这位探长“不必紧张，纯粹是非官方谈话”的开场白同出一辙，接着才是指控、威吓与严刑拷打。

“那你是那里人吗？”罗奎斯问，“卢贝克？”

“不，我是多蒙德[1]人，现在住在卢贝克附近的瑞菲德。我如果不是在瑞典，就住那儿。我在斯德哥尔摩有套房子。”

法贝奇心里嘀咕，这龟孙子探长究竟知道多少？他到底是怎么发现自己的行踪的？整个计划都要告吹了吗？荷森、克莱斯特和其他人行踪也面临相同的处境吗？还是只有自己个人败露？

“这边拐弯，”罗奎斯说，并指着右边一条通向森林的步道。“到那边看瀑布，角度更好。”

两人步入小径，在昏暗的暮色中拾级而上。法贝奇解开胸前的大衣扣，寻思着在情况变得最糟糕的时候随时拔出枪来。

“我本人也在德国待过一阵子，”罗奎斯说，“而且，我还曾经从卢贝克乘船航行过一次。”

他改用德语说话了，而且还说得挺不错。惊慌失措的法贝奇实在摸不清是不是真的没什么好担心的，难不成这位拉斯·蓝纳·罗奎斯探长只是想找个机会讲德语吗？这种可能性不大。法贝奇也改用德语对他说，“你的德语说得真好。你喜欢跟我们德国人聊天，就是因为这样就有机会讲德语了是吗？”

---

① 多蒙德(Dortmund)，德国西部矿区。

“我也不是遇到每个德国人都跟他们搭腔，”罗奎斯说，他的声音充满了抑制不住的快乐。“除非他是我以前带的下士、现在已发胖并把自己的名字法斯坦改为布区的那个德国人！”

法贝奇停下脚步凝视着他。

罗奎斯微笑着摘下帽子，抬了抬头，走到光线较亮的地方，大笑着直视着法贝奇，并用手指比划了一下，作出胡子的形状。

法贝奇惊呆了。“哦，天哪！”他气喘吁吁地说。“我一秒钟之前还想到你呢！我想想……我的天哪！贺敦上尉！”

两人热切地用力握着手，上尉开怀大笑地抱住法贝奇，拍着他的背；再把帽子戴了回去，用双手抓着法贝奇的肩膀，咧着嘴对着他笑。

“见到熟悉面孔真让人开心啊！”他大叫道。“我都快要哭了，真他妈的！”

“可是……这怎么可能？”法贝奇问，这下他真的被弄糊涂了。“我……真的很震惊！”

上尉大笑。

“既然你可以叫布区，”他说，“我为什么不能叫罗奎斯？我的天哪，我的德语说得都有口音，听出来了吧？我现在他妈的是正儿八经的瑞典人了！”

“你真的是在当探长？”

“没错。”

“天哪，你真把我吓死了，长官。”

上尉一脸歉意地点点头，拍了拍法贝奇的肩膀。

“是啊，我们还是担心有人追查，对吧，法斯坦？即使经过这么多年了，这也是我对来此地的外国人格外留意的原因。我还偶尔会梦见自己被拉到法庭上的情形。”

“真的不敢相信是你唉！”法贝奇说，仍然难以置信的样子。“我这辈子从来没这么吃惊过！”

两人顺着小径走上去。

“只要我看过的人、知道的名字，我是绝对不会忘记的。”上尉用一只手揽着法贝奇的肩膀。“你在康帝柯斯瓦加油站，站在车子边，我就认出是你。‘那个穿着漂亮外套的家伙一定是法斯坦下士’我对自己说，‘我敢赌一百克朗。’”

“是法贝奇，长官，不是‘斯坦’。”

“哦？‘斯坦’也差不了多少，是吧？都过去三十多年了，而且我又带过那么多手下。当然了，我必须有绝对把握才会跟你相认。我是从你的声音辨别出来的，你的声音一点没变。对了，别再叫我‘长官’了，好吗？虽然再次听到这种老称呼感觉真的不错。”

“是什么风把你吹到这里来的？”法贝奇问，“而且别的什么都不做，偏偏干起探长来！”

“这也不是什么传奇故事，”上尉说，并把手从法贝奇肩上放了下来。“我有个妹妹，嫁给了一个瑞典人，住在史奇尼南部一个农场。我被捕后，从收容所逃了出来并搭上一艘船——从卢贝克到泰勒堡，就是我刚才提到的那次航行——躲到他们家中，我妹夫对这事不是那么敏感。他叫拉斯·罗奎斯，真他妈狗娘养的不是什么好东西，对我那可怜的妹妹伊莉虐待至极。大约一年后，有一次我们俩大吵一架，不小心把他给收拾了。我把他埋得神不知鬼不觉，然后就取代了他的位置！我们外形上看起来差不多，所以他的身份资料跟我也挺吻合的，而且伊莉也巴不得摆脱掉他。如果有认识他的人来访，我就把脸用绷带缠起来，伊莉就告诉他们说，灯泡爆炸了，伤到我的脸，我没法讲太多话。几个月后，我们把农场卖了，跑到北方这里来。先是到桑兹佛，我在那边的罐头厂工作，那里的工作真是糟透了；三年后，来到斯多林恩这个地方，这里在招聘警员，伊莉也在商店找到工作，过程就是这样。我喜欢警务工作，而且万一有人找我，还有什么工作比这更能早早知道风声的呢？哦，你听到的隆隆声是瀑布发出的，就在那边拐弯处。现在该谈谈你了吧，法斯坦？法贝奇！你怎么摇身一变，成了叫布区先生的阔绰销售员？你那件外套花掉的钱肯定比我一年的薪水还多！”

“我不是‘布区先生’，”法贝奇无奈地说。“我是巴西波多艾拉圭的‘派兹先生’，布区只是一个化名。我来这儿是要完成同志党的一项任务，一项非常疯狂的任务。”

这回轮到上尉停下脚步、目瞪口呆地看着法贝奇了。

“你是说……那是真的吗？真的有同志党的组织在这个地方？不只是……报上杜撰的？”

“是真的，”法贝奇说。“他们把我安顿在那儿，给我找了份很好的工作……”

“他们现在就在这里吗？在瑞典？”

“现在就我一个人在这里，他们还在南美，跟门格勒医生一起合作，‘完成雅利安人的天命’，至少他们是这么跟我说的。”

“可是……这真是太好了！法斯坦！我的天哪，这是我所听到的最令人振奋的消息——我们不会倒下的！我们是打不败的！到底怎么回事？你能不能告诉我？跟我这个党卫军军官说说，不会违背组织命令吧？”

“去他妈的鬼命令，我对这些命令厌烦透了，”法贝奇说，他注视着一脸惊讶的上尉，一会儿才说：“我被派到斯多林恩这里来，是要杀一名教师，一个既非敌人又不可能对历史进程有任何影响的老人。可杀掉这个人以及其他上百个人，是一项重振纳粹雄风的‘神圣行动’，这是门格勒医生说的。”

他转过身，顺着小径走上去。上尉大惑不解地跟着他往前走去，然后怒气冲冲地追上去。“他妈的，到底搞什么鬼？”他命令地说。“如果你不想告诉我，就直接说！别对我——这都是你胡编吧？你这是在耍我吧，法贝奇！”

法贝奇用鼻子沉重地喷着气，并站到一块突出的岩石平台上，双手抓住铁索链，痛苦地看着左边一大片湍急雪亮的流水冲向谷底。他顺着这片闪亮的水幕一直看下去，直至瀑布底端水花溅起哗哗声的深潭，然后朝那儿吐了一口口水。

上尉拽着他，让他脸对着自己。“你敢耍我，”他在隆隆的流水声中大叫。“我竟然会相信你！”

“我没耍你，”法贝奇坚持道，“我说的是实话，句句是真！两个礼拜前我就在古德堡杀死了一个人——他也是一名教师，叫安德斯·朗兹坦，你没听说过这个人吧？我也没有，谁都不知道。这个六十五岁的退休老师完全是个默默无闻的人，他收藏啤酒瓶。老天爷！他还跟我吹嘘说他收集了整整八百三十个啤酒瓶！我……一枪射中他的脑袋，而且把他的钱包掏光了。”

“古德堡？”上尉说。“是，我还记得有这么一则新闻！”

法贝奇再次转过身去，抓住铁栏杆，伴着哗啦啦的水流声，定定地盯着水花后面朦朦胧胧的石壁看。

“星期六我还得杀另外一个人，”他说。“真的很没道理！简直是疯了！杀这些人……能有什么用呢？”

“有确切日期吗？”

“所有任务都安排得清清楚楚。”

上尉走到法贝奇身边。

“是某位军官给你们下的命令吗？”

“是门格勒下的命令，由党组织认可。我们从巴西出发的那天早上，塞伯特上校还跟我们一一握手。”

“也就是说派出去的人不止你一个？”

“还有其他人，分别派到别的国家。”

上尉愤怒地抓着法贝奇的手臂说：

“那么就别再让我听到你说‘他妈的命令’这种话了！你是一个身负重任的下士，如果上面不告诉你理由，就一定有他们的道理。天哪！你既然是纳粹党卫军的一分子，就要有党卫军的样子。‘忠心即荣誉’，这几个字应该刻在你灵魂深处！”

法贝奇转过身面对着上尉，说：“战争已经结束了，长官。”

“不！”上尉吼道。“只要党团还在活动，就表示战争尚未结束。难道你们上校不知道自己在干什么吗？上帝，如果有机会让德意志帝国复兴，你怎么能不倾力相助呢？你想想，法贝奇！重建德意志帝国！到时候我们就是荣归故里的英雄了！去他妈的乱七八糟的世界，还我们井然有序的德意志！”

“可是谋杀那些无辜的老人又有什么用呢——”

“谁知道这个老师到底是什么人？我敢打赌，他一定不像你想象的那么无辜！你来这里要杀的人是谁？蓝帝宝还是奥拉夫？哪个？”

“蓝帝宝。”

上尉沉默了一会儿。

“我承认，他好像确实没什么害处，”他说，“可是我们怎么知道他究竟在打什么主意，对吧？兄弟，挺直你的腰板去完成你的使命吧！‘命令就是命令’。”

“即使毫无意义也一样照做不误吗？”

上尉闭上眼睛，深吸一口气，然后张开眼睛盯着法贝奇。

“是，”他说，“即使毫无意义。但你的上级自有他们的理由，否则不会派任务给你。我的上帝啊，咱们又有希望了，法贝奇，难道你要让自己的软弱毁了重建大业吗？”

法贝奇不安地皱着眉头，走到上尉身侧。

上尉转过身直视着他。

“你不会遇到什么麻烦的，”他说，“我会告诉你蓝帝宝是哪一位，我甚至可以把他的生活习惯告诉你。我儿子跟了他两年，我跟他很熟。”

法贝奇拉下帽子，一脸坏笑地说，“罗奎斯……有个儿子啊？”

“是啊，有什么好奇怪的?”上尉看着他说，脸上泛起潮红。“噢，”他冷淡地说：“我妹妹五七年去世了，然后我就结了婚。你想歪了。”

“呵呵，请原谅。”法贝奇说，“很抱歉。”

上尉把手插进口袋。

“好啦!”他说，脸色依然红润。“希望我这番话能让你重新振奋起来。”

法贝奇点点头。

“重建帝国，”他说，“我必须一直提醒自己这点。”

“还有你的长官和战友们。”上尉说，“他们可全都仰仗你完成任务，你不会置他们于险境而不顾吧？蓝帝宝的事我会助你一臂之力，星期六我当班，不过我可以跟同事调班，不会有问题的。”

法贝奇摇摇头。

“不是蓝帝宝。”话音未落，他已猛然朝前扑去，戴着手套的双手推向那件黑色大衣的前襟。

上尉后背朝前从围栏摔了出去，帽檐下一双眼睛直直地瞪着，双手挣脱出外套，在空气中扑腾，就这么头朝下脚朝天地跌落在水花四溅的谷底。

法贝奇悲伤地靠在栏杆上往下看。

“不必等到星期六了。”他说。

在埃森机场下了从法兰克福飞来的飞机后，赖柏曼觉得自己的心情还挺不错的，不算特别好，却也不坏，这让他有点意外。以前曾有两次踏进鹿尔这个地方，心情都糟糕透了。这里是一切武器的来源地：枪支、坦克、飞机、潜水艇。这是希特勒曾经的兵工厂，在赖柏曼看来（五九年及六六年来过此地），这里笼罩的烟雾好像是战争时期罪恶的标志，而非和平时代的工业；阴翳般的烟雾像似自上空往下笼罩，而非自地上升起。走在这一片浓雾中，他觉得萧条而沮丧，过去的感伤也涌了上来，心情便坠入低谷。

这次来到这里，他想好了要让自己打起精神来面对以前那种感伤。不过还好，他没有难过，心情还不错；烟雾仅是烟雾而已，与曼彻斯特或匹兹堡的烟雾没什么区别，而且，再也没什么感伤涌上心头。相反，坐在平稳的出租车里的他——此时正调整着自己进入状态。也该是时候了。大约两个月前，他听到白瑞·柯勒从圣保罗告诉他的那个疯狂的故事，感觉到门格勒在电话另一端传递过来的深仇大恨；而现在，他最终采取了行动，来到盖柏克打探有关艾米尔·道林的事。这个年龄六十五、'直到最近还任职于埃森公共运输部'的老头。他是被谋杀的吗？他跟其他国家那些死者有某种关联吗？门格勒和同志党的人非要置他于死地有什么理由吗？如果预定的九十四个人真的都遇害，那么道林有三分之一的可能是首批受害者。到今晚，他可能就知道答案了。

可是……万一路透社遗漏了十月十六日这天其他可能受害的人呢？那道林是首批受害者的可能性就只有四分之一、五分之一，甚至六分之一或十分之一了。别再想了，保持好心情吧。

"他去入口处小解，"哈司探长用浓重的北德口音说，"运气太糟，时间不早不晚，地点不偏不倚。"探长年近五十、样子难看，红通通的脸上长了一堆麻子,一双蓝眼睛挤在一起,头发差不多脱光了。他衣着整洁,桌子也很齐整,办公室一尘不染,对赖柏曼谦恭有礼。“三层高的楼,整一堵墙都倒在他身上了。建筑工头后来说,肯定有人用铁锹在上面做过手脚。当然,他肯定会这么说,不是吗?事情反正已无法证实,因为我们把道林从瓦砾中挖出来后,首先要做的,自然是用铁锹把所有的危险墙体先敲掉。我们当时只是把它当成纯粹的一场意外来处理,而且对外也是这么宣布的。清理现场的保险公司跟死者遗孀意见一致,如果有任何谋杀的嫌疑,保险公司肯定不会那么快到现场。”

“不过,”赖柏曼说,“想象得到,还是有谋杀可能的。”

“那得看是什么性质,”哈司说,“大楼里里外外也许有些流浪汉或混混在瞎逛,他们看到有人走近入口,就决定来点刺激的,对,这也是有可能的,不过这种可能性也只有一点点。但要说是带有某种动机冲着道林先生而来,不,这是不可能的。怎么可能会有人尾随着他并爬到三楼去,正好就在他走近入口的那一刹那把整堵墙用棍子撬松?他死时正在小解,而且他就喝了两杯啤酒,又不是两百杯。”哈司笑着说。

“也许墙体事先就被撬好了,有人一直在那儿等着,准备做最后冲击;另一个人则跟道林在一起,想办法将他引诱到……准确地点。”

“怎么引诱?难道对他说‘伙计,停下来撒个尿吧?到那边画着叉叉的地方去尿’?而且他是独自一人离开酒吧的。不会的,赖柏曼先生”——哈司笃定地说——“我之前也遇到过这种情况,你大可相信这是一场意外，要是谋杀，弑杀者才不会这么大费周章呢，他们会选择简单的方式：枪杀啦，刀刺啦，或棒打之类，你知道的啦。”

赖柏曼若有所思地说：“除非谋杀的对象众多，而且凶手希望……谋杀的方式不要类似。”

哈司眯着挤得很近的双眼看着赖柏曼。

“对象众多？”他问。

赖柏曼说：“你刚才说你‘之前也遇到过这种情况’是什么意思？”

“道林的妹妹第二天来过这里，大叫大嚷要我们逮捕道林的老婆和一个叫史宾格的男人。这个……这个人你感不感兴趣？威罕·史宾格？”

“也许，”赖柏曼说，“他是谁？”

“一个音乐家。据道林的妹妹说，他是道林老婆的情人。这个道林太太比道林年轻许多，又长得漂亮。”

“史宾格多大岁数？”

“三十八九吧。意外发生当晚，他正在埃森歌剧院的乐团表演，我觉得他可以排除在嫌疑人之外，你觉得呢？”

“你能不能跟我谈谈道林的事？”赖柏曼问，“他有些什么朋友？归属什么组织？”

哈司摇摇头。

“我只有一些大概数据。”他把摊开在面前的档案夹里头的一张文件翻过来。

“我看到过他几次，但从未结识他；他们一年前才搬到这里来。找到了：六十五岁，身高一百七十公分，八十六公斤……”他看着赖柏曼。“噢，有件事你大概会有兴趣，他身上带了把枪。”

“是吗？”

哈司笑笑：“是一把可以进博物馆的毛瑟枪。很久没射击过了，也没清理或上油，天知道有多少年了。”

“里面装了子弹吗？”

“装了，不过他要真开枪，很可能会走火把自己的手给炸了。”

赖柏曼说，“你能把道林太太的住址和电话号码给我吗？还有道林妹妹的？酒吧的也要。我自己去问问。”他坐向前一点，并伸手去拿自己的手提箱。

哈司把档案夹里的住址和电话号码抄在笔记本上。“请问，”他说，“你为什么会对这件事这么感兴趣？道林并不是‘战犯’，对吧？”

赖柏曼看着哈司在那儿忙着抄写，过了一会儿，说道：“不是，据我所知他不是战犯，也许跟某个战犯有过联系。我是在查证一个谣传。也许那真的只是谣传而已。”

到了罗雷利酒吧，赖柏曼对酒保说：“我是帮道林的一位朋友来调查的，这位朋友认为倒塌事件不是意外。”

酒保眼睛睁得老大。

“不会吧！你的意思是有人蓄意……天哪！”

酒保是个秃发的矮子，上过蜡的胡子尖尖的，红色翻领上衣上佩戴着一个黄色笑脸饰扣。他没有问赖柏曼叫什么名字，赖柏曼也没告诉他。

“他是这里的常客吗？”

酒保皱皱眉，摸摸胡子。

“嗯，差不多吧。不是每晚都来，不过一个礼拜也会来个一两次，有时是下午来。”

“听说那天晚上他是一个人离开的。”

“是。”

“他离开前有没有跟谁在一起？”

“他当时是一个人，就坐在你现在这个位子或旁边，而且他走得很匆忙。”

“哦？”

“他的酒钱是一块半，我本来要找他八块半马克的，可是他没等我找钱就走了。虽说道林给小费一向给得不少，不过还不至于给那么多，我本想等他下次来的时候把钱还他的。”

“他喝酒时有没有跟你说起什么？”

酒保摇摇头。

“那天晚上我没空跟客人在一起聊天。商学院那边开舞会——”他朝赖柏曼肩后指了指——“所以我们这里八点开始就挤满了人。”

“他在等人，”吧台尽头一个圆脸的老头说。他戴着圆顶帽子，破旧的外套扣子紧紧地扣到领口。“他一直盯着门口看有没有人进来。”

赖柏曼说，“你认识道林先生吗？”

“我们很熟啊，”老人说，“我去参加他的葬礼了。人很少，我觉得很意外。”他对酒保说，“你知道谁没去吗？奥奇山德。真是太让我吃惊了，他还有什么事会比这重要？”说完，用双手捧起杯子喝酒。

“失陪一下，”酒保对赖柏曼说，然后向坐在吧台另一头的几位男客走过去。

赖柏曼站起身，拿着自己的番茄汁和手提箱走过去，在老人身边的吧台角落坐了下来。

“通常他会跟我们一起坐在这边，”——老人用手擦了擦嘴说——“但那天晚上他自己一个人坐在那边中间，眼睛一直朝门口看。他是在等人，而且还一直在看时间。艾佩佛说可能是在等头一天晚上那个销售员。道林很健谈。说实话，他爱坐哪就坐哪，我们也没觉着有什么不好，不过至少他可以过来跟我们打声招呼，对吧？你别误会我的意思哦，我们挺喜欢他的，不仅仅是因为他偶尔会请请客，而是他这个人会一遍又一遍地讲同样一个故事。故事再好，翻来覆去地讲有谁愿意听啊？相同的故事，一遍又一遍地重复，以显示他比其他人聪明得多。”

“意外发生前一晚，他跟那个销售员也是在讲这些故事吗？”赖柏曼问。

老人点点头。

“是个卖医疗器材的，刚开始他是跟我们大家在一起聊，问一些镇里的事情，后来就跟道林聊上了。道林在一边说，他就在一边大笑。第一次听那些故事确实挺有趣的。”

“对了，我忘了一件事，”酒保返回来跟他们凑一块。“道林事发前一晚也来过这里，连着两个晚上都来，这对他来说很不寻常。”

“你知道他老婆年龄多大吗？”老人问，“我开始还以为是他女儿呢，原来是他老婆，现在成寡妇啦。”

赖柏曼对酒保说，“你还记得跟他聊天的那位销售员长什么样子吗？”

“我不知道他是不是做推销的，”酒保说，“不过我还记得他的长相。他有一个眼睛是玻璃做的，他扳手指发出的噼啪声真让人讨厌，好像我十分钟之前就该去伺候他似的。”

“他年龄多大？”

酒保摸摸胡子，把它弄得尖尖的。“我看他应该有五十几岁吧，”他说，“可能是五十五。”他看着老人，问，“你说呢？”

老人点点头，“差不多。”

赖柏曼打开放在腿上的手提箱，说，“我这里有些照片，很久以前拍的，烦劳你们看看，并告诉我里面有没有哪个可能是那位销售员，可以吗？”

“好的，”酒保说着凑近过来，老人也靠拢过来。

赖柏曼拿出照片，对老人说，“他有没有说自己叫什么名字？”

“我记得没有。即使他说了我也不记得了。不过我认人相貌还是很可以的。”

赖柏曼把番茄汁推到一边，把照片转过来，挑出三张放到吧台上，并把它们推到老人和酒保面前。

两个人低下头去看光滑的照片，老人一手扶着帽子。

“应该在照片年龄上再加上三十岁，”赖柏曼告诉他们，并在一边看着他们辨认。“或者三十五。”

两人警惕地抬起头，很不悦地看着赖柏曼，老人转过身离开，“我不知道。”说着拿起酒杯。

酒保看着赖柏曼，说道，“你不能让我们看着这些……年轻军人的照片来辨认一个我们一个月前见过一面、已经五十五岁的老头。”

赖柏曼说，“是三个星期前。”

“都一样。”

老人开始喝酒。

赖柏曼对他们说，“这几个人是罪犯，你们的政府正在通缉他们。”

“是我们政府的事，”老人说着，把酒杯搁在有湿湿酒杯印的桌面上。“不关你事。”

“你说得没错，”赖柏曼说，“我是奥地利人。”

酒保走开了，圆脸老人看着酒保离开。

赖柏曼双手在照片上摊开，身子往前靠靠，说，“很可能是这位销售员谋杀了你们的朋友道林。”

老人看着自己的酒杯，撅撅嘴，把酒杯把手转到自己面前。

赖柏曼痛苦地看着他，把照片收起来放回自己的手提箱，然后关上箱子，系好，站起身来。

酒保走了回来，说："两马克。"

赖柏曼放了一张五马克纸钞在吧台上，对酒保说，“请找些硬币给我，我要打电话。”

他走进电话亭，拨了道林太太的电话号码。电话占线。

他试了一下道林妹妹在奥伯豪森的号码。无人接听。

他挤在电话亭里，手提箱夹在两腿间，挠挠耳朵，想着该跟道林太太说些什么。也许他会很讨厌亚克夫·赖柏曼这个纳粹追缉者，就算她不反感，经过小姑子那般指责，说不定也不愿意跟任何陌生人讨论道林的死因了。可是他除了告诉她真相外，还能跟她说什么呢？还有什么方式能征得她的同意，让他前去拜会？赖柏曼突然想到，也许克劳斯·范派蒙那小伙子在普福滋海姆的调查会比自己更有收获，这个由范派蒙带来的额外收获，将是他最需要的一切。

他再次按照哈司探长字体工整的纸条上的号码，试着拨了一次道林太太的电话，铃声在电话一端作响。

"喂？"是个女人的声音，短促而不耐烦。

"请问您是克拉拉·道林太太吗？"

"是的，您是哪位？"

"我叫亚克夫·赖柏曼，从维也纳来的。"

对方一阵沉默。"亚克夫·赖柏曼？就是……常把纳粹党人挖出来的那位？"声音听起来有些惊讶和不解，但没有敌意。

"是在找那些人，"赖柏曼说，"而且只是偶尔能找出一两个。我现在盖柏克这里，不知能不能耽搁你一点时间，大约半小时就行。我想和你谈谈你先生的事。我觉得他有可能是在完全不知情的情况下，卷入某些有预谋的事情中，而我正好想调查这类事情。我能不能过去和你谈谈？在任何你觉得方便的时候？"

电话那头隐约传来一阵竖笛声。莫扎特的曲子？

“你是说艾米尔卷入……”

“有可能。但是他自己并不知道。我现在就在你住处附近，我过去好吗？或者，你出来我们在外面见个面？”

“不，我不能见你。”

“道林太太，我恳求您，这件事非常重要。”

“我确实做不到，尤其是现在。今天是绝对不可能的。”

“明天行吗？我大老远跑到盖柏克来的唯一目的就是跟你谈谈。”竖笛声停了，接着又响起来，一直重复着前一句。很肯定，是莫扎特的曲子。是她的情人史宾格吹的吗？这就是她今天无论如何不能见他的原因吗？

“道林太太？”

“好吧，明天我工作到三点，那你四点过来吧。”

“你是在法朗街十二号吗？”

“对，三十三号房。”

“谢谢你。明天四点。谢谢你，道林太太。”

他离开电话亭，向酒保打听了一下道林遇害的地点在哪个方向。

“那幢大楼已经拆掉了。”

“它原来的地址在哪儿呢？”

酒保正弯着腰洗玻璃杯，他用滴着水的手指了指，说：“那边下去就是。”

赖柏曼顺着一条窄巷走下去，穿过一条繁忙的、宽一点的马路。盖柏克，或者至少盖柏克的这一区域，是一个非常灰暗无趣的城市，即使没有烟雾也一样。

他站在那儿，看着那一堆瓦砾，瓦砾旁边是老工厂厂房的石砌墙。三个孩子用碎石堆砌出一道围篱，其中一个小孩背着军用背包。

他继续朝前走，下一个十字路口就是法朗街了。他沿街走到十二号。这是一幢浅黄色、有着煤灰条纹的普通现代公寓，矗立在一小片养护得很好的草坪后。公寓屋顶冒着一缕细长的黑烟，与四周的烟雾融汇在一起。

他看着一名妇女吃力地推着一辆婴儿车，穿过入口的玻璃门。他继续朝自己住的舒坦霍夫酒店方向走去。

在酒店那个干净利落的德式房间里，他再一次试着联系道林的妹妹。“上帝保佑你，不管你是谁！”一个女人在电话那端跟他打招呼。“我们才刚刚踏进门呢！这是我们接到的第一通电话！”

不错啊。他猜是这样。“请问泰波太太在吗？”

“哦，不在，很抱歉，她走了。她现在在加利福尼亚，或者是去那儿的路上。我们前天才跟她买下这间房子。这个号码的确是泰波太太的啦！她搬去跟她女儿住了，你要不要她的地址？我这儿有。”

“不用了，谢谢你，”赖柏曼说。“不打扰了。”

“现在这里的东西都是我们的了：家具、金鱼——还长着蔬菜的菜园子我们都有了。你知道这栋房子吗？”

“不知道。”

“房子够糟糕的，不过很适合我们。好了，上帝保佑你。你确定你不需要她的地址吗？我可以帮你找找。”

“真的不用。谢谢你了，祝你好运。”

“我们已经很好运了，不过还是谢谢你。好运总是多一点好呀。”

他挂了电话，叹了口气，又点了点头。我也想要多一点好运啊，女士。

梳洗完毕，服过下午的药后，他在一张小得不能再小的写字台前坐下，打开手提箱，拿出一篇他正在写的文章草稿，那是有关菲黛·麦隆尼引渡案的。

门开了一条缝，露出一条系得紧紧的短门链，门后一个男孩用手把垂在前额的深棕色头发拨开，探出头来。他大约十三岁，高鼻梁，体形瘦弱。

赖柏曼怀疑自己走错门了，说道，“这是道林太太的家吗？”

“你是赖柏曼先生吧？”

“是的。”

门开到一半，听见金属摩擦的声音。

赖柏曼心想，这男孩应该是道林的孙子吧，或者有可能——既然道林太太比道林年轻那么多——是他儿子也说不定。也可能只是道林太太邀请过来的邻居，这样做她就不必跟一个来历不明的男性客人独处一室了。

不管他是谁。男孩打开了门，让赖柏曼进来——一个镜子嵌墙的凹室，进去的时候映出两三个自己的影子，形象看起来邋遢得自己都吃惊（“该理发了！”脑海里汉娜叫道，“胡子也该修剪修剪了！站直了，别驼着背！”），镜子也映出好几个穿着白衬衣黑长裤的男孩在关门、系门链的影子。赖柏曼站直身子，转向男孩。

“道林太太在吗？”

“她在听电话。”男孩伸出手去帮赖柏曼拿帽子。

赖柏曼将帽子递给他，笑着问男孩：“你是她孙子？”

“儿子。”男孩不屑地回答了这个愚蠢的问题，并打开衣柜镜子门。

赖柏曼把手提箱放下来，脱下外套，看着眼前这间充满橘色、铬合金和玻璃的客厅。里面的一切搭配非常完美，有点像店铺，只是没什么人气。

他微笑着把外套递给男孩，男孩用衣架把衣服挂好，表情看起来很不耐烦，像不得已完成一项任务似的。男孩高及赖柏曼胸口。那个衣柜里还挂了好几件外套，有一件是貂皮的。一只形似乌鸦之类的鸟标本从搁着帽子和盒子的橱柜上方探出头来。

“后面那个是一只鸟吗？”赖柏曼问。

“是，”男孩说，“是我父亲的。”他关上门站在那里，用淡蓝色的眼睛打量着赖柏曼。赖柏曼拿起手提箱。

“你抓到纳粹分子后，是不是就把他们杀了？”男孩问。

“不。”赖柏曼说。

“为什么不杀他们呢？”

“那样做是犯法的啊！再说，最好让他们接受审判，才会有更多人了解他们。”

“了解他们什么?”男孩一脸不解地问。

“了解他们是什么人,做过什么事。”

男孩转向客厅。

一名娇小的金发女子站在那儿,穿着黑裙和黑上衣,米色高领毛衣。这是个四十出头的美丽少妇。她抬着头,一脸笑意,十指相扣着握在胸前。

“是道林太太吧?”赖柏曼走上前去,女人伸出手,赖柏曼握住她冰凉的玉手。“谢谢你肯见我。”他说。

女人的肤色透出妆后的柔滑,蓝绿色的眼角隐约有些许细微的鱼尾纹。她身上散发着一股令人愉悦的香水味。

“请问,”她有点不好意思地说,“我可以看一下你的证件吗?”

“当然可以,”赖柏曼说,“这是很明智的要求。”

他将手提箱换到另一只手上,然后伸手到上衣口袋里。

“我相信你是……你说的那个人,”道林太太说,“只是我……”

“他帽子上有名字缩写。”男孩站在赖柏曼身后说,“Y. S. L.”

赖柏曼对道林太太笑笑,把护照递给她。

“贵公子真是天才侦探啊,”他说,继而转身对着男孩,“好样的,我根本没注意到你在看我的帽子呢。”

男孩拨了一下前额的黑发,得意地笑了。

道林太太将护照还给赖柏曼。

“是啊,这孩子很聪明,”她看着男孩,微笑着说,“不过有点懒,就像现在,他本该在练笛子的。”

“我不能又去开门，又同时待在房间里吧，”男孩嘀咕着，仰着头大步走过客厅。

走过道林太太身边时，她帮他理了理蓬乱的头发，说：“我知道，宝贝，我逗你玩呢。”

男孩大步走到走廊。

道林太太愉悦地对赖柏曼微笑着，搓了搓手，像是取暖的样子。

“请坐，赖柏曼先生，”她说，然后走向厅堂一边的窗边。远处传来砰的一声关门声。“要来一杯咖啡吗？”

赖柏曼说，“不用了，谢谢。我刚才在对街喝过茶了。”

“在比德耐吗？我就是在那里上班，每天从早上八点到下午三点在那里当服务员。”

“那儿对你来说倒是挺方便的。”

“是啊，艾力克回来时，我已经在家里了。我星期一才开始去的，到目前为止，感觉很不错。我喜欢这份工作！”

赖柏曼坐在硬邦邦的沙发上，道林太太则挺直着腰杆，坐在沙发边的椅子上，双手交叠在黑裙上，微倾着头，神情专注。

“首先，”赖柏曼说，“我想向您表达我的慰问，您现在的境况一定很艰难。”

道林太太看着自己交叠着的手说，“谢谢你。”一阵笛声顺着音阶扬起，又滑落，准备开始演奏；赖柏曼朝笛声传来的方向望了望，继而又看着道林太太。她正对他微笑着。

“艾力克吹得很棒，”她说。

“我知道，”他说，“我昨天在电话里就听到他的笛声了，我还以为是一个大人在吹呢。他是你唯一的孩子吗？”

“是，”她很自豪地说，“他打算把音乐当成自己的事业。”

“希望他父亲留下了足够的遗产。”赖柏曼笑着。“有吗？”他问，“你先生把他的财产留给你和艾力克了吗？”

道林太太有点意外地点点头。“还留了给他妹妹，每个人三分之一。艾力克的那份放在信托基金里。你怎么会问这个呢？”

“我在调查，”赖柏曼说，“为什么南美的纳粹残余分子要杀他。”

“杀艾米尔？”

他点点头，看着道林太太。“他们还要杀其他人。”

她对他皱了皱眉头。“什么其他人？”

“他以前隶属的团体，那些人分布在不同国家。”

她越发不解地皱着眉头。“艾米尔从来没隶属过任何团体啊。你是说他是共产党吗？你真的大错特错了，赖柏曼先生。”

“难道他没接到过德国境外的来信或电话？”

“从来没有，至少在家里没有过。问问他办公室的人吧，也许他们知道那个什么团体；我确实不知道。”

“我今天上午就去问过了；他们也不知道。”

“有一次，”道林太太说，“大概三四年前，或者更久以前，他妹妹从美国她暂住的地方打电话给他。那是我所记得的唯一一个国外来电。噢，还有一次，那是更早以前的事了，他第一任妻子的兄弟从意大利的什么地方打过电话来，想让他投资——具体投资什么我不记得了，好像是银矿或白金吧。”

“他答应了吗？”

“没有。他对钱的事很谨慎。”

笛声吸引着赖柏曼，依然是昨天听到的莫扎特的曲子，“竖笛五重奏”里的小步舞曲，吹奏得非常优美。他想起自己在男孩这个年纪时，也是每天在那架旧钢琴上花两三个小时，母亲（愿她安息）也说过，“他打算把音乐当成自己的事业，”神情跟道林太太一样自豪。世事谁可料？自己最后一次摸钢琴是什么时候的事了？

“我无法理解这件事，”道林太太说，“艾米尔不是被谋害的。”

“他可能是被害的，”赖柏曼说，“出事前一晚，有位推销员跟他攀上交情。这可能是他们策划好的，如果推销员那晚十点还没到酒吧，就约在大楼那边见面。也许就是这样，他才会不早不晚在那个时间出现在事发现场的。”

道林太太摇头。“他不可能跟人家约在那样一个地点见面，”她说。“即使是他很熟悉的人也不可能，他对别人的戒备心很强。再说纳粹分子怎么可能对他感兴趣？”

“他那天晚上身上为什么会带枪呢？”

“他一直都这样啊。”

“一直？”

“一直，自我认识他以来一直如此。我们第一次约会他就让我看过他的枪。跟女人约会还带枪，你能想象吗？而且还亮给人家看？更糟糕的是，我还觉得这很了不起！”她摇了摇头，难以置信地叹了口气。

“他在害怕什么人吗?”赖柏曼问。

“每个人。办公室的,甚至就只看了他一眼的……”道林太太身子略向前倾,很坦白地说。“他有点——呃,虽不算是疯,但也是不正常。我曾想让他去看看,你懂得的,就是看心理医生。电视上有个节目谈到像他这样的人,总是觉得……有人要陷害自己。看完节目后,我很委婉地建议他去看医生——这些倒好,他觉得我是在陷害他!害他成了公开的精神病。那天晚上他差点向我开枪!”她往后坐了回去,深吸了口气,皱着眉头百思不解地看着赖柏曼。“他做了什么?写信告诉你,纳粹分子要杀他吗?”

“不,没有。”

“那你是怎么联想到他们的?”

“我听到一则传言。”

“那是谣言。你相信我,纳粹党应该喜欢艾米尔这样的人才是。他反犹太、反天主教、反自由,反对除艾米尔·道林以外的任何事、任何人。”

“他是纳粹党吗?”

“他可能曾经是。他说他不是,但我也是一九五二年才认识他,所以我也不敢断言。可能他确实不是吧,他从来没参加过任何活动。”

“战时他在做什么?”

“他在军队里,好像是下士吧。他常吹嘘说在部队的时候他总是能设法得到轻松的工作,主要是在补给站之类的地方,很安全。”

“他从来没上前线去跟人交锋?”

“他太‘聪明’，只有‘傻瓜’才上前线。”

“他是哪里出生的？”

“劳本达哈，在埃森另一边。”

“他这辈子都住在这一带吗？”

“是。”

“据你所知，他曾去过冈兹堡吗？”

“哪里？”

“冈兹堡，在乌尔姆附近。”

“我从未听他提起过。”

“门格勒这个名字呢？他有没有跟你提起过？”

她看着他，眉毛上扬，摇了摇头。

“再请教您几个问题，”他说，“你真是太宽仁了，我这么没头没脑地穷究到底真不好意思。”

“你的确问得没头没脑。”她笑着说。

“他是不是跟某些地位显要的人有什么关系？比如说政府要员？”

她想了一会儿，说：“没有。”

“跟某些重要人物有来往？”

她耸耸肩。“有几个埃森的官员，如果那就是你所说的重要人物的话。他曾跟克鲁伯①握过手，那是他最光荣的一次。”

---

① 克鲁伯（Alfried Krupp，1907—1967），二战时期德国军火商，希特勒曾授命其公司制造古斯塔夫超重型铁道炮。

“你们结婚多久了?”

“二十二年,一九五二年八月四日结的婚。”

“这二十几年来,你从未见过或听说过他参与的某个国际团体,或任何跟他年纪、地位类似的人的事情吗?”

她摇着头说,“从来没有,只字未提。”

“没参与过反纳粹之类的活动?”

“完全没有。他对纳粹是支持多过反对。他投票给国家民主党,不过他并没有入党,因为他的人缘不怎么样。”

赖柏曼往硬邦邦的沙发后靠,并揉了揉后颈脖。

道林太太说,“要我告诉你那个真正杀害他的人是谁吗?”

他看着她。

她身子稍往前倾,说道,“是上帝。他想让一个愚笨的农家小女孩,在历经二十二年的不幸之后,得到解脱,并赐给艾力克一个能帮助他并爱他的父亲,而不是一个只会骂他的父亲——对,就是这样一个父亲,骂自己的儿子白痴、娘娘腔——只因为这个孩子想当音乐家而不愿做一个安安稳稳、肥头大耳的公务员。纳粹分子能应验我的祷告吗,赖柏曼先生?”她摇摇头。“不,那是上帝的事,自从他把那堵墙推倒在艾米尔身上,我每天晚上都感谢他的恩德。虽然他早就该这么做的,不过我还是很感谢他,‘迟做总比不做好。’”她往后靠坐,两腿交叉——漂亮的双腿——迷人地微笑着。“太棒了!”她说。“你不觉得这孩子吹奏得很优美吗?记住这个名字:艾力克·道林。终将有一天,你会在音乐厅外的海报上看到他的名字。”

赖柏曼离开法朗街十二号时，夜幕已渐渐降临。街上的汽车和电车熙来攘往，人行道上，路人行色匆匆。他携着手提箱，慢慢行走在他们中间。

道林并不是什么人物，而是一个虚荣、放任、目中无人的人，实在无法想象他会成为远在世界另一端的南美纳粹党暗杀的目标——即使自己对此有再多可疑的想象。酒吧里的推销员何许人？也许仅仅是个寂寞的推销员而言；出事当晚道林为何匆匆离开？一个人匆忙从酒吧离去，理由多了去了。

这就表明，预定十月十六日该死的那位受害者可能是法国的尚邦或瑞典的皮森。

或者是某个被路透社遗漏的人。

或者根本就没这么个人。

唉，白瑞啊白瑞！你打电话给我究竟有什么理由？

他稍加快脚步，沿着拥挤的法朗街南边走去。

与此同时，蒙德也在此街南端快步行走，嘴里叼着一支未点着的香烟，腋下夹着一份折叠着的报纸。

虽然这个夜晚干爽而清新，接收信号却很差，以下是门格勒听到的信息："赖柏曼……沙——沙——吱……在咱们的第一个暗杀对象道林居住的地方。赖柏曼……沙——沙……关于道林的事，曾拿出军人照给……沙——沙——索林根——沙——看，而且还查问了另一件事……沙——沙……就是几个星期前的爆炸死亡事件。完毕。"

门格勒用力咽下涌上喉咙的酸水，按下麦克风按钮，说：

“请重述一遍，上校，我没全部听清。完毕。”

最后他终于听明白了。

“说不担心是假的，”他用手帕擦着冰凉的前额，“不过如果赖柏曼连跟我们毫不相干的人也调查，说明他根本还在瞎碰瞎撞。完毕。”

“沙——沙……去道林的住处，那可不是瞎碰瞎撞。那个下午四点，他在里面待了近一个小时。完毕。”

“哦，天哪，”门格勒说，并按下按钮。“那我们就得立马把这家伙处理掉，以确保万无一失。你没意见吧？完毕。”

“我们……——沙——……这也是可能的，但一定要非常小心。一有决定，我会马上通知你。还有一个好消息，蒙德……沙——沙……的第二个客户，在指定日期。荷森也一样。法贝奇也打来电话报告，一切进展顺利，谢天谢地。另外一个蹊跷的信息……沙——吱……好像是说，他的第二个客户是他的前任长官，一名在战后取得瑞典籍身份的上尉。实在太滑稽了，不是吗？法贝奇还不太确定我们是否知道这件事。完毕。”

“他不会受这件事影响吧？完毕。”

“噢，不会，他……沙——沙……在指定日期前几天就完成了。这么一来，你就可以在图表上多打三个勾了。完毕。”

“我觉得干掉赖柏曼之事势在必行，”门格勒说，“万一他对在索林根犯案的这个人的调查不罢手呢？如果蒙德顺利行事，我敢肯定不会惹来什么麻烦，情况至少不会比现在糟。完毕。”

“我不同意趁他人在德国的时候下手。他们会……沙——吱……站在一个国家的角度表示他们是负责的，他们不得不追究。完毕。”

“那就等他一离开德国就动手。完毕。”

“我们一定会考虑你的想法，约瑟夫，没有你，一切皆不可能。我们知道该怎么做……沙——吱——吱——沙……先这样吧。完毕，挂断。”

门格勒盯着麦克风，并将它放下。他摘下耳机，放下来，关掉无线电。

他从书房进了浴室，晚餐吃的已半消化的东西全都吐了出来。清洗一番后，往嘴里喷了些清口剂。

然后，他走到阳台，笑着说了声“很抱歉”，继而坐了下来和法里纳将军、法朗兹和马加特·奇夫等人继续玩桥牌。

这帮人离开后，他拿了把手电筒，信步来到河边思考。他对值班的守卫稍作吩咐后，便顺着河的下游走去，并在一只生锈的油桶边坐了下来——懒得管他妈的裤子——点燃一支香烟。他想到亚克夫·赖柏曼走进那些人家里的情形；想到塞伯特及党团其他高层人员的避重就轻，瞻前顾后；还想到自己几十年来为这项神圣的使命投注的心血——追求知识以及完成创造最优秀民族的崇高使命——这一切努力很可能因为一个好管闲事的犹太人及一帮狡猾的雅利安鼠辈而功亏一篑。这帮家伙，比犹太人还糟。说句公道话，即便是赖柏曼这个犹太佬，也是在为民族使命履行自己的职责，可党团那帮家伙却是在背叛自己的民族，或者说是想要背叛。

他将第二支香烟扔进闪着光的漆黑的河里，对守卫说了声“保持清醒”后，便往回朝自己的房子走去。

突然一个转念，他转过身，踏上杂草丛生的小径，朝“工厂”走去。那是一条他和其他人——年少的莱特、史瓦林真、提娜·塞格妮，唉，他们都已不在人世——曾在那些久远的清晨，欢快地走过的小路。他拿着手电筒，弓着身子，在浓密宽长的枝叶间避闪着往前走，还被拱起的树根绊倒。

工厂就在眼前，一排矮长的楼房，在树木掩映中轮廓依稀。墙上油漆斑驳，每个窗户都是破的（都是佣人的孩子干的，该死），宿舍末端整块波状屋顶全都塌了下来，或者是被人掀掉的。

前门洞开，门下有铰链将它悬吊着。仿佛听得见提娜·塞格妮爽朗的笑声、史瓦林真如雷的喊声，“起床喜洋洋[1]！你已经美美地睡了一觉了！”

可是四周一片清寂。唯有虫儿浅唱低吟。

他让手电筒的亮光照在前面，走上台阶，穿过门厅。自上次来到这儿至今，时间至少过去五年……

美丽的巴伐利亚。那张已起皱的海报依然挂在墙上，虽落满尘埃，却依然可见蓝天、山脉和开满鲜花的景观。

他对着海报笑了，并打着手电在上面游移。

他找到那堵有凹痕的墙板，那里原来的架子和橱柜都已经被拆掉。已断裂的水管暴露在外，墙上那个莱特用显微镜烧出来的

---

① 英语歌谣。

纳粹十字记号依然还在。那笨蛋差点把这儿全都烧成灰烬。

他小心翼翼地绕过碎玻璃，旁边有一大片西瓜皮，上面爬满蚂蚁。

他看着空无一人的房舍，想起旧日生活的点点滴滴，想起闪烁着光芒的设备，消毒器、培养皿。那是十多年前的事了。

为了防范犹太人团伙闯进来，这里的一切都被搬移、丢弃，或者赠送给了其他地方的诊所——那时他们的势力日渐壮大，“以撒突击队”及其他组织风头正盛——但他们对此处却毫不知情。

他沿着中心过道往前走。当地侍卫用原始方言温和地说着话，好让别人听懂他们说的意思。

他走进宿舍，因为屋顶已被掀掉的缘故，里面空气清新凉爽。当年睡过的草席还在那儿，凌乱地铺在地上。

你们就把这些草席都拿去用吧，犹太小子。

他在草席间走过，微笑着，往事历历在目。

忽见有件什么东西闪着白光射在墙上。

他走上去，借着手电的微光，低头看见那东西就躺在地上。他把它捡起来，吹了吹，拿在手上琢磨好一会儿，最终确定那是动物爪子，串成一圈——应该是女人的手环。这种手环能带来好运吗？动物的能量能转换到佩戴者的手臂上吗？

很奇怪那些调皮的孩子怎么没发现这个，他们肯定经常在这里玩耍，在草席上打滚，才把席子弄得凌乱不堪。

是啊，这只手环这些年一直都躺在这里，好让他在今天这个心绪惶恐不安、担心被人背叛的晚上发现它，这就是好运啊。他合拢手指，将手伸进手环，并摇了摇将它套好，然后用拿着手电筒的手推了推手环，爪子手环垂在他的金表上。他晃了晃拳头，爪子舞动着。

他望着宿舍，并抬头看着树梢上方破败的屋顶，还有其间闪烁的星星。这——也许是，也许不是——他的领袖在上空注视着他。

我不会让你失望的，他发誓。

他环顾四周——就是在这里，他曾实现了众多无比荣光的千秋伟业——他目光炯炯、声如洪钟地说，“绝不会。”

四

“十一个人里头我们只排除四个，”克劳斯·范派蒙说，一边切着摆在面前的那个粗大的香肠。“现在就说放弃，你不觉得为时过早吗？”

“谁说要放弃了？”赖柏曼用餐刀把土豆泥抹到餐叉上。“我只是说我不打算大老远跑到法戈斯达，我又没说我不去别的地方，而且我也没说我不会派其他人去法戈斯达，我会派一个不需要翻译的人去。”说着，他把香肠和土豆泥塞进嘴里。

他们此刻是在法兰克福机场的五大洲饭店用餐，十一月九日，星期六晚。赖柏曼在返维也纳途中安排了一个两小时的中途停留，克劳斯则从曼海姆驱车前来与他碰面。这是一家昂贵的饭店——赖柏曼承认这么铺张有点对不起捐助人——但这孩子应该好好吃一顿了，他不辞辛劳地调查出普福滋海姆那位死者是从桥上跳下去的，而不是坠下去的，有五个目击者作证；而且，周四晚上赖柏曼在盖柏克跟他通过电话后，他还跑到福尔堡去调查，那时赖柏曼去了索林根。此外，这男孩机灵的外表——挤在一起的小脸和小嘴，还有那双亮晶晶的眼睛——近看之下，他的精明只是一部分，其他部分则是营养不良造成。这些孩子吃得够不够呢？那，就在五大洲好好撮一顿吧，总不能在小吃店的点心桌旁聊天，对吧？

奥古斯都·莫耳，索林根某化工厂守夜人员，如赖柏曼所料，他白天是一个公务员——就是他出事的那家医院的保管员。可是消防人员彻底调查过造成莫耳死亡的爆炸事件，并确认那是一起无法预谋的一连串巧合。莫耳本人就像艾米尔·道林一样，完全没有可能成为纳粹密谋的目标。他是个贫穷的半文盲，鳏居六年，与他卧床不起的母亲分住一套破旧出租屋的两间房。他这辈子大部分时间，包括战时，都在索林根一家钢铁厂工作。他没有接到过国外的邮件或电话？他的女房东大笑道，“连国内的都没有，先生。”

克劳斯在福尔堡时，刚开始还以为自己找到头绪了。那位调查对象是水利局一位叫乔塞夫·罗森柏格的职员，他在自家附近被人刺死，并被洗劫，有个邻居在事发前晚看到有人在他的房子外探头探脑。

“是不是一个装玻璃眼球的人？”

“她没注意到，离得太远。只看见一个很魁梧的男子坐在一辆小型汽车里抽烟，这就是她跟警察描述的。她甚至连小车是什么牌子都说不上来。索林根有装玻璃义眼的人吗？”

“是在盖柏克。你继续说吧。”

不过。罗森柏格不曾隶属于任何一个国家组织。当他还是个孩子的时候，在一起列车事故中，失去膝盖以下的双腿，所以他不可能服过兵役或踏出——也只能用假肢——德国境外。（“请你说话不要那么损，”赖柏曼责骂了一声。）他是一个勤奋、富有效率的工人，而且也是一个尽心尽责的丈夫和父亲。他所有的积蓄都留给了他的遗孀。他反对纳粹，而且曾投票表明其立场，不过仅此而已。他是在史威宁根出生，从来没去过冈兹堡。他有个地位显赫的亲戚，那是他的一位表亲，担任《柏林摩根邮报》主编。

道林、莫勒、莫耳、罗森柏格这几个人，怎么想象都没有一个跟纳粹暗杀对象搭得上边。

“我在斯德哥尔摩有个熟人，”赖柏曼说。“他是一名雕刻师，华沙人，人很聪明。他很乐意帮我跑一趟法戈斯达，那里一个死者叫皮森；另外波尔地区有两名死者，是我们要调查的主要对象。白瑞提到的日期是十月十六日，如果这两个人中没有一个是纳粹分子必定暗杀的对象，那就说明白瑞肯定弄错了。”

“除非你剪报里了解到的死者都不是正确人选，或者被害的日期不吻合。”

“‘除非’，”赖柏曼说，一边切香肠。“这整件事不是‘除非’，就是‘如果’，还有就是‘也许’。我真他妈的希望他从来没打过电话给我。”

“他到底说了些什么？这一切是怎么发生的？”

赖柏曼把事情经过说了一遍。

服务员上来撤掉他们的盘子并将他们的甜点单拿去。

等服务员走后，克劳斯说，“你是否意识到，你的名字也可能被列入那份名单？即使认出来是你的人不是门格勒，通过什么心电感应——我一时半会儿还真无法相信这种事，赖柏曼先生。我很惊异你居然会相信这一套——但即使是随便哪个纳粹分子挂掉的电话，他一定会去查白瑞在跟谁通电话，酒店的接线生一定知道的。”

赖柏曼笑笑，“我才六十二岁啊，”他说，“而且我不是公务员。”

“别开这种事的玩笑。如果杀手都派出去了，多杀你一个又何妨？还可以把你放在优先位置。”

“我现在还活得好好的，这是否表明杀手们还没动身。”

“也许门格勒和同志党的人决定先缓一缓，因为你知道了这个计划。或者，他们甚至把整个计划取消。”

“这下你该明白‘假如’和‘也许’是什么意思了吧。”

“你到底明不明白自己处境危险？”

服务员把一份樱桃蛋糕摆在克劳斯前面，再为赖柏曼送上一份果子奶油蛋糕。再为克劳斯倒上咖啡，给赖柏曼斟上茶。

服务生离去后，赖柏曼边撕开糖包，边说，“我处境危险也不是一朝一夕了，克劳斯。我不去想这些，要不然我早就把中心关掉，去干别的事情了。你说得对，‘如果’有杀手，我可能被列入名单。所以，找出答案依然是我们唯一要做的事情。我去波尔请我那位斯德哥尔摩的朋友皮瓦渥跑一趟法戈斯达，调查那里的死者，如果他们也不可能是纳粹受害人，我再调查几个，继续确认。”

克劳斯搅着咖啡，说，“我可以去法戈斯达啊，我懂点瑞典语。”

“可是你去的话，我还得给你买车票，不是吗？皮瓦渥去就不用了。没办法，这就是现实。再说你也不能经常旷课吧。”

“就算我一整个月都旷课，我还是可以以优异的成绩毕业。”

“哎呀，你这脑瓜子真是厉害。说说你自己吧，你怎么会这么聪明呢？”

“我可以告诉你一些我的事情，不过那一定会让你大吃一惊，赖柏曼先生。”

赖柏曼神情庄重且满怀悲悯地听着。

克劳斯的父母都是前纳粹党员。他母亲是纳粹德国内政部长希姆勒的亲信，父亲则是纳粹空军上校。

几乎所有为赖柏曼效力的德国青年都是纳粹后裔。这也是让他觉得上帝神恩犹在的值得欣慰的事情之一，虽说来得慢了一些。

“我们好坏耶。”

“哪里会，我们是琴瑟和鸣，应该拍成电影才是。”

“你知道我说的是什么意思。瞧咱们俩，就见了一两次面，还没说几句话就上床了。你肯定连我的名字都不记得了，不信咱赌两便士。”

“玛姬，玛格丽特。”

“说全名。”

“雷诺兹。两便士哦，雷诺兹护士。”

“太暗了，找不到钱包。付你这个吧？”

“嗯，行啊。嗯，太好了。”

“羞死了哦，”她说，“咱们这不会是一夜情吧，先生，对吗？”

“你心里就是在想这个啊？”

“不是，我是在想黄瓜多少钱一斤。当然咯，这事我也肯定得想想啊！这可不是我平素的生活方式，你知道的。”

“要我说,就这生活方式!”

“说得倒坦白哦。”

“我可不是逃避,玛姬。我是怕我们只能是一夜情,但这不是我要想的。有些事让我别无选择,公司派我到这里来……跟人谈生意,而这个人他妈的就躺在你们医院里,戴着氧气罩,除了直系亲属,任何访客都不见。”

“你是说海灵顿?”

“就是那家伙。我向公司汇报说我没法见到他,公司很可能会马上把我召回伦敦,因为公司目前正缺人手。”

“那等他康复后你可能会回来吗?”

“不太可能。那个时候我肯定有别的案子要处理,公司会派其他人接管这件事。他能否康复,还说不准呢。”

“是啊,他都六十六岁了,而且这次病发严重。不过他的身体倒是挺健壮的,每天早上八点,他都会分秒不差地到草地边跑步。他们说跑步对心脏有帮助,可我觉得这个年龄了,跑步对心脏反而有损害。”

“真遗憾我没法见到他,要不是这样,我至少可以在这里待上两周。你想我们圣诞节一起过吗?那时公司关门,你有空吗?”

“我可能有吧……”

“太好了!真的吗?我在肯辛顿有套房子,里面的床可比这个柔软多了。”

“艾伦,你是做什么生意的?”

“我告诉过你啊。”

“听上去不像做推销的，推销员不会有‘案子’，除非是做运输的，可我没注意到你在做这些啊，我没太多时间去留意。你卖什么呢？你根本不是一个真正的推销员，对吧？”

“你太聪明了，玛姬。你可以保守秘密吗？”

“当然可以。”

“真的？”

“真的。你完全可以信任我，艾伦。”

“好吧——我是税务局的。我们得到信息，说海灵顿过去十年或十二年以来，侵吞了三万英镑左右的税款。”

“我不相信。他只是一个小小的地方官！”

“贪官很多就是这种人，事情没想象得那么简单。”

“我的天哪，他可是美德公民的典范呀！”

“看起来可能是。我被派到这里是专门调查此事的。你知道吧，我得在他家附近放置一个窃听器，然后在我这边房间里监听，看能搜集到什么信息。”

“你们这些家伙就是这样工作的呀？”

“这是这类案子走的标准程序，我手提箱里有许可证。窃听器装在他医院的病房里比装在家里更好，因为人在医院的时候会有点紧张，所以会告诉老婆赃物藏在什么地方，或跟律师嘀咕点什么……可是我没办法进去安装那劳什子。我完全可以把许可证出示给你们主任看，但万一他跟海灵顿是朋友，这么做就行不通了，他可能会走漏风声，那一切全玩完了。”

“你这个混蛋，你这个挨千刀的老混蛋！”

“玛姬！你说什么——”

“你以为我看不出你在玩什么鬼把戏吗？你是想让我给你放那玩意吧，所以我们会那么‘巧合’地相遇。你说的那些都是骗我的——噢，天哪，我早该料到你是别有用心，英俊小生怎么会爱上像我这样的又胖又老的女人。”

“玛姬，亲爱的，请别那么说！”

“把你的手拿开，别叫我‘亲爱的’，拜托你了。哦，天哪，我真笨！”

“亲爱的玛姬，求求你快躺回来——”

“离我远点！我很高兴他对你们所做的那些事，你们这些畜生搜刮的民膏民脂不会比他的少。呵！真是天大的玩笑，想想就笑掉牙。”

“玛姬！是，你说得对，这都是事实。我的确希望你帮忙，因为这样我们才认识，但我并不是为了这个才跟你上床。你以为我有那么忠心，会为了那见鬼的税务局去调查像海灵顿这样一个小人物，而跟一个我不喜欢的人上床吗？而且还想让这样的事持续整整两个星期甚至更长时间？相比我们追查的其他人，海灵顿只是小巫见大巫。我说的句句属实，玛姬，我真的喜欢圆润成熟的女人，所以才会希望你过来跟我共度圣诞。”

“你说的话我一句都不信。”

“噢，玛姬，我可以……把舌头割掉！遇上你，是这十五年来我最大的福气，都怪我太笨，把一切弄糟了！求求你躺回来好吗，亲爱的？我再也不提海灵顿的事了，就算你求我，我也不会让你帮这个忙了。”

“我不会求你，放心吧。”

“躺回来嘛，亲爱的——这才乖嘛——让我抱抱，亲一下你的大——嗯……啊，玛姬，你才是我的温柔乡！嗯……！”

“死鬼……”

“你知道我怎么打算的吗？我明天就打电话告诉上司，海灵顿快好了，我这一两天内就把窃听器装好，这样就可以拖到周四或周五，他们才会把我召回去。嗯……！我对护士情有独钟，你知道吗？我妈是护士，我老婆玛丽也是。嗯……！”

“啊……”

“也许你不喜欢我，但你的奶头可喜欢了。”

“你真的想跟我一起过圣诞吗，死鬼？”

“我发誓，亲爱的，任何可以安排的时间我都想和你在一起。你甚至可以来伦敦，你想过吗？护士在哪儿都能找到工作，不是吗？玛丽在这方面就很有经验。”

“噢，我不行。不能说走就走。艾伦，你真的……可以在这儿待两个星期吗？”

“如果窃听器装好了，待更长时间都没问题，我得一直等到他不用氧气罩、可以跟人说话……但我不会让你替我去做这事的，玛姬，我说到做到。”

“我现在明白了——”

“不。我不会让这件事破坏我们之间的情谊。”

“胡说八道。我已经知道你是个混蛋，做不做又有什么区别？

我愿意助政府一臂之力，而不是你。”

“好啊……我希望我不会妨碍公务。”

“我就知道你会见风使舵。我该怎么做？我可不会装电线哦。”

“不必装电线。你只要把一个糖果盒大小的盒子带进他的房间，实际上那确实是一个糖果盒，用漂亮的花纸包好了的。你只需把包装带解开，把东西放在他床头——放在某个架子或桌子之类的东西上，距离他的头部越近越好——再把机子打开就好。”

“这样就好了？只需把它打开？”

“它会自动运行。”

“我还以为这些东西都是小小的呢。”

“电话窃听器是很小，这种款式的不小。”

“运行时不会产生火花，对吧？氧气可就在旁边，你知道。”

“哦，不会，不可能，只是在糖果下面藏了麦克风和传感器而已，你得先把它放好才能打开，机器开启后再晃来晃去，效果就不好了。”

“东西你都准备好了吗？我明天就去放。哦，应该说是今天。”

“真乖。”

“海灵顿这老头居然会骗税！他要是被定罪，一定会掀起轩然大波！”

“在我们获得证据之前，你可不能向任何人泄露半句风声哦。”

“噢，不，我绝对不会，这点我还是明白的。我们应该先假定他是无辜的。还真刺激！你知道打开盒子后我打算做什么吗，艾伦?”

“我想象不出来。”

“我会对着机器,小声告诉你明天晚上我想要你怎么做,这是我帮助你应得的回报,你会听到的,对吗?”

“你一打开机器,我就屏息聆听。你还想到什么了,小坏蛋?噢,太好了,噢,这感觉真是太棒了,亲爱的。”

赖柏曼去了波尔及奥林斯,他的朋友盖柏·皮瓦渥则去了法戈斯达和古德堡。这几个城市死亡的四个六十五岁的公务员,像已经调查过的那四个那样,没有一个能和纳粹密谋对象联系在一起。

又有一批剪报和撕下来的电报通讯寄过来,这次一共有二十六个案例,其中六个人可能性较大。现在一共有十七个人了,其中八个——包括十月十六日那三个——已经被排除了。赖柏曼已很肯定是白瑞搞错了,但还是提醒自己,万一白瑞说的是真的,那事态会有多严重。因此,他决定再调查五个死亡案例,挑其中最容易核实的。其中两个在丹麦的,就委托给当地一个赞助人——一个叫老葛的收账员;另外一名在汉堡附近堤垛市的死者,交给克劳斯好了;他自己去英国,那儿有两名调查对象,还可以趁此公私兼顾——去雷汀看看女儿狄妮和和她的家人。

这五个人和另外八人一样,虽有不同之处,但终归是一样的。克劳斯汇报说,薛伯的遗孀除了跟他谈话,还有别的企图。

接着,又收到一些新的剪报,里面附了一张贝南的便条:伦敦方面恐怕不允许我这么做了。你从中调查到什么了吗?

赖柏曼拨了他的电话,他不在。

不过一个小时后,他回电了。

“我还没查到什么,西尼,”赖柏曼说,“这只是臆断而已。在存在可能性的十七个中,我调查了十三个,没有一个是纳粹计划暗杀的目标。不过不管怎样,调查一下还是好的,很抱歉这事太麻烦你了。”

“一点也不麻烦。那个男孩还没找到吗?”

“还没有。我收到他父亲的信,为了找到儿子,他去过两次巴西,两次华盛顿,他不想放弃。”

“可惜啊。他要是有什么发现,请告诉我。”

“会的。再次谢谢你,西尼。”

最后几张剪报也没有一个存在可能性。这样也好。赖柏曼把他的注意力转移到一封呼吁西德政府重新考虑引渡华德·劳夫的信上——此人将九万七千名妇孺送入毒气室,现在用本名蛰居在智利的潘达阿雷纳斯。

一九七五年一月,赖柏曼到美国做为期两个月的巡回演讲,以纽约市为起迄点,在美国东半部作逆时针方向巡回。主办方为他安排了七十多场演讲,有的是在大学院校,更多则是在犹太团体的教堂里和午餐会上进行。巡回演讲出发前,他曾被护送到费城上电视节目(同行的还有一位健康食品专家、一位艺术家,还有一位写过色情小说的女作家。主办方的金卫塞先生说,这可是难得的一次宝贵的曝光机会)。

一月十四日，周四晚，赖柏曼在马萨诸塞州匹兹原的以色列圣会上演说，一位女士带着一本他的平装书向他索取签名，赖柏曼在书上签名时，她说她来自雷诺克斯，不是匹兹原。

"雷诺克斯?"他问，"那儿离这里很近吗?"

"七英里，"她微笑着说，"就算是七十英里，我也会来。"

他笑着向她表示感谢。

十一月十六日，杰克·库里，马萨诸塞州雷诺克斯人。虽然没把名单带在身上，不过还记在脑子里。

那天晚上，在圣会会长的客房里，他躺在床上，醒着，听着雪花轻轻拍打着窗扉。库里，其职业与税务有关，好像是一个估税员还是稽查员，在一次捕猎时，被一颗意外飞来的子弹击中身亡。会不会是蓄意而为?

十七个人里有十三个他已调查过，包括十月十六日那三个在内。可是只有七英里的距离?乘巴士到华克斯特只需两小时不到，而且晚餐之前他可以不露面，甚至晚餐迟到一点点也……

第二天一早，他向主人借了一辆大型的老欧宝汽车，驱车前往雷诺克斯。雪已下了五英寸厚，而且还继续下着，但公路上只覆盖了薄薄的一层。铲雪车把雪都推到了路边，其他机器则把路边的雪扬起来，真是不可思议。要是在维也纳，这种天气哪都去不成。

在雷诺克斯，他发现没人承认误射杰克·库里；而且，警长狄果葛里私下也不太相信那是一起意外事故。子弹射得太利落了，直接穿过戴着红色猎帽的后脑勺，这更像是仔细瞄准后的射击而不是误打误撞的。但库里被发现时已经死亡五六个小时，而且现场被至少十多个人踩踏过，这样一来，警方还能指望有什么发现？他们不仅把现场翻了个底朝天，还到处搜找那些跟库里有过节的人，可是依然毫无结果。库里曾是个正直清廉的估税员，深受邻里街坊的尊重爱戴。他会不会参加过什么国际团体或组织呢？也就扶轮社吧，至于比这更进一步的信息，赖柏曼还得去问库里太太。不过狄果葛里觉得，她可能不想多谈，听说她对丈夫去世还很悲痛。

上午十点左右，赖柏曼坐在一间凌乱的小厨房里，喝着破马克杯里的淡茶，库里太太好像随时都会哭出声来，让他心里觉得挺悲凉的。她跟艾米尔·道林的遗孀一样，也是四十出头，不过这是她们之间唯一相似之处。库里太太正直朴实，一头棕发剪得像个男孩，瘦削的双肩，平坦的胸部，外罩一件褪色的花布居家服，一脸悲伤。

“不会有谁想要杀他，”她坚持道，一边用手指揉着红肿的眼袋，丹红的指甲油已剥落不整。“他是……世界上最好的人，坚强、善良、有耐性而且宽容；他是一块……*磐石*，可现在——噢，天哪！我——我——”她哭了起来，拿了一张皱巴巴的纸巾按在泪流不止的眼睛上，一只手撑着前额，瘦骨嶙峋的双肘支在桌面上，身体因抽泣而颤抖着。

赖柏曼放下茶杯，不知所措地往前靠了靠身子。

女人在哭泣中向赖柏曼致歉。

“没关系，”他说，“不要紧的。”帮了个好大的忙啊！在大雪中跑了七英里路来到这里，好像就是为了惹这位女士大哭一场。十七个人中有十三个被否决，还不够吗？

他坐回原来的样子，叹了口气，等着库里太太平息。看着窄小而锈迹斑斑的厨房，以及污浊的碗碟、破旧的冰箱，还有门后成箱的空瓶子，心情沮丧。不知所终的第十四号人物。厨房水槽后的窗台上，一只红色玻璃杯里摆了株蕨类植物，还有一罐酒。柜子门上贴了一幅七四七飞机的画作，从他坐的位置看过去，画得很不错；一盒喜瑞尔牌谷类食物摆在台子上。

“很抱歉，”库里太太说，边用纸巾擦着鼻子，红着眼睛看着赖柏曼。

“我就问几个问题，库里太太。”他说，“你先生可曾参加过什么适合他那个年龄的国家组织或团体？”

她摇摇头，放下纸巾。

“参加过美国团体，”她说，“地方军协会、退伍军人协会、扶轮社——不，这是国家性的。扶轮社，就只有这一个。”

“他是二战退伍军人吗？”

她点点头。“空军，他还荣获过 D. F. C. ——杰出飞行十字勋章。”

“是在欧洲服役吗？”

“在远东地区。”

“接下来是一个私人问题，我希望你不介意。他把遗产留给你了吗？”

她小心翼翼地点了点头。“钱不多……”

“他是哪里出生的？”

“俄亥俄州的贝利。”她看着赖柏曼身后，勉强地笑了笑说，“你怎么不睡了?”

赖柏曼转身看去,道林的儿子正站在门口。艾米尔,不,是艾力克·道林,那个面容憔悴、鼻子尖挺、深色头发凌乱的男孩,此刻正穿着蓝白条纹的睡衣、光着脚站在门口。他挠着胸口,好奇地看着赖柏曼。

赖柏曼站起身,非常吃惊地用德语对男孩说“早安”,话一出口,才意识到——男孩这时点了点头,走进房间——艾米尔·道林和杰克·库里彼此认识。他们肯定认识,要不这孩子怎么会到这儿来?一阵兴奋涌了上来,赖柏曼转过身问库里太太,“这男孩怎么会在这里的?”

“他得了流感,”她说,“而且因为下雪,学校都停课。这是小杰克。别,别靠得太近,亲爱的。这是从欧洲维也纳来的赖柏曼先生,他可是个名人哦。噢,你的拖鞋呢,杰克?你想要什么?”

“要一杯葡萄柚汁,”男孩说,一口纯正英语,肯尼迪那种口音。

库里太太站起身。“皮特,我跟你说,”她说道,“你那双拖鞋再不穿就嫌小了!你还在感冒呢!”她走到冰箱前。

男孩看着赖柏曼,淡蓝色的眼神和艾力克·道林一样。

“你是做什么出名的?”他问。

“他搜查纳粹分子。上星期他还上了迈克·道格拉斯的电视节目呢。”

“太不可思议了!”赖柏曼用德语说,“你知道你有一个双胞胎兄弟吗?有个跟你长得一模一样的男孩,生活在德国一个叫盖柏克的小镇。”

“跟我一模一样?”男孩一脸狐疑。

“一模一样！我从来没见过那么……相似的人。只有双胞胎才可能这么相像!”

“杰克,你先回床上去,”库里太太微笑着说,手里拿着一个果汁盒,站在冰箱旁。“果汁我帮你端过去。”

“等一下嘛,”男孩说。

“现在就去!”她厉声说道,“不穿外衣、不穿拖鞋站在那儿,你的感冒不但好不了,还会更严重,快去。”她又笑了笑。“跟客人说再见,赶紧进屋。”

“真是讨厌,”男孩说,“再见喽!”他仰着头穿过房间。

“小心你的舌头啊!”库里太太生气地在后面看着他,又看了看赖柏曼,而后转身拉开柜子门。“真该让他自己去付医药费,”她说,“那样的话他就会动动脑子想事了,”说完,拿出一个杯子。

赖柏曼说,“真是太神奇了！我还以为是那个德国男孩到你这里来了呢！连说话的声音都一模一样,还有眼神、动作……”

“每个人都有酷似自己的人,”库里太太说,小心翼翼地把葡萄柚汁倒进那个绿色杯子里。“跟我长得很像的人在俄亥俄州,我丈夫在遇到我之前就认识的一个女孩。”她把果汁盒放下,转过身,手里端着装得满满的杯子。“好了,”她面带微笑地说,“不是我不好客,可是你也看到了,我家里有一大堆事要做,加上儿子又在家。我相信不会有人故意要害我先生,这的确是个意外,他在这个世界上是不可能有敌人的。”

赖柏曼眨眨眼,点点头,伸手去拿椅背上的外套。

真的令人震惊，如此相像，简直就是一个模子里出来的。

除了枯瘦的面容和多疑的态度，更让人震惊的是，他们都有一个六十五岁的公务员父亲，而且同在一个月里死于暴力。还有，他们的母亲年龄也一样，四十一二岁的样子。怎么会有这么多的相同之处？

方向盘往右边歪，他把它打直，透过刮雨器轻快挥动的间隙，凝视前方。集中精神开车啊……

这不可能仅仅是巧合，相同之处实在太多了。但如果不是巧合，还能有什么别的解释呢？难不成雷诺克斯的库里太太（她对过世的丈夫赞赏有加）和盖柏克的道林太太（她倒是似乎对丈夫无忠诚可言）两人都跟同一个身材瘦削、鼻子尖挺的男人在儿子出生前九个月发生过风流韵事？即便真有这么荒唐的事发生（说不定是个在埃森和波士顿往返的汉莎航空公司的驾驶员！），两个男孩也不可能是双胞胎啊。但事实就摆在眼前，他们完全一模一样。

双胞胎……

这是门格勒最大的兴趣，是他在奥斯维辛的主要实验科目。

那么？

海德堡那个白发教授说过："到现在为止，还没有人认识到门格勒医生在这件事中存在的意义。"

是的，但这两个男孩不是双胞胎，他们只是看起来像双胞胎。

他在开往华克斯特的公共汽车上绞尽脑汁。

这只能是巧合了。每个人都有酷似自己的人，正如库里太太漫不经心地说的那样。虽然很怀疑这种说法的真实性，但他不得不承认这辈子看过许多外貌很像的人：有一个像鲍曼，两个像艾希曼，还有一大堆像某个人的。（但他们都只是看起来像，而不是一模一样；而且，她倒葡萄柚汁时为什么要那么小心翼翼？那是因为她很紧张，怕颤抖的手会泄露秘密吗？所以后来她突然说很忙，匆匆把他打发走。上帝啊，难道这些做妻子的也被卷进去了吗？但这到底是怎么回事呢？为什么会这样？）

雪停了，阳光灿烂。马萨诸塞州白雪皑皑的山峦和房屋——在车窗外渐行渐远。

门格勒对双胞胎实验很着迷，那个人渣的每项纪录都提到这点：他解剖被屠杀的双胞胎，以找到造成两者之间细微差别的基因因素；他还尝试在活着的双胞胎身上人为地作改变……

听着，赖柏曼，你想得太远了。你看见艾力克·道林是两个多月前的事了，见面时间还不到五分钟呢。所以你现在见到一个相同类型的男孩——长得特别相像，仅此而已——你便在脑子里胡乱猜想、对比，并急速下结论：双胞胎及门格勒在奥斯维辛的实验。整件事情无非就是十七个死者中，有两个人的儿子碰巧长得很像而已。有什么好大惊小怪的？

可是万一不止这两个呢？要是有三个长相一模一样的，该怎么解释？

瞧你，又想多了吧？既然你那么有兴趣，干脆就设想一下四胞胎好了。

堤垛的那位寡妇向克劳斯暗送秋波，无事献殷勤。她有六十几岁吧？也许。不过也可能年轻些，四十一呢，还是四十二？

回到华克斯特，他问女主人赖柏维兹太太，可否打个国际长途电话。“我会付你钱的，当然。”

“赖柏曼先生，您请便！您是我们家的贵客，家里的电话就是你的电话呀！”

他没推辞。这里简直就跟宫殿一样。

现在是五点十五分。欧洲应该是十一点十五。

接线生回话说克劳斯的电话没人接听，赖柏曼请求她半小时后再拨一次，而后挂断电话。想了一会儿，又回拨给她，边翻着自己的号码簿，边把盖柏·皮瓦渥在斯德哥尔摩的号码，以及住在丹麦北部欧登塞港市的老葛家的号码报给她。

他刚坐下来准备和赖柏维兹一家一起吃饭，就有电话找他。他向他们道过歉，便到图书室去听电话了。

是老葛打来的。他们开始用德语交谈起来。

“你找我有什么事？是不是还有其他人要我去调查？”

“不是，还是原来那两个。他们有十三岁左右的儿子吗？”

“布拉敏的贺夫有一个，哥本哈根的奥金有两个三十多岁的女儿。”

“贺夫的遗孀多大年纪？”

“很年轻，我还觉得挺奇怪的呢。我想想啊，比娜塔还年轻，估计是四十二岁吧。”

“你见到那个男孩了吗？”

“他上学了。我是不是该跟他谈谈的？”

“不是，我只是想知道他的长相。”

“那男孩嘛，瘦瘦的。他母亲把他的照片放在钢琴上，照片上他正在拉小提琴。我当时说了几句客套话，她说那是一张旧照片，九岁的时候照的。现在差不多十四岁了。”

“深色头发，蓝眼睛，尖挺的鼻子，对吗？”

“我哪能记住？深色头发倒没错，眼睛我就不知道了，那不是彩色照片。只是一个清瘦的男孩在拉小提琴，头发是深色的。你问得也差不多了吧。”

“是的。谢谢你，老葛。再见。”

他挂断电话；电话又在他手上响了起来。

是皮瓦渥。两人用犹太语交谈。

“你调查过的两个人，他们有十四岁左右的儿子吗？”

“安德森·鲁斯坦有，派森没有。”

“你见到那男孩吗？”

“你是说鲁斯坦的儿子吗？我在等他母亲的时候，他还给我画像呢。我还跟他开玩笑说要把他带到我店里去工作。”

“他长相怎样？”

“苍白，清瘦，深色头发，尖挺的鼻子。”

“蓝眼睛？”

“淡蓝色。”

“他母亲四十出头？”

“我告诉过你吗？”

“没有。”

“那你怎么知道?”

“我现在没法跟你说太多,人家在等我吃饭呢。再见,盖柏。多保重。”

电话再次响起,接线生回话说克劳斯的电话还是没人听。赖柏曼交代她稍后再拨。

他回到餐厅,觉得头脑轻飘飘的一片空白,心思全飘到别处去了(是奥斯维辛吗?),只剩下一副躯壳坐在桌前,在华克斯特跟在场的大伙儿一块进餐。

席间,他答问着那些寻常的问题,说些庸常的故事,尽其所能地吃饱喝足以给桃莉·赖柏维兹足够的面子。

饭后,他们分坐两部汽车来到一个神殿。他在那儿演讲,回答观众提问,在书上签名。

返回到住处时,他又打电话给克劳斯。“那边现在是凌晨五点,”接线生提醒他。

“我知道。”他说。

克劳斯迷迷糊糊地接了电话。“什么？你是？晚上好！你在哪儿啊?”

“美国马萨诸塞州。堤垛的那个寡妇多大年纪了?”

“你说什么?”

“堤垛的那个寡妇多大年纪了？就是薛伯太太。”

“上帝！我不知道,很难定数,她化了很浓的妆。不过比薛伯年轻多了,三十多或四十出头吧。”

“她有一个十四岁左右的儿子吗?”

“差不多是这年龄，对我挺不友好的，不过不能怪他，因为他被他妈打发到他阿姨家去，以便让我和她能‘私下谈谈’。”

“描述一下那男孩。”

克劳斯愣了一会儿。

“男孩清瘦，大约到我下巴这么高，蓝眼睛，深棕色头发，尖挺的鼻子，很苍白。发生什么事了吗？”

赖柏曼的手指在方块状的按键上拨弄着。要是圆形的会好看得多，他想。做成方形很没道理。

“赖柏曼先生？”

“这件事不是毫无头绪的臆断，”他说，“我找到线索了。”

“天哪！什么线索？”

他深吸一口气，再呼出。“他们有一模一样的儿子。”

“一样的什么？”

“儿子！一模一样的儿子！完全一样的男孩！我在这里看到一个，在盖柏克也看到一个，你又在你那儿看到一个；还有一个在瑞典冈兹堡、一个在丹麦的布拉敏。这几个男孩完全一模一样！会弹奏乐器，或者会画画，而且连母亲都一律四十一二。五个不同的母亲，五个不同的儿子，可这五个儿子长得一模一样，在五个不同的地方生活。”

“我……不明白。”

“我也不明白啊！这之间的关联可以为我们推出某种结论，对吗？我们刚开始觉得这事有点疯狂，现在看来才真的不可思议！五个男孩居然惊人地相似！”

"赖柏曼先生——我觉得可能有六个。福尔堡的罗森柏格太太也是四十一二岁,也有个年少的儿子。我没见过他,也没问过他的年龄——我当时没想到这会有关联——不过罗森柏格太太说,他可能去海德堡念大学,不是去研习法律,而是专攻写作。"

"六个。"赖柏曼说。

一阵沉默在他俩之间蔓延,长久的沉默。

"或者是九十四个?"

"六个已经超乎想象了,"赖柏曼说,"所以,没什么是不可能的。但即便这有可能,虽然事实上未必,他们为什么要杀害孩子们的父亲呢?我真希望今晚一觉睡过去,醒来时是身在维也纳那个一切只刚刚开始的夜晚。你知道门格勒在奥斯维辛最大的兴趣是什么吗?双胞胎。他残害了成千上万对双胞胎,用于'研究',企图攻克如何培育出完美的雅利安人种。你能帮我一个忙吗?"

"当然!"

"你再去福尔堡一趟,看那个男孩一眼,看看他是否跟堤垛那个男孩长得一模一样,回头再告诉我我是不是疯了。"

"我今天就去。我怎么才能联系上你?"

"我会打电话给你。晚安,克劳斯。"

"早安,不过晚安也行。"

赖柏曼放下电话。

"赖柏曼先生?"桃莉·赖柏维兹在门口对他笑笑,"你想和我们一起看新闻吗?再来点点心?要蛋糕还是水果?"

汉娜的奶水不足，狄妮哭个不停，汉娜当然很难过，那是可以理解的。可是为此非要给狄妮改个名字有道理吗？汉娜坚持这么做。

“别跟我争，”她说，“从现在开始我们要叫她菲黛，这是婴儿最好的名字，这样的话，我就会有奶了。”

“这没道理嘛，汉娜，”赖柏曼耐心地劝说，陪太太步履艰难地走在雪地里。“事情一件归一件，没什么相关的。”

“她的名字是菲黛，”汉娜说，“改名字又不犯法。”

前面的积雪突然崩开一道深谷，汉娜滑落下去，狄妮在她怀里哀号。哦，天哪！他看着刚才裂开的深谷现在又闭合回去。一片漆黑中，他躺在一个房间的床上。原来是在华克斯特，赖柏维兹家。六个男孩。狄妮长大了，汉娜死了。

好可怕的梦啊。怎么会做这样的梦呢？是那个菲黛！汉娜和狄妮滑落深谷……

他静静地在床上躺了一会儿，驱散掉梦里可怕的场景，然后起身——窗帘下方透出微弱的光线——走进浴室。

整个晚上未曾起来过，的确睡了一夜好觉，除了那个噩梦。

他走回卧室，把手表拿到一个窗户下看了一眼，六点四十分。

他回到温暖的被窝里，往身上拉了拉毯子，躺下来思考。早晨的空气，好清新啊。

六个完全一样的男孩——不，六个非常相似的男孩，也许是完全一样——生活在六个不同的地方，六个年龄一样的母亲，六个死于暴力、年龄完全一样、职业也类似的父亲。这一切并非不可思议，完全是真的，是铁的事实，所以必须去面对，揭开真相，弄清原委。

他静静地躺着，放松心情，让思绪自由自在地漂浮着。男孩，母亲，汉娜的乳房，奶。

婴儿最好的名字……

亲爱的上帝，事已了然，肯定是这样的。

他把事情全部拼凑在一起……

不管如何，这是其中的一部分。

这样就很容易解释葡萄柚汁以及她赶他走的理由了；还有她急匆匆地支走男孩。她思维敏捷，假装是在担心儿子赤着脚而且没穿罩衫。

他躺在那儿，希望能找到其余部分的答案，最主要的那个部分，也就是有关门格勒那部分，可是想不出来。

保持镇定，一步一步来……

他起床，冲澡，刮脸，整理胡子，梳头发；服过药，刷了牙，戴上眼镜，穿戴整齐，并打好包。

七点二十分，他进来厨房。女佣法兰西斯在那儿，伯特·赖柏维兹则穿着短袖衬衫在边吃早餐边看报纸。道过早安后他便在赖柏维兹对面坐了下来，“我得比原计划早一点去趟波士顿。可以搭你的便车吗？”

“当然可以，”赖柏维兹说。“我五点左右出发。”

“太好了。我还得打个电话，打到雷诺克斯。”

“我敢打赌肯定是有人警告过你，桃莉的车技不咋地。”

“不，临时有点事。”

"坐我的车,你会觉得舒服多了。"

八点十五分,在图书室,他拨通了库里太太的电话。

"哪位?"

"早上好,又是我,亚克夫·赖柏曼。希望没吵醒你。"

对方一阵沉默。"我已经起床了。"

"你儿子今早感觉好些了吗?"

"不知道呢,他还在睡。"

"那就好,睡眠充足,对感冒是最好的。他不知道他是收养的,对吧,所以当我告诉他有一个双胞胎兄弟时,你变得很紧张。"

电话那头没吱声。

"现在不用紧张,库里太太,我不会告诉他的。如果你希望保守这个秘密,我一个字都不会泄露的。我只是想请你告诉我一件事,这事非常重要。他是你从一个叫菲黛·麦隆尼的女人那里抱回来的吗?"

对方还是沉默。

"肯定是,对吧?"

"不,等一下。"电话被放下,脚步声渐渐远去。有好一会儿,脚步声又返回来。她声音轻柔,说:"喂?"

"喂?"

"我们是通过纽约一家中介领养他的,完全符合法律领养程序。"

"是路丝-葛帝斯介绍所吗?"

"是的!"

“菲黛·麦隆尼一九六〇至一九六三年就在那里工作。”

“我从来没听说过这个名字！你管这事干什么？即便他真的有一个双胞胎兄弟又怎么样？”

“我也不知道。”

“那就不要再打扰我了！而且，不要接近杰克！”电话挂了。一片沉寂。

伯特·赖柏维兹把他送到罗根机场，他搭上九点飞往纽约的班机。

十点四十，他已在路丝-葛帝斯介绍所副总经理蒂古太太的办公室里，她是一个身材苗条、白发秀美的女人。

“一个都没有。”她对他说。

“一个都没有？”

“没有，她不是社工人员，因为资质不够。麦隆尼是管档案的。当然，律师在帮她打引渡官司的时候，会把她最良好的一面展现出来，所以他会刻意暗示她在这里的位置比实际的重要，其实她只是一个管理档案的职员。我们就这点知会过政府律师——我们当然也很怕因为事实真相而卷进她的事情里去——法庭曾发传票给我们人事部主任，不过她从未被叫去举证。事后我们考虑过发表声明或登报澄清，但最后还是决定让事情渐渐淡化比较好。”

“这么说，她其实没有为弃婴找收养家庭？”赖柏曼扯着自己的耳朵。

“没有，”蒂古太太说，对他笑笑。“你可能把事情因果倒置了：为需要领养的家庭找孩子是一件挺难办的事情，需要量比可供量大得多，尤其是在收养法修正以后。我们能帮助的只是一小部分申请收养的家庭。”

“一九六〇至一九六三年的情形也是这样吗？”

“从那时起一直都是这样，现在就更缺了。”

“有很多人申请吗？”

“去年有超过三万个家庭，全国各地区，事实上还有来自欧陆的。”

“我问你一个问题，”赖柏曼说。“假设一对夫妇来找你们，或写信给你们，时间是一九六一至六二两年间，夫妻人很好，环境也不错，丈夫是公务员，工作稳定；妻子——请允许我想一下——当时大概二十八到二十九岁，丈夫五十二岁。这样一对夫妻从你们这里领养到孩子的几率有多大？”

“微乎其微，”蒂古太太说。“我们不会把孩子放在丈夫年龄那么大的家庭，四十五岁是我们的底限，只有情况特别的时候，我们才考虑派给那么大年纪的人。大部分孩子都是交给年龄三十出头的夫妻——这种年龄一方面够成熟，足以维持婚姻稳定；另一方面又还算年轻，可以保证孩子的养育不会中断。情况大概就这样。”

“那刚才那种情况的夫妻在哪里可以领养到小孩？”

“反正不会是从路丝-葛帝斯这里。其他一些中介弹性较大，而且，肯定还有些半合法市场。他们的律师或医生也许能打探到不想去堕胎的年少未婚妈妈，或者有人付钱给这些人，让她们把孩子生下来。”

“可是如果他们来找你们，你们会拒绝他们是吧。”

“是的。我们从来没把孩子托付给超过四十五岁的人。有成千上万更适合领养的家庭排队等着、盼着呢。”

“被拒绝的申请档案，”赖柏曼说，“会由菲黛·麦隆尼来整理归档吗?”

“由她或另一位职员去做，”蒂古太太说，“我们会将所有申请和联络资料保存三年，后来改为五年，不过现在因为空间不足，我们把存留年限缩短了。”

“很感谢你。”赖柏曼拿着行李箱站起身，“你说的这些对我很有帮助，非常感谢。”

在古根翰博物馆对街一间小电话亭里，赖柏曼把行李和手提箱放在身边过道上，拨通了演讲经纪人金卫塞先生的电话。

“有个坏消息要告诉你，我必须去德国一趟。”

“什么时候?”

“现在。”

“不行！今晚你得在波士顿大学演讲！你现在在哪儿?”

“在纽约。今晚我一定得上飞机。”

“不行啊！这事是预定好了的！票都卖出去了！而且明天——”

“我知道，我知道！你以为我喜欢爽约吗? 这对你、对大家都是很头痛的事，你甚至可以告我违约，我哪能不知道呢? 可是事情——”

“没人说要——”

“此事攸关生死，金卫塞先生。攸关生死啊，甚至比这更严重。”

“他妈的。你什么时候回来?”

“我也不知道。我可能得在那边待上一阵子,而且还要去其他地方。”

“你的意思是你要取消剩下的所有行程?”

“请相信我,我是万不得已——”

“这样的事情,十八年来我曾碰到过一次,那时是一个歌手爽约,像你一样是一个不负责任的人。听着,亚克夫,我对你敬佩有加,并希望你一切顺利。我现在是以同胞、一个犹太同胞的身份,而不是你的经纪人的身份跟你说话。我请求你再好好考虑一下:如果你因为一时情况变化就取消整个行程——我们以后还怎么为你代理?没人愿意做你的代理了,也不会有哪个组织愿意跟你签约了,你在美国的演讲就被你自己终结了。我求你了,请三思。”

“你刚才说的时候我就想过了,”他说,“我不得不走,身不由己。”

他搭乘的士来到肯尼迪机场,把返回维也纳的机票换成经法兰克福到多塞道夫的:最早的一班,晚上六点出发。

他买了一本法拉戈笔伐鲍曼罪行的书,坐在窗边读,就此打发掉一个下午。

五

指控菲黛·奥莎·麦隆尼和其他八名在莱文斯布拉克集中营屠杀犹太人的案子，随时都可能会宣判结果。因此，一月十七日星期五这天，当亚克夫出现在多塞道夫的韦伯与费瑟勒律师事务所、也就是麦隆尼太太的律师办公室时，并未受到应有的欢迎，甚至有点冷淡。不过乔钦·费瑟勒的确像个律师，知道赖柏曼到此来不是幸灾乐祸或消磨时光的，他是无事不登三宝殿，必定有什么东西是他想要的，因此也必定有他可以提供或被要求拿出来作交换的。于是，费瑟勒悄悄按下录音机按钮，并在办公室接待赖柏曼。

他的推测是对的。这个犹太人想接触一下菲黛，并问她一些与战时行为无关、与即将进行的审判也没有任何关系的问题——而是一九六〇至一九六三年她介入的一些美国事件。什么美国事件？她或其他人利用路丝-葛帝斯介绍所的资料，安排弃婴收养的事件。

“我对那什么收养事件一无所知哦，”费瑟勒说道。

赖柏曼说，“麦隆尼太太知道。”

如果她愿意见他并完全坦诚地回答他的问题，他可以告诉费瑟勒他找来的那几个证人将在审判菲黛时呈现的一些证词。

“哪几个证人？”

“名字恕不提供，能告诉你的是他们的证词。”

“得了，赖柏曼先生，你知道，我不会盲目买账的。”

“价钱够合算的了，不是吗？不就占用她一小时左右的时间吗？再说她现在蹲在牢里，闲着也是闲着。”

“她可能不想谈所谓的收养事件。”

“怎么不问问她本人呢？我知道三个证人的证词，你可以选择到时在法庭上听得直冒冷汗，也可能选择现在先知道，明天就预先做好准备。”

“坦率地说我确实不那么担心。”

“那我看我们的交易做不成了。”

这事花了四天时间才算搞定。麦隆尼太太愿意给赖柏曼半小时时间谈他所关心的事情，提出的条件是：A）费瑟勒必须在场；B）不得有第四个人在场；C）不许做笔录；D）谈话开始前，赖柏曼同意由费瑟勒搜身以查证是否携带录音设备。交换条件是赖柏曼必须告诉费瑟勒他所知道的那三个证人的全部证词，并提供每个证人的年龄、性别、职业，以及他们目前的心理和身体状况，尤其是在莱文斯布拉克集中营里造成的伤疤、缺损及伤残。面谈之前，赖柏曼必须先提供其中一个证人的证词，面谈结束后再提供其他两个证人的。同意，成交。

二十二日，星期三早上，赖柏曼坐上费瑟勒的银色跑车来到菲黛·麦隆尼一九七三年从美国引渡至此后拘禁所在的多塞道夫联邦监狱。费瑟勒身材矮胖，衣着讲究，现年五十几，此时他像往常一样脸色红润，只是——当他们来到监狱说明身份并签名时——他不再显出惯有的趾高气扬。赖柏曼先把最具杀伤力的证人证词告诉他，试图让他觉得后面两个的证词更可怕，同时也让麦隆尼太太心里清楚，这次面谈不可以掉以轻心，敷衍了事。

一名守卫带他们上了电梯并把他们带到铺着地毯的走廊上。走廊里有几名守卫和舍监默默地坐在长凳上，凳子就摆在钉着铬合金字母的胡桃木门之间。守卫打开一扇标着G字母的门，示意费瑟勒和赖柏曼进到一个米色正方形房间里，里面摆着圆形会议桌和几把椅子。日光穿过旁边两面墙，透过两扇安装了网丝的窗户照进来。窗户有一扇加了栅栏，另一扇则没有，这让赖柏曼觉得奇怪。

守卫打开顶灯，原本就很光亮的房间，开不开顶灯并没什么区别。守卫撤退，关上房门。

他们把帽子和手提箱放在一个角落的衣帽架上，脱下外套，挂在衣架上。赖柏曼双臂张开站在那儿，费瑟勒表情好斗而果断地搜他的身。他摸了摸赖柏曼挂在衣架上的外套口袋，并让他打开手提箱。赖柏曼叹了口气，不过还是将箱子打开了，把里面的文件和法拉戈写的那本书拿给他看，然后合上箱子，锁好。

这样的窗户蛮不错的嘛——没加栅栏的那扇可以看到下面远处院落里的高墙；加了栅栏的窗户下则可以看见黑色屋顶——他背对着没栅栏的窗户，在桌子边坐下。不过他又立刻站了起来，这样的话，等会儿麦隆尼太太进来的时候，他就不用考虑是坐着好还是站起来好了。

费瑟勒将那扇带栅栏的窗户拉开一点，站在那儿往窗外看，并把网丝窗帘挪到一边。

赖柏曼交叠着双臂，看着桌上托盘里摆着的玻璃水瓶和纸包着的玻璃杯。

一九六七年，赖柏曼把菲黛·奥莎的档案和下落报告给德、美官方。她的档案材料一直存放在中心的资料库里，是数十名莱文斯布拉克集中营幸存者（其中三名很快就要成为证人）的谈话记录和通讯摘要。她的下落是另外两名幸存者提供的，她们是一对姐妹，有一次在纽约赛马场认出这位前纳粹警卫，于是便跟踪她到了她家。赖柏曼本人从未与这个女人谋过面，他不想与她同坐一张桌子，撇开别的不说，他排行居中的姐姐艾达就死在莱文斯布拉克集中营。姐姐的死，很有可能菲黛·奥莎·麦隆尼就插了一手。

他把艾达的事搁到一边，把路丝-葛帝斯以及六个甚至更多长得一模一样的男孩之外的事全抛开。路丝-葛帝斯前任资料管理员马上就要进来了，他告诉自己说。我们将坐在这张桌子前，谈上一会儿，然后，也许我就能弄明白他妈的到底发生什么事了。

费瑟勒从窗边转过身来，推开袖口，皱着眉头看着手表。

门开了，菲黛·麦隆尼穿着淡蓝色囚服、手插在口袋里走了进来。一名女舍监微笑着在她身后说，“早上好，费瑟勒先生。”

“早上好，”费瑟勒说着走上前去，“你好吗？”

“很好，谢谢你。”女舍监说，她也冲赖柏曼笑了笑，并掩门而去。

费瑟勒揽着菲黛·麦隆尼的肩，吻过她的脸颊，然后带她退到角落里，低声交代一番。她完全被他的身躯挡住了。

赖柏曼清了清嗓子并坐了下来，顺手将椅子拉近桌子。

他眼见的人跟照片里的一样：一个相貌平平的中年妇女。此时她正站在这个小小的角落里，泛白的头发向后梳在两边，在头顶盘起；面容憔悴苍白，平阔的下巴，沮丧的嘴；疲惫的双眼倒依然显得坚毅。穿着囚服的菲黛·麦隆尼更像一个劳作过度的女佣或女侍。他心想，总有一天，我希望看到一个看起来就像魔鬼的魔鬼。

他扶着木桌厚厚的边缘，想听清费瑟勒到底在嘀咕些什么。

他们来到桌前。

他看着菲黛·麦隆尼，她也——当费瑟勒拉开对面的椅子时——用蓝眼睛打量着他，薄薄的嘴唇垂闭着。她点了点头，坐了下来。

他点头回应。

她朝费瑟勒微微一笑致谢，手肘靠在椅子扶手上，一只手的手指轻敲着桌沿，然后再换另一只手，动作挺快地敲着。后来，她停了下来，看着自己放在桌上的手。

赖柏曼也这么看着。

“现在开始计时”——费瑟勒坐在赖柏曼右手边，仔细看着抬起的手腕上的表——“现在是十二点二十五分。”他看着赖柏曼。

赖柏曼看着菲黛·麦隆尼。

她也看着他，稀疏的眉毛修得弯弯的。

他感觉自己说不出话来，呼吸困难——满脑子都是艾达，心如撞鼓。

菲黛·麦隆尼抿了抿嘴唇，看了一眼费瑟勒，又继续看着赖柏曼说，“我不介意谈婴儿收养的事。我这么做让许多人得到幸福，我不觉得有什么好羞愧的。”她操着德国南方口音，比费瑟勒的浓重的多塞道夫口音好懂得多。“至于提到同志党，”她轻蔑地说，“他们已经不是我的同志了。如果是的话，我也不会在这里，而是跟他们跑到南美去，对吧？”——她睁大眼睛——“过着舒服的生活。”她把一只手放在头顶，捏着指关节，模仿拉丁人的音调摇摆着身体。

“我觉得对你来说，最好的办法，”费瑟勒对她说，“就是把一切都说出来，就像你向我坦言一样。”他看着赖柏曼。“然后，你就可以尽你所需地发问了，只要时间允许。你同意吗？”

调整了一下呼吸。“同意，”赖柏曼说，“如果所提供的时间足够的话。”

“你不会是真的要计时吧？”菲黛·麦隆尼问费瑟勒。

“当然要计时啦，”他说，“协议就是协议。”他转向赖柏曼道：“时间足够，你不用担心。”他看着菲黛·麦隆尼，并点了点头。

她双手交叠放在桌上，看着赖柏曼。“组织里有一名成员联系到我，”她说，“一九六〇年春天，我的一位住在阿根廷的叔叔跟他们提到我，他现在已经去世。他们想让我在收养代理处设法找到一份工作。阿劳斯——就是那个联系我的人——备了一张名单，上面有三四个收养中介。他说我只要找到一个能让我管理档案资料的就可以了。‘阿劳斯’只是他给我的一个名字，没告诉我他姓什么，他年过七十，白头发，是那种腰杆挺直的旧式军人。”她用眼神探问赖柏曼。

赖柏曼没作任何反应，她便往椅子后背靠了靠，一边一个一个地看着自己的手指甲。“我跑遍了那几个收养中介，”她说，“可是都没空缺。还好夏天过后，路丝-葛帝斯那边打来电话，最后他们雇佣了我去做档案管理员。”她若有所思地笑笑。“我丈夫觉得我这是疯了，跑到曼哈顿去工作。那时我原本在距离我家仅十一个街口的一所高中工作。我告诉他说他们保证我只需在路丝-葛帝斯工作一年左右我就——”

“说基本要点就可以了，嗯?”费瑟勒说。

菲黛·麦隆尼皱皱眉，点了点头。“就那样，我去了路丝-葛帝斯。”她看着赖柏曼，“我在里面主要是看邮件和档案，找出符合要求的申请人，那就是收养家庭的丈夫必须是一九〇八年至一九一二年出生的，而妻子则必须是一九三一至一九三五的；丈夫必须担任公职，夫妻俩必须是有北欧血统的白人基督徒。这是阿劳斯交代我的。每找到一对符合要求的——一般是一个月只能遇上一两例，我就用公司的机器把他们的档案资料，连同他们与路丝-葛帝斯的来往信件一起复印下来。我会复印两份，一份给阿劳斯，一份给自己，给他的那份我用他提供的信箱邮寄给他。”

“寄到哪里?”赖柏曼问。

“曼哈顿，天文馆邮局，在西区。我在那里工作期间，一直在做这件事——找到合适的申请人、邮寄资料。一年左右后，要找到符合条件的就更困难了，因为那时我已经把库存的资料都看遍了，只好在新的申请人中找。后来，丈夫必须是公职人员这个条件做了改变，只要类似于公职的工作就可以，像丈夫在大型机构上班、有一定权力的，比如在某个保险公司做理赔人员啊。这么一来，我又得重新过滤一遍库存的资料。三年内，我总共应该寄出过四十至四十五份申请人的复印资料。”

她身子往前倾，去取托盘里一个纸包的玻璃杯，拿在手上把玩着。“在……噢，在一九六〇年圣诞节至一九六三年夏末之间，这份工作结束了，我也离开了，事情就是这样的。阿劳斯或另外一个人，叫威立，会打电话给我，一般是威立打的。他会说，‘问问看……加州的史密斯家三月份要不要孩子，’或随便哪个月，通常是提前两个月去问；或者叫我‘问问新泽西的布朗家要不要。’有时他会给我三个名字。”她看着赖柏曼，解释说：“他说的这些人，都是我之前寄过资料的申请家庭。”

他点点头。

“接到他交给的任务后，我就打电话给史密斯和布朗家。”她把包装纸从杯口拿开。“我会在电话里对他们说，他们以前的邻居告诉我他们想收养一个男孩，问他们现在还想不想要，他们几乎都是很肯定地回答。”她挑战地看着赖柏曼。“他们不仅仅是想要，简直就是欣喜若狂，尤其是女人。”她把拿下来的纸捏在手里，一点一点地把杯子推开。“接着我会告诉他们，我可以在三月或其他任何时候，帮他们找到一个健康白胖的、几个星期大的婴儿，并附上纽约州的收养文件。不过他们得先尽快把完整的医疗报告寄给我——

我再把报告寄到阿劳斯的邮箱——他们还必须同意，绝不告诉别人孩子是领养来的，我说这是孩子生母坚持要这么做的。当然了，如果孩子找到了，来领孩子的时候他们就得付给我一些费用，通常是一千块，如果他们付得起，就付得更多，他们的经济状况可以从申请表里了解到。钱尽量收多点，这样看起来才像普通的黑市交易。”

她把弄皱的纸放在托盘上，掀开玻璃水瓶盖子。

“几个星期后，我又会接到另一通电话。‘史密斯家不合适，布朗可以在三月十五日接孩子’。或者有可能——”她拿起玻璃水瓶往杯子里倒水，再倾斜一点，可没倒出水来。“总是这样。”她说道，索性把黑色水瓶头朝下倒了过来。“这鬼地方老是这样！玻璃杯包得好好的，瓶子里却没水！天哪！”她用力把水瓶扔在托盘上，纸包的杯子都跟着跳了起来。

费瑟勒站起身。“我去弄点来。”他拿起水瓶子，说，“你们继续。”然后朝门边走去。

菲黛·麦隆尼对赖柏曼说，“我能跟你说出一大堆这里的破事……天哪！就是这样。对了，他告诉我谁可以领养孩子、在什么时候领养，或者有可能两对夫妻都很不错，他就叫我打电话给第二对，跟他们说他们晚了一步，同时也透露一个信息给他们说六月份将有个女的要生了。”她拿着杯子在手上转来转去，撅了撅嘴。“婴儿送出的那个晚上，”她说，“一切事情都提前精心安排妥当，孩子经由阿劳斯或威立交给我，然后由我交给领养的夫妇。我会在现在的肯尼迪机场——以前叫爱德华德机场的豪尔强森汽车旅馆订一间房——用伊丽莎白·葛雷利这个化名。他们会派一对年轻夫妻或单独一个妇女，也有时是一个女空服员，把婴儿送到我手上。有时他们带来的孩子不止一个——我的意思是同一个人会在不同时间带孩子来——不过一般来说每次带孩子来的都是新面孔。他们同时把文件也带来，上面有领养夫妻签名，看起来跟正规文件一样。一两个小时后，领养夫妇就会过来，满心欢喜、感激不尽地把孩子带走。”她看着赖柏曼。“他们都是好人，一定会是称职的父母。他们把酬金付给我，并承诺——我让他们对着圣经发誓——永远不让孩子知道身世。送来的都是男孩，看着让人心生爱怜。领养的夫妻抱到孩子就离开。”

赖柏曼说，“你不知道他们是从哪儿来的吗？我的意思是，他们在哪儿出生的？”

“你是说孩子？他们是从巴西送过来的。”菲黛·麦隆尼的目光移到别处。“带他们来的都是巴西人，”她说着，伸出一只手，“女空服员则是巴西航空公司的。”她从费瑟勒手里接过水瓶，拿到杯子边，给自己倒水。费瑟勒绕过桌子，回到座位上坐下来。

“从巴西……”赖柏曼说。

菲黛·麦隆尼一边喝水，一边把水瓶放回托盘。她又喝了一口，然后放下杯子，舔了舔嘴唇。“一切都按计划如期地进行，”她说，“只有一次，安排好的领养夫妻没来，我打电话过去，他们说他们已改变主意，于是我把婴儿带回家，张罗让下一对夫妻来领，当然文件也重新换一份。我对我丈夫说是路丝-葛帝斯的人弄错了，没有人收留这个孩子。他什么都不知道，直到现在他还是什么都不知道，事情就这样。总共应该有二十个孩子吧，刚开始时时间比较凑近，后来差不多两三个月一个。”她拿起杯子啜饮。

“十二分钟了，”费瑟勒看着他的手表说，并对赖柏曼笑笑。“明白吗？你还剩下十七分钟。”

赖柏曼看着菲黛·麦隆尼。“孩子们长相如何？”他问她。

“很漂亮，”她说，“蓝眼睛，深色头发，他们长相都很相像，比平常孩子相像的程度大得多；他们长得都像欧洲人，不像巴西人，肤色白皙，蓝眼睛。”

“是他们告诉你说孩子是从巴西来的，还是你根据……？”

“他们什么都没告诉我，只告诉我哪天晚上孩子会被带到汽车旅馆，几点钟到。”

“你认为这些会是谁的孩子？”

“她的看法，”费瑟勒说，“肯定跟事情没什么关系。”

菲黛·麦隆尼摆摆手制止费瑟勒。“这样问问有什么关系呢？”她问费瑟勒，转而对赖柏曼说，“我觉得他们是住在南美的德国人的孩子，可能是德国女子与南美男子的私生子。至于党团组织为什么要把他们送到北美，而且那么慎重地选择收养家庭——我就不得而知了。”

“你没问过吗？”

“刚开始的时候，”她说，“阿劳斯第一次告诉我该找哪些条件的档案资料的时候，我问过他这么做目的何在。他让我别问那么多，只要按他吩咐的去做就是，这是为祖国效力。”

“我相信你当时很清楚，”费瑟勒提醒她，“如果你不合作，那他可能早就让后来几年后的麻烦事曝光了。”

“是的，当然，”菲黛·麦隆尼说。“我当然很清楚会那样。”

赖柏曼说，“从你这里领养婴儿的那二十对夫妇——”

“大约是二十对，”菲黛·麦隆尼说。“也许还不到。”

“他们全都是美洲人吗？”

“你是问他们是不是美国人吗？不是，有些是加拿大人，大概五六对吧，其余的是美国的。”

“没有欧洲人。”

“没有。”

赖柏曼静静地坐着，揉了揉耳垂。

费瑟勒盯着手表看。

赖柏曼说，“你还记得他们的名字吗？”

菲黛·麦隆尼笑笑。“都过去十三四年了，”她说，“我记得一个，姓威拉克，因为他们送给我一条小狗，有时我会打电话给他们问养狗的事。他们养杜宾狗，住在宾州新普维登斯。我说起我和先生想养一只，他们来领孩子的时候，就顺便把莎莉带过来了，那时莎莉出生刚十个星期，很漂亮。我们还养着呢，现在我先生在养。”

赖柏曼说，“古塞呢？”

菲黛·麦隆尼看着他，点点头。“对，”她说，“第一位领养人就是古塞，没错。”

“从图森来的。”

“不，是俄亥俄州。不对，是爱荷华的阿美斯。”

“他们后来搬到图森，”赖柏曼说，“他在今年十月一次意外事故中死亡。”

“哦?”

“古塞之后是谁?”

菲黛·麦隆尼摇摇头。“在他之后一段时间来领养的人有好几对,时间比较接近,只间隔两周。”

“是库里吧?”

她看着赖柏曼。“是的。”她说,“从马萨诸塞州来的,不过他不是紧接着古塞的那个。请稍等。古塞是二月底来的,后来是另一对夫妇,来自南——梅肯,我想;再后来才是库里夫妇,接着是威拉克。”

“威拉克是在库里之后两星期来的吗?”

“不是,是两三个月之后。前三对领养完后,间隔的时间就拉长了。”

赖柏曼问费瑟勒,“要是我用笔把这些记下来,是不是要你的命?这对她没伤害,发生在美洲已是过去很久的事。”

费瑟勒无可奈何地叹了口气。“好吧。”他说。

“这事怎么会有那么重要呢?”菲黛·麦隆尼问。

赖柏曼拿出笔,并在口袋里找了一张纸。“‘威拉克’怎么拼?”他问。

她拼给他听。

“宾州新普维登斯?”

“是的。”

“请再想想:威拉克领到孩子的准确时间在库里夫妇之后

多久?”

“准确时间我想不起来,大概两三个月吧,跟平时间隔的时间不一样。”

“是两个月比较可能,还是三个月?”

“她想不起来了。”费瑟勒说。

“没关系,”赖柏曼说,“威拉克之后又是谁呢?”

菲黛·麦隆尼叹口气。“我想不起谁在什么时候来领养的,”她说。“领养人有二十对之多,为时超过两年半哪。有个姓杜鲁门的,不过跟杜鲁门总统没关系,我想他们是一对加拿大夫妻;还有……好像叫‘柯温’或‘柯宾’什么的,对了,是柯柏特。”

她又想起另外三个名字以及六个城市。赖柏曼将它们一一写下。

“时间到了,”费瑟勒说,“你到外面等我一下好吗?”

赖柏曼收起笔和纸。他看着菲黛·麦隆尼,点了点头。

她点头回应。

他站起身来,朝衣帽架走去;把大衣搭在臂上,再从架子上拿起帽子和手提箱。他朝门口走去,又突然停止,站在那儿一动不动;后来又转过身。“我想再问一个问题,”他说。

他们俩看着他。费瑟勒点了点头。

赖柏曼看着菲黛·麦隆尼说,“你的狗什么时候生日?”

她面无表情地看着他。

“你知道吗?”他问她。

“知道,”她说,“四月二十六日。”

“谢谢你，”他说完便转向费瑟勒：“请不要让我在外面等太久。我想把这件事办完。”他转过身，打开门朝走廊走去。

他坐在一条长凳上用笔和袖珍计算器做一些计算。那位女舍监就坐在他放着的大衣一边，对他说，“你觉得你能让她脱罪吗？”

“我不是律师，”他说。

费瑟勒不安地开着车，挪动在堵塞的车流中，他说，“我完全被弄糊涂了。拜托你能不能告诉我，在这桩婴儿事件中，党团组织到底想干什么？”

“很抱歉，”赖柏曼说，“这可不是我们协议的内容哦。”

好像他已经知道答案了似的。

他回到维也纳。在那儿，因为法院的一纸命令，中心的桌子和文件柜正在被搬往另一个办公室里，那是麦克斯在第十五区找到的一幢破败的大楼里的两间房子。如此一来，他也不得不马上搬家——莉莉已经帮他找到了——搬到一个更小更廉价的公寓里(再见了，盖朗塞，你这个混蛋)。屋漏偏遭连阴雨——办公室得预付两个月房租，法律费用，搬迁费用，还有电话账单——中心连去塞兹堡的机票钱都不够了，更不用说华盛顿了。

可他下周，二月四日或五日，必须到那儿去一趟。

麦克斯和艾丝特正忙着把新办公室布置得更像战犯资料中心，而不是‘H. 浩伯父子广告公司’，赖柏曼一边向他们解释说，“古塞和库里夫妇，”一边用纸包着的剃刀，把第二个字母‘H’从门框上挂掉，“相隔四个星期领到孩子，时间分别在一九六一年二月底和三月底，而古塞和库里被害时间也是相隔四个星期，过一天而已，顺序跟领养时间一样。威拉克夫妇大概是在七月五日领到孩子的——我知道这个时间，因为他们送了一只十周大的小狗给菲黛·麦隆尼，那只小狗是四月二十六日生的——”

“什么?”艾丝特转身看着他，手里正拿着一幅地图贴到墙上，麦克斯则把图钉按上去固定。

“——从三月底到七月五日，”赖柏曼继续刮着字母说，“差不多十四个星期，所以威拉克很可能会在二月二十二日前后，也就是库里死后十四个星期被害，我想在此前两三星期赶到华盛顿。”

艾丝特说，“我想我听懂你说的意思了，”麦克斯说，“有什么听不懂的？他们以领养到婴儿的相同时间顺序、相同的时间间隔被杀。问题是——这到底是为什么?”

这个问题，赖柏曼觉得，还可以继续探究。可无论什么原因，阻止这场谋杀才是最重要的，要阻止这件事，最好通过美国联邦调查局。他们可以轻而易举地调查到那两个死于“意外”的人，是否都是外貌酷似且非法领养来的儿子的父亲，而亨利·威拉克是否将会是第三位(或第四位，如果他们能找出那名在梅肯的受害者的话)暗杀对象。二月二十二日，或前后几天，他们可以抓住意图谋杀威拉克的人，并通过被捕人查出另外五名杀手的身份，甚至预谋的时间表。(现在赖柏曼相信，六名杀手是单独行动而不是两人搭档的，因为谋杀道林、古塞、贺夫和罗斯坦的时间很接近——而他们又在不同国家。)

也许，还有更简单的办法，那就是到西德首都伯恩的联邦犯罪调查署去，因为赖柏曼已经很确定，某个德国认养代理处（还有一个英国、三个斯堪的纳维亚代理处）曾经领养过由菲黛·麦隆尼搜取资料并分送的婴儿。克劳斯已发现福尔堡那个男孩跟堤垛的那个一模一样，而赖柏曼自己在多塞道夫时，曾打电话给道林太太、罗森伯格太太和薛伯太太，请她们回答“请告诉我，你的儿子是收养的吗？”这个问题，其中两位听后非常吃惊并很谨慎地承认了，另外一位则狂怒地否认，三个人都责令他少管闲事。

但在伯恩，他没有下一个受害者可以提供了，而且他要是解释说他是如何从菲黛·麦隆尼口中得到的这些信息，调查署可能很难接受。其实连他自己都很难接受，虽然他希望华盛顿那边肯相信他。此外，以自己犹太人中犹太的身份，他对德国当局的信任度，不如对纳粹事件高度关注的美国那么高。

所以，还是到华盛顿寻求联邦调查局的帮助吧。

他坐在新办公室电话机旁，联络几位老赞助人。“我很不愿意因为这样的事打扰你，但是请相信我，这件事实在太重要了，六名纳粹党卫军人员伙同门格勒正在进行一项阴谋。”他们都以通货膨胀、经济不景气、生意难做为由推辞。他只好把那些战时被害的父母、六百万被屠杀的同胞——他真的痛恨用这种激起罪恶感的方式来募捐。最终，有几个人答应捐款了。“请务必马上汇到，”他说，“情况紧急。”

“但这不太可能啊，”莉莉说，边用汤勺把第二瓢土豆泥放到他盘子里。“哪来那么多长相酷似的男孩啊？”

“亲爱的，”坐在桌子对面的麦克斯说，“可别说这不可能，亚克夫都已经看见了，他那位海德堡朋友也看见了。”

“菲黛·麦隆尼也看见了，”赖柏曼说，“所有婴儿都长得很相像，比平常看到的相像程度多得多。”

莉莉朝地上作吐口水状。“那个女人真该死。”

“她用的化名，”赖柏曼说，“叫伊丽莎白·葛雷利。我本想问她这名字是上级给她起的还是她自己选的，不过忘了。”

“那又有什么区别呢？”麦克斯嚼着食物问。

莉莉说，“葛雷利。门格勒在阿根廷就是用这个姓。”

“噢，那就对了。”

“那肯定是出自于他了，”赖柏曼说，“一切都是他一手操纵的，整个计划都是。即使不是他的本意，他却在认可这一切都是他所为。”

有些捐款到了——从瑞士和美国来的——他订了一张从法兰克福转纽约到华盛顿的机票，时间是二月四日，星期二。

一月三十一日，星期五晚，门格勒以门格勒之名，带着保镖飞往佛里雅娜波莉斯的圣塔卡德黎娜岛，此岛大致位于圣保罗和波多亚勒瑞之间。此时，“国社主义之子”正在岛上的诺瓦汉堡酒店舞厅，举行按人头每人一百巴西币的晚宴，厅内用纳粹的十字标志及红黑色彩纸装饰。门格勒一出现，全场为之沸腾！那些在第三帝国位高权重、闻名遐迩的纳粹大人物，对国社主义的子弟的态度趋于势利，常以身体不适为由婉言谢绝他们的邀请，并对他们的领袖汉斯·史多普颇有微词（这点，即便国社成员也承认，他的领袖行为有时表现得太过分)。但门格勒先生却肯纡尊降贵,穿着光鲜的白色晚礼服亲临宴会,和大家一一握手言欢、谈笑风生,亲切而随和地念着新朋友的名字。他的大驾光临实在是太令人感激了!而且他看起来是多么健康快乐啊!

的确,有什么理由不尽情欢笑呢?今天是三十一号了,不是吗?明天他又可以在图表上多打几个勾了,这样,第一栏上的勾勾就超过半数了——有十八个了。这些天,只要有空,他每场舞会、每个派对都想参加。当然,这是他在十一月及十二月初受尽苦恼忧愁之煎熬后的反应。那段时间,他以为赖柏曼那个犹太混蛋眼看着就要毁了他计划好的一切。如今他在这喜庆的舞厅啜着香槟,厅内挤满一脸钦羡的雅利安人,有的还穿着纳粹制服(乍看过去,仿佛三十年代的柏林),他有些吃惊地想起还不到两个月之前他去过的那个国家。一切都像天才犯罪剧情一样!万一党团背叛他,之前的密谋、计划、精心策划差不多就泡汤了(毫无疑问,他们差点就这么做了)。不过,赖柏曼的介入中断了蒙德前往法国并导致斯瓦莫在英国走错了几个城市之后,谢天谢地,最后他还是放弃了,乖乖待在家里,还以为是那位年轻的美国密探搞错了。(感谢上帝,他们在他为赖柏曼播放录音带时及时找到了他。)所以,我们现在才得以在这里喝着香槟,吃着不知名的美食。("真高兴能来到这里!谢谢大家!")而此时,据《纽约时报》报道,可怜的赖柏曼正飞往天寒地冻的美国,在犹太人的安排下,作无足轻重的巡回演讲。那儿可是冰天雪地的隆冬!就让雪下多点吧,上帝,越多越好!

门格勒坐在贵宾台上，史多普伴其左侧，殷勤讨好地向他敬酒——这手下不像他想象的那么白痴嘛——门格勒又把注意力转向坐在右边那位让人想入非非的金发美女身上。原来是上一年的纳粹小姐，难怪。不过她现在已为人妇——这逃不过他的眼睛——而且已有孕在身，有四个月了，丈夫在里约做生意。能坐在贵宾身边，颇为受宠若惊……也许？可以在这里过一夜，明儿一早再飞回去。

在与怀孕的纳粹小姐跳舞的时候，门格勒的手悄悄滑落到她让人垂涎欲滴的屁股上，法贝奇跳着舞凑了过来说，“晚上好！你好吗？我们是听说您在这儿才闯进来的。让我向您介绍一下我太太艾丝吧？亲爱的，这位是门格勒医生。”

门格勒继续在原地跳着，面带微笑，心想着自己像是喝多了。可是法贝奇并没有消失或改头换面，依然还是那个法贝奇——事实上，甚至更像法贝奇了：光头、厚嘴，眼睛贼溜溜地看着纳粹小姐做自我介绍，他臂弯里那个矮小的丑女则唯唯诺诺地说些“虽然你们让我男人离开了我！”，还是备感“荣誉”啊，“荣幸”啊之类的场面话。

门格勒松开手，舞步停了下来。

法贝奇兴奋地向他解释说：“伊格塞西亚酒店，颇有度二次蜜月的味道。”

他盯着他说，“你原本应该是在克里斯坦士达做好准备把奥斯卡干掉的。”

丑女喘着粗气。法贝奇脸色刷白地盯着他。

“叛徒!”他尖声叫道,“你这头猪——”话没说完,他整个人扑到法贝奇身上,抓住他肥厚的脖子,把他从跳舞的人群中推到后面,紧紧勒住不放,法贝奇则双手推着门格勒的双臂,涨得通红的脸对着说不出话来的门格勒,一双蓝眼睛鼓了起来。只听见一个女人尖叫了起来,众人全都转过身来:“噢,天哪!”一张桌子挡住了法贝奇,桌子另一端翘了起来,大家慌忙往后退。门格勒将法贝奇推倒在地,使劲勒着他,桌子被撞了出去,碗盘、杯具碎落一地,汤汁酒水洒得法贝奇满头满脸。

众人连忙伸手去拉门格勒,女人一片尖叫,音乐声支离破碎,渐渐消失。鲁狄拉着门格勒的手腕,哀求地看着他。

门格勒松开手,让大家把他拉了起来,双脚在地上站稳。“这家伙是个叛徒!”他高声对大家说,“他背叛了我,也背叛了大家!他背叛了我们民族!他背叛了雅利安人!”

跪在法贝奇身边的丑女尖叫一声,法贝奇的脸涨红湿润,他揉了揉喉咙,喘着粗气。“他头上有玻璃!”女人大叫,“噢,上帝啊!快叫医生!噢,布诺,布诺!”

“这家伙该挨枪子,”门格勒喘着粗气对围在身边的人说,“他背叛了雅利安民族,他肩负着作为军人的使命,却选择了当逃兵。”

在场的人表情关切却不明事由。鲁狄为门格勒揉着通红的手腕。

法贝奇咳了起来,试图想分辨什么。他将妻子拿着餐巾纸的手从脸上推开,一只手臂撑起身体,抬眼看着门格勒。接着,他又咳了起来,他再次揉了揉喉咙,他太太抓住他湿漉漉的肩膀。“别动!”她跟他说,“噢,天哪! 哪里有医生啊?”

“他们!”法贝奇大吼道,“打电话叫我回来的!”一滴血顺着右耳前流下来,像颗红宝石耳环挂在耳垂,渐渐变大。

门格勒将旁边的人推开,看着地上的法贝奇。

“星期一!”法贝奇告诉他,“我还在克里斯坦士达! 正准备”——他看了看其他人,又看着赖柏曼——“做我该做的!”说着,耳环状的血滴落下来,又有另一滴血流到原来的位置。“他们打电话到斯德哥尔摩,告诉”——他看了一眼他妻子,而后又继续看着门格勒——“那里我认识的一个人转告我,要我马上回到公司。”

“你撒谎,”门格勒说。

“我没有!”法贝奇吼叫,耳边的血又滴了下来。“大家都回去了! 当我回去的时候,有一个人在——办公室,有两个已经回来了,还有另外两个马上就到。”

门格勒盯着他,咽了下口水。“为什么?”他问。

“我不知道,”法贝奇轻蔑地对他说,“我什么都不问,我只听命令行事。”

“医生在哪里?”法贝奇太太尖叫着,“医生就快来了!”有人在门口大声说道。

门格勒说,“我……是医生。”

“你别靠近他!”

门格勒看着法贝奇的太太。“你给我住嘴,”他说着,朝周围看了看。“谁有镊子?”

在宴会经理办公室,他一手拿着放大镜,一手拿着镊子,鲁狄在一边拿灯照着，最终把法贝奇后脑勺里的碎玻璃夹了出来。“还有好几片，”他说着，把碎玻璃扔进烟灰缸。

法贝奇低头坐在那儿，一言不发。

门格勒在伤口上敷了消毒药，贴上方形纱布。“对不起，”他说。

法贝奇站起来，拉直自己那湿透的上衣。“那什么时候，”他问，“我们才能知道我们是为什么被派出去的?”

门格勒看了他一会儿，说，“我还以为你真的什么都不问了呢。”

法贝奇转身离去。

门格勒把镊子交给鲁狄并让他也出去。“把丁丁找来，”他说，“我们很快就离开。先派他去提醒阿里柯，还有，把门关好。”

他把东西都放回急救箱，在凌乱的桌前坐了下来，摘下眼镜，用手掌把前额擦干，然后拿出香烟盒，点了一支烟抽了起来，并将火柴扔在那些碎玻璃上。他又戴上眼镜，掏出通讯簿。

他拨通了塞伯特的私人电话，一名巴西女佣咯咯笑着告诉他先生和夫人出去了，不知道去哪儿了。

他又试着拨到总部，估计没人接听。果然如此。

欧斯塔奇的儿子席格佛莱给了他另外一个号码，打过去的时候，是欧斯塔奇本人接听的。

“我是门格勒，现在佛里雅娜波利斯，我刚刚看见法贝奇了。”

对方沉默了一会儿，然后说：“妈的。上校原本今天上午就打算告诉你的，他将计划推迟了，他对此非常不悦，拼命似的吵架。”

“我可以想象，”门格勒说，“发生什么事了？”

“还不是赖柏曼那个龟孙子，他上星期去见菲黛·麦隆尼了。”

“他人在美国啊！”门格勒大叫道。

“菲黛·麦隆尼他们搬到多塞道夫了。她肯定把事情前前后后都跟他讲了，她的律师问我们在那边的朋友，党团在六十年代从事的婴儿黑市交易是怎么回事，他很肯定这件事千真万确，所以那边的朋友才来问我们。上星期天鲁道上校飞过去，开了一个为时三小时的会——塞伯特很希望你也过去参加，鲁道和其他一些人却不以为然——就这样。他们会在周二和周三陆续回来。”

门格勒把眼镜往上推了推，用手遮着眼睛长叹一声。“他们干吗不干脆把赖柏曼给毙了？他们到底是愚蠢，还是他们自己也是犹太佬？还是别的什么原因？蒙德会很乐意接受干掉赖柏曼这个机会的，很早以前他就想单独完成这个任务。就他一个，比你那些上校全部加起来都强。”

“你想听听他们的理由吗？”

“你说吧。要是你讲的时候我突然想吐，请你原谅。”

“已经有十七个对象死了，这就意味着，根据你的估算，我们可以确定，应该有一至两个成功的，也许还会多出一两个，因为有些人将会在六十五岁时自然死亡。赖柏曼还不知道事情的全部始末，因为连麦隆尼都不知道，但她可能记得一些人的名字，如果真是这样，按理他接下来要做的就是追捕荷森。”

“那把荷森召回来就行了，为什么六个人全都召回来呢？”

“那是塞伯特的意思。”

“还有呢?”

“这就是让你呕吐的地方。鲁道觉得这个计划太冒险,再进行下去会让党团成为众矢之的,谋杀赖柏曼也一样。有一两个成功,甚至还会多一些就很好了——这么多已经够了,不是吗?——就此打住吧。让赖柏曼下半辈子就忙着追捕荷森好了。”

“但他不会就此罢手,他最终会明白一切并密切关注孩子们。”

“也许会,也许不会。”

“事实是,”门格勒说,并取下眼镜,“他们都是一群大势已去的糟老头子,他们只想寿终正寝地死在海边别墅,他们才不在乎自己的子嗣能不能成为世界上最后一批雅利安人呢,我得让他们都成为炮灰。”

“行了,他们毕竟帮我们走到了这一步啊。”

“万一我的估算失误怎么办?万一成功的几率不是十分之一而是二十分之一怎么办?万一是三十分之一,甚至九十四分之一呢?那我们该怎么办?”

“诺,如果由我来决定,我一定不顾一切先把赖柏曼给杀了,再继续做这个计划里别的事。我是支持你的,塞伯特也是。我知道你可能不信,可是他确实据理力争了。如果不是因为他,这件事五分钟就在会上解决了。”

“这倒让人觉得宽慰多了,”门格勒说,“我得走了。晚安。”他挂掉电话。

他双肘撑着桌子坐在那儿,十指交错,拇指顶着下巴,嘴唇轻轻碰触着指关节。他在想,一个人若是要依托他人而完成所愿,结果总是这样的。在这个世界上，有哪个具有真知灼见的天才（对，天才，妈的！）去为鲁道和塞伯特这等人鞠躬尽瘁呢？

在大门紧闭的办公室外，鲁狄、汉斯·史多普和手下几名中尉、宴会经理和酒店经理，一直在那里恭候着；那位纳粹小姐则小心翼翼地站在远处，旁边一位穿着制服的青年跟她说话她都没听见。

门格勒走出办公室时，史多普连忙张开双臂、笑容可掬地迎上去。“那可怜的家伙连夜离开了，”他说，“来吧，我们大家都在等着为你上主菜呢？”

“你们不必这么周到的，”门格勒说，“我得走了。”他向鲁狄示意，匆匆朝出口走去。

克劳斯打电话来说他终于弄清楚了——为什么有九十四个男孩会长得跟双胞胎一样相像，而门格勒又为什么要在特定日期把孩子的养父杀掉。

赖柏曼头一天因为风湿和腹泻折腾了一晚，所以白天还躺在床上未起。接到电话时第一个念头是，这件事真是凑巧得很：一个年轻人在他还没起床时打电话给他抛给他一个问题，而这个问题偏偏是另外一个年轻人在他还没起床的时候打电话告诉他找到了答案。他相信克劳斯的答案是正确的。“你说吧，”他说，边把枕头垫在后背。

“赖柏曼先生”——听上去克劳斯好像很不安——“这件事我无法在电话里跟你一一道来，它太复杂了，而且我自己也不是完全理解，我也是从我同居女友黎娜那儿得来的二手资料。我要说的都是她的想法，这件事她跟她的一位教授交流过，这位教授才真正知道答案。你能不能来一趟，我安排你们见面？我可以向你保证答案一定是他说的那样。”

“可是星期二早上我要去华盛顿啊。”

“那你明天飞过来吧，或者最好是星期一就来，在这里待一晚，星期二直接从这里出发，反正你也得经过法兰克福，对吧？我到时会到机场去接你，再送你回机场。我们可以在星期一晚上去见教授，你可以跟我和黎娜住一起，你睡床，我们睡睡袋。”

赖柏曼说，“你现在至少可以跟我说说要点吧。”

“不，真的不行，必需让真正知道自己在讲什么的专业人士来解释。你也是为了这件事才去华盛顿的吧？”

“是的。”

“那你更应该尽可能掌握更多一点资料，不是吗？我向你保证，不会浪费你时间的。”

“好吧，我相信你。我安排好后就告诉你抵达时间。你最好跟教授确定一下时间，要保证他有空。”

“我会的，而且我很肯定他一定会抽出空来。黎娜说他也很迫切想见到并帮助你。黎娜也一样，她是瑞典人，所以她跟此事有些特殊关系，因为古德堡也有一个男孩。”

“他是教什么的，黎娜的教授——社会政治吗？”

“生物学。”

“生物学？”

“对，我现在得出去一下，不过我们明天整天都在家。”

“再联系。谢谢你，克劳斯。再见。”

他挂掉电话。

真是有太多的巧合了。

一个生物学教授？

塞伯特如释重负，因为不必由自己亲自向门格勒公布消息，但是他还是觉得自己这个台阶下得太容易了。他跟门格勒合作多年，对他卓绝的才能赞赏有加，他觉得在这件事情上，他应该向他表达某种安慰和鼓励，而且，说心里话，他也想亲自向门格勒详细解释自己是如何为这件事和鲁道、史瓦兹等人据理力争的，而不仅仅是让欧斯塔奇去转告。周末的时候，他试着用无线电跟门格勒联络，但没接通，周一中午刚过，他便有一股妥协的冲动，于是带着六岁的孙子法笛以及华格纳歌剧的新唱片，飞到门格勒那儿。

降机跑道空荡荡的，塞伯特怀疑门格勒是不是在佛里雅娜波莉斯过夜，不过也有可能是去了奥桑森或裘里提巴了；或者，他可能只是派他的飞行员去奥桑森买些日常用品了。

塞伯特带着欢呼雀跃的法笛，沿着小径朝屋子走去，副驾驶因为想上洗手间，所以也跟在他们后面。

四周空无一人——不见警卫，也不见佣人。副驾驶试着推了推门，发现营房门已上锁，佣人住的房子也上了锁，窗帘遮蔽。塞伯特渐渐感到不安。

主房前后门都锁上了，塞伯特用力敲了敲门，而后在一旁等待。地上躺着一辆小玩具坦克，法笛弯下身想去捡，塞伯特大声阻止，“别碰！”好像里面藏着传染病似的。

副驾驶踢破一扇窗户，用手肘把四周尖锐的玻璃弄掉，小心翼翼地钻了进去。过了一会儿，他把门打开了。

屋里很清冷却井然有序，不会让人觉得主人是匆忙离去的。

书房里那张玻璃台面的桌子是塞伯特上次见过的，颜料等物件还摆在一条毛巾上，摆在角落里。他朝那个图标转过身去。

上面泼洒着红色颜料，像殷红的血洒在第二和第三栏的方框里。第一栏的方框里，有一半已打上整洁的对勾，其余的勾却又大又宽，都戳到方框外去了。

法笛表情担忧地说，“他涂出界了。”

塞伯特盯着被肆虐过的图表。“是的，”他说，“出界了。没错。”他点点头。

“这是什么呀？”法笛问。

“一个名单。”塞伯特转过身，把装着唱片的袋子放在桌上，桌子中间一个动物爪子做的手环映入眼帘。“海区！”他喊道，接着提高嗓门再喊，“海区！”

“长官？”副驾驶应答的声音微弱地传来。

“把你要做的事做完，赶紧回到飞机上！”塞伯特拿起手环。“给我拿桶汽油来！”

“是，长官！”

“叫舒曼一起过来！”

“是，长官！”

塞伯特仔细查看着手环，而后把它扔回桌上，叹了口气。

“你要干吗？”法笛问。

塞伯特朝图表点点头。“把那图表烧了。”

“为什么？”

“这样才不会有人看到。”

“那房子会不会着火啊？”

“会，不过主人不会回来了。”

“你怎么知道？要是他回来了，会很生气的。”

“去外面玩那个小坦克吧。”

“我想看嘛。”

“听话！”

“好吧，长官。”法笛赶紧从屋里跑了出去。

“待在走廊那边不要乱跑！”塞伯特在他身后喊道。

他把长桌和桌上成堆的杂志一起推到墙边，然后来到实验室窗下的档案柜旁，蹲下来把一个抽屉拉开，抽出两叠厚厚的档案。他把档案拿到桌子上，塞在杂志堆里，懊恼地看着泼着红漆的图表，摇了摇头。

他又拿了好几叠档案放到桌上，这个抽屉都被掏空后，他又打开其余的抽屉，接着把桌子后面的窗户打开。

他站在那儿凝视着沙发上方的希特勒大事记，从墙上取下三四样东西，若有所思地看着希特勒的巨幅肖像。

副驾驶拿了一个红色汽油罐进来，机长站在门口。

塞伯特把取下来的东西放进装着唱片的袋子里。“把画像取下来，”他对副驾驶说，又派机长去看看，确认房子里没人并把所有窗户打开。

“我可以站在沙发上吗？”副驾驶问。

塞伯特说，“上帝，有什么不可以的？”

他把汽油泼在文件和杂志上，再退后往图表上也泼了一些，上面的名字立即湿漉漉地发亮：海斯克齐、埃森保德、阿林、罗夫特。

副驾驶将画像拿了出去。

塞伯特把汽油罐放在门外，然后走到敞开的档案柜前，抽出几张文件纸，扭成条状白纸卷，然后走到桌子前，拿起桌上一个圆柱形黑色打火机，按了几下把火机打着。

机长报告整幢房子里没人、窗户已全部打开。塞伯特吩咐他把唱片、纪念品和汽油罐拿出去。“看看我孙子是不是在那边，”他对机长说。

“是，长官！”

他稍等了一会儿，一手拿着打火机，一手拿着纸卷，喊了一声，“舒曼，法笛是不是跟你在一起？”

“是的，长官！”

他把纸卷一端点燃并把打火机丢在身后，晃动着纸卷让火烧得大些，往前走了几步，把火把丢到杂志和文件堆里，火苗一下窜到了墙上。

塞伯特往后退，看着红漆凌乱的图表中心慢慢起泡、烧焦。名字、日期、线条都伴随着火苗大片大片脱落，消失在一片焦黑之中。

他冲出屋子。

他们站在房子外面，看了一会儿后，便远远退到一阵阵热浪和爆裂声之后，塞伯特拉着法笛的手，副驾驶一只手的前臂搭在希特勒画像框架上，机长则捧着一堆东西，红色油罐放在脚边。

艾丝特戴上帽子、穿上大衣，一脚踏出大门——一分不差地——电话铃响了起来。今天可真不走运，还让不让人回家呀？叹了口气，她折了回去，关上门，借着门铃透出的微光进去接那响个不停的电话。

接线生说，圣保罗有人打电话找亚克夫，艾丝特告诉她赖柏曼先生出城去了。来电人用德语说，他可以跟艾丝特谈。

“喂？”艾丝特说。

“我叫寇特·柯勒，我儿子是白瑞——”

“哦，是的，我知道，柯勒先生！我是赖柏曼的秘书，艾丝特·日默。有什么消息吗？”

“是的，有，是坏消息。白瑞的尸体上星期找到了。”

艾丝特低吟一声。

“呃，这是我们意料中的事——这么久一直杳无音信。我现在就要启程回家了，带着……孩子的尸体。”

“唉！我很难过，柯勒先生！”

“谢谢你。他是被刺杀后丢进丛林里的，而且很明显是从飞机上扔下来的。”

“噢，天哪……”

“我相信赖柏曼先生想知道这个消息——”

“当然,当然！我会告诉他的。”

“——另外还有些消息要告诉他。他们拿走了白瑞的钱包和护照,当然——这群可恶的纳粹猪——白瑞牛仔裤口袋里还有一张纸没被他们翻出来。我看像是他在听录音带时记录下来的东西,相信有很多内容对赖柏曼先生有用。你能告诉我怎么跟他联系吗?”

“好的,他今晚人在海德堡。”艾丝特打开灯,翻着自己的电话簿。“准确地说,是在曼海姆,我这儿正好有电话号码。”

“他明天会回维也纳吗?”

“不会,他会从那儿直接去华盛顿。”

“哦?好吧,说不定我可以打电话到华盛顿找他。我现在有点……难以自持,你大概可以想象得到。不过我明天就到家了,可以更心平气和地谈话了。他会住在华盛顿什么地方?”

“富兰克林酒店。”她翻着电话簿。“我也有那里的电话号码。”她找到号码并缓慢清楚地念给他。

“谢谢你。他到那里大概……?”

“他的航班六点半抵达,顺利的话,七点或七点半就到酒店了。明天晚上。”

“我希望他此行是为了白瑞在查的那件事。”

“是的,”艾丝特说,“白瑞没弄错,柯勒先生。很多人已经被杀害了,但亚克夫正在设法阻止这件事。你放心,你儿子绝对不会白白送命。”

“听到你这么说,心里好受多了,谢谢你,日默小姐。”

“不用谢。再见。”

她挂掉电话，叹了口气，难过地摇了摇头。

此时门格勒也挂掉电话，提起棕色帆布手提箱，走到泛美航空售票柜台前，排队站在两排队伍中较短的那排后面。他一头棕发梳在一边，一脸棕色胡子，戴着高高的厚颈圈——就现在看来，其作用是让人们不会留意到他的眼睛。

他的巴拉圭护照上用的名字是雷蒙·阿许汉·尼葛林，职业是古董商，这是他得在箱子里带枪的原因——一把口径九毫米、威力强大的布朗宁自动手枪。他有枪支许可证，还有驾驶证、全套社会和商业信誉证以及他的护照上多张签证。从签证看，阿许汉·尼葛林先生此行是要到各国去采购：美国、加拿大、英国、荷兰、挪威、瑞典、丹麦、德国、澳大利亚。他带足了钱（还有钻石），他的签证跟护照一样，都是十二月签发的，不过依然有效。

他买了一张下一班飞往纽约的机票，七点四十五分出发再转接美国航空，第二天上午十点三十五分就可以抵达华盛顿。

有大把时间可以在富兰克林酒店部署。

六

生物学教授——名叫纳倍格，留着整齐的棕色头发，戴着金边眼镜，看上去不过三十二三岁——此时正折自己的小拇指，像要把它折断似的，再把它弄直。

“一模一样的长相，”他说，接着又开始折另一个手指。“兴趣和仪态之神似，有可能大大超乎人们的想象。”他继续折下一个手指。“收养家庭背景相似：破绽就在这里了。那这一切拼凑在一起，只有一种可能的解释。”他把两只手交叠在大腿上，身体朝前微倾，带着深信不疑的神态。“单核细胞复制，”他告诉赖柏曼，“门格勒医生在这一领域显然领先了十年。”

“这不奇怪，”黎娜站在厨房门口，摇晃着一只小瓶子说，“因为他四十年代就在奥斯维辛做这项研究了。”

“没错，”纳倍格同意（可是赖柏曼此时却拼命想摆脱“研究”和“奥斯维辛”这样的字眼出现在同一个句子里所带给自己的刺痛；原谅她吧，她还年轻，而且又是瑞典人，她能知道什么？）。“其他人，”纳倍格说，“尤其是英国人和美国人，直到五十年代才开始做这方面研究，而且直到现在还没拿人类的卵子做实验。他们对外是这么宣称的，不过可以断言，他们实际做的远远比他们敢承认的多。所以我会说门格勒只是比他们领先十年而不是十五或二十年。”

赖柏曼望着坐在他左边的克劳斯，看看他是否听得懂纳倍格在讲什么。克劳斯手上拿着胡萝卜棒，边嚼边细看着。他的眼睛与赖柏曼交汇时，他对赖柏曼做出一副“你明白了吗”的表情。赖柏曼摇了摇头。

“当然，俄国人，”纳倍格说，身子在折叠椅上舒服地摇晃着，交叠的双手环抱着一个膝盖，“他们的研究甚至有可能比门格勒更先一步，因为没有宗教和舆论的制约。也许他们在西伯利亚某个地方有一大群完美的小俄国仔，可能年龄比门格勒制造的那些男孩还大得多。”

“对不起，打扰一下，”赖柏曼说，“我真的听不懂你在说什么。”

纳倍格表情惊讶，耐着性子说，“单核细胞复制，就是从某个有机体内，培养出与它的基因完全一样的其他个体，你有没有读过生物学啊？”

“学过一点，”赖柏曼说，“大约四十五年前。”

纳倍格露出年轻人特有的笑容。“那时正是单核细胞复制的可能性刚被认可的时候，”他说，“是一个英国生物学家哈丹发现的，他把它叫做‘克隆’，这个词源自希腊文，意思是从植物上‘截取’一段。‘单核细胞复制’这种说法听起来清楚多了。原来的词已经很能表达意思了，怎么还要杜撰个新词出来呢？”

"'克隆'比较简短。"克劳斯说。

"这倒是,"纳倍格让步,"可是多说几个字,能把意思表达得更清楚,不是很好吗?"

赖柏曼说,"请跟我谈谈'单核细胞复制'吧,不过请记住我当年念生物学是因为迫不得已,我真正的兴趣在音乐方面。"

"那就试着用唱来解释好了,"克劳斯提议。

"即便我能唱着解释,也是五音不全,"纳倍格说,"没有哪个喜欢听歌的人会喜欢普通的复制话题。一般的生殖是先有卵子和精子,它们各有一个细胞核,里面包含了二十三个染色体,还有成千上万的基因像念珠一样串在一起。这两个核细胞合并以后,成为受精卵,受精卵有四十六个染色体。我现在所说的是人类的细胞,不同物种,染色体数自然也不一样。染色体自己会复制,复制每一个基因——很神奇,对吧?——然后,细胞会分裂,一组完全一样的染色体会进入每个复制出来的细胞内。这种复制与分裂的过程会不断重复——"

"有机分裂,"赖柏曼说。

"对。"

"有些东西还记得!"

"九个月后,"纳倍格说,"完整的有机体就会有几十亿个细胞,每个细胞都有不同的功能——这样就形成了骨头、肌肉、血液、毛发,对光、热和甜味等等作出不同的反应——但这些细胞中的每一个,组成身体的几十亿中细胞中的每一个,所包含的四十六个染色体,跟最初那一组完全一样,一半来自母亲,一半来自父亲,这种混合的结果,除了双胞胎以外,每个个体都是独一无二的——它构成了每个不一样的人体的基底。四十六个染色体中唯一的例外是性细胞,即精子与卵子,它们只有二十三个染色体,这样精子与卵子才能合并,彼此完善并开始一个新的有机体。”

赖柏曼说,“你说的到此为止我都还能听明白。”

纳倍格身子稍往前倾。“刚才说的,”他说,“是普通的自然繁殖过程。现在我们要进入实验室了。在单核细胞复制中,卵子的细胞核会被去除,细胞体却不会受到损伤,这当然得依靠放射及最精密的显微手术技巧了。接下来,在已去掉细胞核的卵子细胞中,放入要被复制个体的细胞核——是身体的细胞核,而不是性细胞。现在,我们就进入到自然繁殖的阶段了:一个细胞核里有四十六个染色体的卵细胞。那是一个受精卵细胞,放在营养液里,开始复制、分裂,当分裂到十六或三十二个细胞时——大约要花四五天时间——就可以拿来植入‘母亲’的子宫。从生物学角度上来说,那当然不算是它真正的‘母亲’。她虽然提供了卵子细胞,而且还提供了受精卵成长的合适环境,但她自己的基因并未提供出来。孩子出生的时候,身上既没父亲的基因,也没母亲的,只有捐赠者的——细胞捐赠者的染色体——他的基因的精确复制。所以孩子的染色体会和基因捐赠者的一模一样,他不是新的、独一无二的个体,而是一个复制出来的人。”

赖柏曼说,“这……也做得出来?”

纳倍格点点头。

“已经做出来了,”克劳斯说。

“用青蛙，”纳倍格说，“比人的复制简单多了，这是唯一被人们承认的实例，还引起轩然大波——那是牛津在六十年代做的——此后这方面的实验都是静悄悄地进行的，不敢声张。我听到一些每个生物学家都听说过的报道，说有人用兔子、狗和猴子做实验，实验地点遍布英、美、德，到处都有。就像我刚才说的那样，我相信俄国已经用人做实验了，至少尝试过了。有哪个想进步的国家能抗拒通过复制来繁殖优秀国民、遏止劣等人种的想法？想想看，这能节省多少医疗和教育上的支出！而且，经过两三代之后，得到改良的人口数量将大增。”

赖柏曼说，“门格勒可能在六十年代就用人体做过实验吗？”

纳倍格耸耸肩。“理论上大家都已经知道，”他说。“他所需要的只是合适的设备、一些健康而且愿意配合的年轻妇女，再就是高水平的显微外科技巧。这方面有其他人做过：葛登、谢德斯、史德托、张……当然了，他还需要一个不会受到打扰或舆论攻击的地方。”

“那时他隐蔽在丛林里，”赖柏曼说。“他五九年去的，是我把他赶到……”

克劳斯说，“也许不是你赶的，是他自己选择去那里。”

赖柏曼紧张地看着他。

“这不是重点，”纳倍格说，“谈论他以前是否做过这个实验已经没有意义。如果黎娜所告诉我的都是真的，那很显然他确实做过这个实验了，那些男孩都安排在背景相似的家庭这一点就可以证明。”他笑笑。“你知道的，基因并不是人类发展到极致的唯一因素，我相信大家都清楚这点。单核复制出来的孩子长大后虽然跟细胞捐赠者外貌一模一样，某种程度上性格和习惯也差不多，但如果在不同环境下被抚养、受不同家庭和文化的熏陶——出生几年后，必然——在心理上，他将会表现得跟细胞捐赠者很不一样，尽管他的基因相同。俄国人做单核复制，针对的是特定生物族群的培养，而门格勒的兴趣显然不在此，他是想复制他自己，一个特殊个体。他选择相似的家庭来抚养小孩，是想让孩子们尽可能有一个合适的成长环境。”

黎娜走到纳倍格身后的厨房门口。

“那些男孩，”赖柏曼说，“是……门格勒的复制吗？”

“基因上是一模一样的复制品，”纳倍格说，“至于他们长大后是不是门格勒那个德行，我刚才说了，得另当别论。”

“不好意思，打断一下，”黎娜说。“我们可以吃饭了。”她歉意地笑笑，那张普普通通的脸此时看起来挺可爱的。“事实上，我们也必须吃饭了，”她说，“要不煮好的东西都快不好吃了，说不定已经坏了呢。”

他们站起身，从家具破旧、挂着动物海报、堆着平装书的小房间，走进大小差不多的厨房。厨房贴着更多动物海报，有一扇围着铁栏杆的窗户，还有一张盖着红桌布的桌子——桌上摆着面包、沙拉，不配套的平底玻璃杯里装着红酒。

赖柏曼很不舒服地坐在一把金属靠椅上，看着桌子对面的纳倍格往面包上涂奶油。“你刚才说孩子们需要在合适的环境中成长，是什么意思？”他问。

“就是尽可能跟门格勒的成长一样的环境，”纳倍格看着他说，棕色胡子带着笑意。“喏，”他说，“如果我想制造出另一个艾德渥·纳倍格，光是从我脚趾头上刮一点皮下来、从细胞里把细胞核挑出来，完成我刚才描述过的整个复制过程，其实也还是不够的——假如我有这个能力和设备的话。”

“还得找个女人，”克劳斯笑着说，拿了一个盘子放在纳倍格面前。

“谢谢，”纳倍格微笑着说，“女人我能找到。”

“专门为完成这种复制？”

“对，假设我们要做这样的复制。只需要在女人身上划两个小口子，一个用来取出卵子，一个用来植入受精卵。”纳倍格看着赖柏曼。“但这仅仅是这项工作的一部分，”他说，“我还必须找到合适的家庭来抚养小艾德渥。他得有一个非常虔诚的母亲——她事实上对宗教近乎狂热——以及一个酗酒成性的父亲，这样父母之间才会战火不断。另外，家里还得有一个极好的叔叔，他是一个数学老师，只要有空，就会带这男孩出去：博物馆、乡野林间……他们大家都得当孩子是亲生的，而不是把他当成实验室里复制出来的。此外，男孩长到九岁时，‘叔叔’必须死掉，并且‘父母’必须在两年后分开，这样一来，男孩在他的青春期期间，就只能和妹妹一起在两个大人之间奔波。”

克劳斯拿着一个盘子坐在赖柏曼右侧。赖柏曼面前也摆着一只盘子——上面盛着一片看起来干巴巴的肉块、散发着薄荷味的胡萝卜。

“即使这样，”纳倍格说，“他还有可能跟原本这个艾德渥·纳倍格不一样。他的生物老师可能不像我的生物老师喜欢我一样喜欢他；他的女友想他和上床的时间可能比我和我女友早；他将会读不一样的书、有电视可看，而我只能听收音机；有许许多多因缘际会可能使他的进取心比我更强或者更弱、可能比我有爱、比我敏锐或比我更漠然、迟钝，等等等等。”

黎娜在赖柏曼左侧坐下来，看着桌子对面的克劳斯。

纳倍格用叉子把肉切开，说，“门格勒知道整个复制过程的几率，所以他才会制造那么多的男孩并为他们找到合适的家庭。如果有几个甚至只有一个成功，他应该很高兴，我猜。”

“你现在明白了吧，”克劳斯问赖柏曼，“为什么那些人会被谋杀？”

赖柏曼点点头。“是为了——我不知道用什么词语来表达——塑造他复制的男孩。”

“非常正确，”纳倍格说，“为了塑造他们，使他们不仅在基因上，而且在心理上也跟门格勒一模一样。”

克劳斯说，“门格勒在某个年龄的时候丧父，所以那些男孩也必须跟他一样。或者说，让他们失去他们以为是自己亲生父亲的人。”

“这件事，”纳倍格说，“肯定对他的心智形成非常重要。”

“就像开保险箱一样，”黎娜说，“如果以正确的号码、正确的方向转动把手，门就一定会开。”

“门如果开不了，”克劳斯说，“那肯定是转错了号码。这些胡萝卜味道真好。”

“谢谢。”

“是啊，”纳倍格说，“每样东西都很美味。”

“门格勒是棕色眼睛。”

纳倍格看着赖柏曼。“你确定？”

赖柏曼说，“我手上有他在阿根廷的身份证，上面注明‘眼睛，棕色。’他父亲是一个富有的制造商，不是公务员，是制造农用机器的。”

“他跟那些门格勒家族成员有关系吗？”克劳斯问。

赖柏曼点点头。

纳倍格往盘子里装沙拉，说，“难怪他买得起设备。这么说来，细胞不可能是他自己捐赠的了，如果眼睛不搭配的话。”

黎娜对赖柏曼说，“你知道同志党组织的头目是谁吗？”

“一个名叫鲁道的上校，汉斯·奥里奇·鲁道。”

“他是蓝眼睛？”克劳斯问。

“我不知道。我可以去核实一下，并顺便调查一下他的家庭背景。”赖柏曼看着手里的叉子，叉起一块胡萝卜送进嘴里。

“无论如何，”纳倍格说，“你现在已经知道那些人为什么会被杀。接下来你打算怎么做？”

赖柏曼默默地坐了一会儿，放下叉子，把膝盖上的餐巾拿掉放到桌子上。“很抱歉，”他说着站起身，走出厨房。

黎娜看着他离开，又看了看他的盘子，再看着克劳斯。

“不是你想象的那样。”他说。

"但愿不是，"她说着，把叉子插进肉块。

克劳斯望着她身后的赖柏曼走到另一个房间的书架旁。

"不是说这块肉不够好，"纳倍格说，"不过托单核复制技术的福，将来我们可以吃到更美味更便宜的肉了。这是养牛业的革命，而且这将挽救濒危物种，比如海报上那头美丽的豹子。"

"你这是对单核复制辩护吗？"克劳斯问。

"这不需要辩护，"纳倍格说，"这是一项技术，像所有你能列举的技术一样，都可能有其正面用途，也可能有其负面用途。"

"我只能想到两种正面用途，"克劳斯说，"你刚才提到的那两种就是。要是给我一支笔、一张纸，只需五分钟，我就可以列举出它五十种负面用途。"

"你怎么总是唱反调呢？"黎娜问。"如果教授刚才只说那是一件很糟糕的事，你现在肯定是要大谈它对养牛业的好处啦。"

"根本不是这样的啦，"克劳斯说。

"本来就是这样。你连自己的观点都要反驳。"

克劳斯往黎娜身后看去，见赖柏曼侧身站在那儿，低头看翻开的书，身体轻轻晃动着——犹太式祈祷，虽然手上拿的不是圣经，他们根本拿不出来。是赖柏曼自己的书吗？他是在核对上校的眼睛颜色吗？

"克劳斯？"黎娜将沙拉碗递过来。

他接过来。

黎娜转身看了看，又转回到桌子旁。

纳倍格说，"这件事要我守口如瓶很难。"

“即便很难，你也必须这么做。”克劳斯说。

“我知道，我知道，不过这可真不容易。我们系里已经有两个人在用兔子的卵子做实验了。”

赖柏曼站在门口，脸色死灰，霜打的茄子一般，一只拿着眼镜的手垂在身侧。

“怎么啦?”克劳斯放下手里的碗。

纳倍格看着他，黎娜在椅子上转过身来。

赖柏曼对纳倍格说，“我想问你一个愚蠢的问题。”

纳倍格点了点头。

“提供细胞核的人，”赖柏曼说。“即细胞核捐献者，必须是活人，对吗?”

“不，这不是必要的，”纳倍格说。“个体的细胞无论是死的还是活的都无所谓，关键在于完整与不完整。用一撮莫扎特的头发——甚至不用一撮，只要从他头上拔一根头发——有技术和设备的人”——他对克劳斯笑了笑——“再找个女人”——他继续看着赖柏曼——“就可以培养出数百个莫扎特了。只要为他们找到合适的家庭，结果就会冒出五到十个成年莫扎特来，这个世界就会有更多美丽动人的音乐了。”

赖柏曼眨了眨眼，身体摇晃着往前迈了一步，一边摇头。“不是音乐，”他说，“不是莫扎特。”他把放在身后的那只手伸出来，一张希特勒肖像呈现在眼前——一本平装书里，附带了三张黑白简笔画希特勒肖像：小胡子、尖挺鼻子、一撮额发。

赖柏曼说，“他父亲是公务员，一名海关人员，五十二岁时……

儿子才出生，孩子母亲二十九岁。”他四下看了看，想找个地方放书，却没找着，只好把书放在炉子燃烧器上。他再次看着大家，在身上擦了擦手。“父亲六十五岁时去世，”他说，“那时男孩十三岁，快十四岁了。”

他们把桌子上的东西都留在那儿，进里屋坐了下来。赖柏曼和克劳斯坐回到两用长椅上，纳倍格坐折叠椅，黎娜则席地而坐。

看着摆在他们面前箱子上的空杯子、一碗碗胡萝卜条和杏仁，几个人大眼瞪小眼。

克劳斯抓了几个杏仁，拿在手里扔来扔去。

赖柏曼说，“九十四个希特勒，”他摇了摇头。“不，”他说，“不，这不可能。”

“当然不可能，”纳倍格说，“只是有九十四个男孩基因跟希特勒相同。他们长大后可能很不一样，估计大部分都很不一样。”

“大部分，”赖柏曼说。他朝克劳斯和黎娜点了点头。“大部分。”他看着纳倍格。“但到底还是有一些是一样的，”他说。

“有多少？”克劳斯问。

“我不知道。”纳倍格说。

“你刚才说数百个跟莫扎特基因一样的孩子里面，会有五到十个莫扎特出现。那九十四个复制的希特勒里，会出现几个呢？一个？两个？三个？”

“我不知道，”纳倍格说。“我只是空谈，没有谁能准确知道结果。”他苦笑道，“青蛙又没法做性格测试。”

“猜测一下，”赖柏曼说。

“如果仅仅是父母年龄、种族以及父亲的职业相符，我觉得前景非常渺茫。这是从门格勒的角度上看，但从我们的角度看，可能性很大。”

“但不可能跟希特勒一模一样。”赖柏曼说。

“不可能，当然不可能。”

“即使只有一个，”黎娜说，“他还是有可能……被引导……被误导成另一个希特勒。”

克劳斯对赖柏曼说，“你还记得你在演讲时说的吗？有人问你，新纳粹组织是否具危险性，你说现在还不至于，除非社会状况变糟——其实谁都知道，现在社会每况愈下——再就是另一个像希特勒这样的领导人物出现。”

赖柏曼点点头。“我们得马上向全世界发布这件事，”他说，“通过电视卫星。天哪！”他闭上眼睛，把手放在脸上，手指使劲揉着眼皮。

“现在有多少位父亲已经被害？”纳倍格问。

“对啦！”克劳斯说。“才六位！事情还不是那么糟糕！”

“八位，”赖柏曼说，放下手，眨了眨揉红的眼睛。“你忘了图森的古堡有一位，还有死在其后、库里之前的那位。还可能有其他在别的国家被害的，只是我们不知道罢了。开始时谋杀的人比后期多，至少美国的情形是这样的。”

纳倍格说，“最初一批复制品，成功几率一定比他预料的还高。”

“我怎么觉得，”克劳斯说，“你对这个结果好像有点高兴。”

“呃，纯粹从科学的角度来看，你不得不承认这是一大突破。”

“老天哪！你的意思是你可以坐视——”

“克劳斯，”黎娜说。

“噢——妈的。”克劳斯把杏仁摔在地上。

赖柏曼对纳倍格说，“我明天到华盛顿去，把这件事告诉联邦调查局的人。我已经知道下一个被预谋杀掉的父亲是谁，联邦调查局的人就可以逮捕凶手，他们必须这么做。你愿意跟我一起去、帮忙说服他们吗？”

“明天？”纳倍格说，“我可能去不了。”

“这可是阻止一个新的希特勒出现啊？”

“上帝！”纳倍格揉了揉眉毛，“好吧，当然。”他说，“如果你真的需要我的话。不过，你看噢，美国那边人才有的是，哈佛大学、康乃尔大学、加州科技学院等，他们可都比我强多了，而且无论什么情况，对于美国官方来说，他们是土生土长的美国人，说话的分量比我重的多。如果需要，我可以推荐几个人和学校给你——”

“我需要，肯定的。”

“——不管什么理由，如果你确实需要我，我会赶过去的。”

“那就太好了，”赖柏曼说，“谢谢你。”

纳倍格从外套口袋里拿出一支笔和一本黑色皮套备忘录。

“薛德可能会亲自帮你这个忙，”他说。

“把他的名字写下来，”赖柏曼说，“请注明我在哪里可以找到他。把你想得起来的人的名字都写下来。”

接着赖柏曼又对克劳斯说，“他说得对，还是美国人出面比较好。就两个外国人，他们搞不好会一脚把我们踢出来。”

“你在那边没有任何关系吗？”克劳斯问。

“都断了，”赖柏曼说。“跟司法部再也没有联系了。不过我会想办法，踢破门也得找到他们。老天啊！想想看！九十四个年轻的希特勒！”

“九十四个男孩，”纳倍格边写边说，“有着跟希特勒一样的基因。”

以门格勒的标准，富兰克林酒店，一个供人逗留的地方，其格调大约也就值十分之一颗星的水准，这一颗星还是因为浴室水槽有点古香古色的味道。不过要是把它当成一个除掉自己敌人——一个毁掉他毕生心血、破坏雅利安人称霸世界最后一线希望的人，这地方够得上三颗半星的标准，甚至满四颗星。

首先，酒店会客室比较幽暗，这就意味着，可以在酒店内实施计划——室内犯罪又不是没听说过啊。如果需要证明的话，他所住的四〇四号房门上那个钻孔痕迹，还有门内贴的红字条“为了安全起见，请随时拉上门闩”就可以证明这点。门格勒拉上门闩。

另外，此地服务极差，上午十一点四十分，有些房间门外早餐用过的杯盘还无人清理。一摘下那该死的颈套（这东西是为了过境用的，也许在德国也派得上用场），他便溜出去，为自己拿了个托盘、一个面包篮、一个“请勿打扰”标示牌。他把托盘藏在床单和弹簧床垫之间；面包篮塞进纸质洗衣袋里，放在衣柜搁层上；然后把

"请勿打扰"牌放在写字台抽屉——里面原来就已经有一个同样的牌子了。接着，他检查了一下门口地形，那儿有三个楼梯，其中一个正好在标着四〇四箭头方向的角落里。他再次走出去，找到这个楼梯，然后打开门，来到楼梯平台，上上下下看了一遍那漆成灰色的楼梯。

客房服务实在糟透了。午餐送达前，门格勒大解完毕、清理好分装钻石的管子、洗好澡、给摩擦得厉害的脖子上过粉、打开包裹清理掉一些不打算要的东西；还看了一会电视、列好购物和活动清单……送午餐的侍者——这方面可以得到一颗星——是一个跟他年龄差不多——一个六十岁左右的白人，穿着一件很可能在任何劳动阶层服装店都可以买到的蛋青色麻料夹克。他把这衣服添加到购物清单上，毕竟去买一件比偷容易。

送来的食物不敢恭维——还是把它忘了吧。

中午一点多，门格勒由侧门离开酒店。戴着墨镜，胡子剃尽，头戴假发、帽子，身穿一袭衣领竖起的大衣；肩带式的手枪皮套里有一把枪。门格勒可不愿把值钱的东西留在那个无安全可言的房间里，何况，在美国这个地方，随身携带武器是明智的。不仅是他，每个人都一样。

华盛顿比他预料的干净、有魅力，但宽阔的街道却因为积雪而湿漉漉的。他先去了鞋店，买了一双胶鞋。他是从夏天的南美直飞到冬天的北美，很容易伤风感冒，所以他把维他命也列入了购物清单。

他一直走，最后走到一间书店，进去看了一下，把墨镜换成他平时戴的那种眼镜。他找到一本赖柏曼写的平装书，仔细研究了附在书背面一张邮票大小的作者照片。没错，就是这个鹰钩鼻子犹太人。他翻了翻书中间有照片的部分，看到自己的照片也在里面，不过从照片上看，赖柏曼现在估计很难认出他来了。那张照片是五九年在布宜诺斯艾利斯拍的，显然是赖柏曼能找到的最好的一张了。照片中他既没带棕色假发、没留胡子，连他自己的修剪整齐的白头发及刚刮过胡子的上唇看起来都跟照片完全不一样。唉，怎么可能像十六岁时年轻英俊的自己呢。再说，赖柏曼甚至都没留意过他。

他把书放回书架原来的位置上，找到旅游类书籍，从中挑了一本美国和加拿大地图，拿出二十美元去付款，收银员找了零钱给他，有纸币也有硬币，并习惯性地看了他一眼、向他点了点头。

他重新戴上墨镜，来到不太宽敞但商店橱窗却明亮华丽的街道上。没找到他想要的东西，最后只好去问一个年轻的黑人男子——他会比较清楚吧？他依照他指示的方向前行，很讶异这位男子这么精准的指点。

“你要哪种刀？”柜台后的黑人问。

“用来捕猎的。”他说。

他选了把最好的。那是一把很漂亮的德国制造、手柄摸上去很舒服的尖刀，锋利无比，不费吹灰之力就把包装纸上的带子割断了。他又付了两张二十元和一张十元钞票。

隔壁就是药店，他买了维他命。

在下一个街口，看见“工作服专卖店”。

"我猜你大概穿三十六码左右吧?"

"对。"

"要不要试穿一下?"

"不用。"身上带着枪呢。

他顺便买了一双白色棉手套。

周围都找不到食品店,问了别人,都不知道哪里有。他们好像不吃东西似的。

最后还是找到一间富丽堂皇的超市,里面挤满了黑人。他买了三个苹果、两个橘子、两根香蕉,还买了一串诱人的绿色无籽葡萄慰劳自己。

他叫了一辆出租车回富兰克林酒店——请在侧门停靠——三点二十二分,回到那个只值十分之一颗星的客房。

他休息片刻,吃了葡萄,坐在安乐(这也叫安乐!)椅上看着地图,并翻阅这打印着姓名、地址和日期的文件。他可以干掉威拉克——在跟预计差不多的时间,如果他还在宾州新普维登斯的话;顾不上威拉克之后的对象了,只能逮着几个算几个。他会争取在预定最佳日期的六个月内完成任务——先干掉坎坎奇的戴维斯,再就是加拿大的史多罕和摩根,然后再到瑞典。此番辗转,需要更新签证吗?

休息完毕,他便开始排练。脱下假发,穿上白色夹克外套,戴上手套,练习用托盘送一篮子水果,并对客人说道,"我代表所有管理人员向您致以亲切的问候,先生"——练了一遍又一遍,直到语气和声调都对了为止。

他背靠着闩住的门站着，把“请勿打扰”的牌子放在空中任其掉下来；对着空气做敲门动作，“我代表所有管理人员向您致以亲切的问候，先生。”托着托盘穿过房间，并把盘子放在梳妆台上，从腰带内的刀鞘中拔出尖刀；然后转过身，让尖刀藏在身后，向前迈几步，停下来，伸出左手。“谢谢你，先生。”左手猛地一抓，右手挥刀行刺。

“谢谢你，先生。谢谢你，谢……谢……谢……”左手抓，右手刺。

犹太人给小费吗？

他练习了几种不同动作。

阳光照射的云层突然隐去，飞机下深蓝的海洋静静地泛着微波，白浪斑驳。赖柏曼一只手托着下巴，俯瞰着这一片宁静。

唉。

他已一宿未眠，又坐着思索一整日，想着一名完全长大成人的希特勒面对着一群无意关心历史的乌合之众大放厥词。甚至会有两或三个希特勒，在不同地方壮大自己的势力，他们自己及其追随者都知道他们是第一批被复制的人类，而复制这种技术到本世纪九十年代，将广为人知，甚至广为应用了。这些比亲兄弟更相像的人是从同一个人身上繁殖出来的，他们难道不会再次掀起一场他们的前身曾发动过的民族之战（而且用九十年代的武器！）？毫无疑问，那正是门格勒所希望的。白瑞就曾说过：“这项计划有望为雅利安民族带来成功，上帝！”言犹在耳。

赖柏曼准备了一个不错的包裹带到联邦调查局。自胡佛死后，联邦调查局已面目全非。赖柏曼几乎能听见他们疑惑地问："亚克夫是谁啊？"

昨晚，他告诉过克劳斯，自己将如何安排、如何踏破门也要闯进去，现在看来是说起来容易做起来难，因为他跟他们已完全没有联系。有几个他曾谋过面的参议员还在位，其中一位肯定愿意为他打开方便之门，为他引荐。不过现在，权衡过事情之利害后，他担心通过这个渠道被引荐会浪费许多时间。联邦调查局介入后，肯定会先调查古塞和库里的死因并询问他们的遗孀，还会盘问威拉克一家……现在最迫切的是逮捕将要谋害威拉克的杀手，并通过他追捕其他五个人。九十四名暗杀对象中除已故的之外，其余的人必须活着，就像黎娜打的比方一样（这个比方很好记、又方便使用）——绝对不能让保险箱的旋钮转到最后一个具有关键意义的密码上。

更糟糕的是，二十二号只是威拉克的大概死亡日期而已，万一提早了怎么办？万一——可笑的是，因为这么一点小事，未来的历史就可能被改变——菲黛·麦隆尼说她家小狗领来的时候是十周大，会不会弄错了呢？万一它只是九周或者八周大，那威拉克到底是什么时候领养到孩子的呢？说不定杀手过几天就把威拉克杀了并逃之夭夭。

他看了一下手表：十点二十八分。这时间应该不对，他还没把时间调过来。他现在把它调过来——拨动指针，在原来的时间上多加六个小时，表上的时间现在显示：四点二十八分。再过半小时就到纽约了，出关后，搭短途航班往华盛顿。希望今晚可以睡一下——他已经有点头昏眼花了——明天一早，他将打电话到参议员办公室；另外也要电话联络一下薛德以及纳倍格提供的其他几个人。

要是他现在就能安排人手去监视图谋威拉克的杀手，不用等待、不用解释、不用调查、盘问，那该多好。他早就该来了，当然肯定早就来了，如果他知道门格勒的整个罪恶行径的话……

唉。

其实他真正需要的是一名犹太裔的联邦调查局人员，或以色列情报机关设在美国的分部，以便他明天一早就可以去告诉他们说，“有个纳粹分子要谋杀宾州新普维登斯一个叫威拉克的人，请派人保护他并逮捕那名纳粹分子，不要问任何问题，我以后会作出解释的。我叫亚克夫·赖柏曼——我不可能乱说是吧?”然后他们会马上采取行动。

做梦吧！要是真有那样一个组织多好！

飞机上的人都系紧了安全带，开始相互交谈，警示灯亮了。

赖柏曼皱着眉头坐在窗边。

小睡了一小时恢复精神后，门格勒洗漱一番、刮了胡子，戴上假发和假胡须，穿上深色西装。他把东西都摆在桌上——白色夹克、手套、插在刀鞘里的尖刀、摆着一篮水果的托盘，还有“请勿打扰”牌子——这样，等他看到赖柏曼一到前台登记并获悉其房号，就可以迅速返回来、丝毫不延误地装扮成服务生了。

离开房间的时候，他试转了一下门把，并把另外一块“请勿打扰”牌挂在上面。

六点四十五分，他坐在大厅里，一边翻阅一本《时代》杂志，一边瞄着旋转门。时不时地有新来的客人提着行李箱，穿过大厅，到柜台前登记。他们几乎都是只身前来的男性，名副其实的劣等人种的版本，不仅有黑人、犹太人，还有两个东方人。好不容易看到一位长相甚好的雅利安青年前来登记，不过几分钟后，像是要弥补错误似的，一个黑人侏儒大步地推着行李箱紧随其后。

七点二十分，赖柏曼进来了——高个、肩膀宽厚、深色胡子，戴着一顶棕褐色帽子，穿着系腰带的棕褐色大衣。这个人是赖柏曼吗？是犹太人没错，但显得太年轻了，而且他的鹰钩鼻不是赖柏曼的那种。

门格勒站起身，迈开大步穿过大厅，顺手在大理石柜台一叠《华盛顿一周大记事》中抽出一张。

“您要住到周五晚上吗？”柜台店员在他身后问那个可能是赖柏曼的人。

“是的。”

铃声响了一下。“你能带莫里斯先生到七一七吗？”

“遵命。”

门格勒又逛回大厅，他刚才坐的位置已被一个类似黎巴嫩人占去——那家伙长得肥头肥脑，每根手指都戴着戒指。

他找到另一个位置。

又有一个名副其实的鹰钩鼻进来了，不过与鼻子搭配的是一张年轻人的脸，还挽着一个白发妇人。

八点时，门格勒走进一间电话亭，打了个电话到酒店，询问——说话时很小心不让嘴唇碰到话筒，天知道话筒上有多少细菌——亚克夫·赖柏曼先生是否订房。

“请稍等。”滴答一声后，铃声响起。店员跨过大厅，拿起电话接听。“酒店前台。”

“请问有一位叫亚克夫·赖柏曼的先生预订了你们一个房间吗？”

“今天晚上？”

“对。”

店员低下头，好像在看着什么。“有的，请问您是赖柏曼先生吗？”

“不是。”

“您想要留信息给他吗？”

“不用，谢谢。我稍后再打给他。”

站在电话亭里，他也可以留意到酒店出入的人，所以他又投了一个十分钱币进电话里，问接线生怎样才能接通宾州新普维登斯某人士的电话。接线生给了一长串号码让他拨，他用笔把号码写在《时代》杂志的红色边框上，从电话退币口拿出硬币，再次把硬币从上方投了进去，然后开始拨号。

新普维登斯有个叫亨利·威拉克的，他把号码写在另一个号码下方，接线生还给了他一个地址：公羊路。没有门牌号码。

有个提着行李箱、牵着一条狮子狗的拉丁人走到前台。

门格勒想了一下，然后又打电话给接线生，咨询了一些事情。他把硬币摆放在电话亭小架子上，数了数，而后拣出数量合适的几个。

直到拨出去的电话另一端第一声铃声响起，门格勒才意识到，如果那真的是亨利·威拉克家，那么很可能那个男孩会接听电话。马上就可以跟他的再生领袖说话了！一阵令人眩晕的喜悦漫过周身，让他呼吸急促，电话铃声再次响起的时候，他激动得斜靠在电话亭一侧。噢，求求你了，亲爱的孩子，赶紧来听电话吧！

"喂。"是个女的。

他深吸了口气，又慢慢吐出。

"喂？"

"您好。"他站直身子。"请问亨利·威拉克先生住在这儿吗？"

"他是住这儿，不过他到后面去了。"

"您是威拉克夫人吗？"

"是的，我是。"

"我叫富兰克林，夫人。你们是不是有个儿子快十四岁了？"

"是的……"

感谢老天。"我是专门为这个年龄的孩子安排旅行的。你有兴趣今年夏天把他送到欧洲吗？"

对方一阵大笑。"噢，不，不必了。"

"我可以寄一本小册子给你吗？"

"可以。不过你寄过来也没用。"

"你的地址是公羊路吗？"

“没错，我儿子就待在这里。”

“好吧，晚安。很抱歉打扰您。”

门格勒从没人看管的租车亭里拿了一本小册子并坐下来慢慢看，眼睛丝毫不放松地朝旋转门瞅。

明天他就要租一部车前往新普维登斯，把威拉克处理掉之后，他再开车回纽约，退还车子，如果罗伯特·K.戴维还在砍砍奇的话，就卖掉一颗钻石，再飞往芝加哥。

可是，赖柏曼到底死到哪儿去了呢？

九点时，他进了咖啡店，挑了个透过玻璃门可以看到酒店旋转门的位置坐了下来。他吃了炒蛋和吐司，喝了杯世界上最难喝的咖啡。

走的时候，换了一块钱零钱，再次走进电话亭并拨通酒店的电话。也许赖柏曼已经从侧门进去了。

可是他没有。酒店还在等他呢。

他打了两个机场的电话，希望——这也是有可能的，不是吗？——有飞机坠毁。

运气不是那么好，所有航班都按时抵达。

那个狗娘养的肯定还待在曼海姆。到底要待多久呢？现在太晚了，没法打电话到维也纳问那个日默小姐了。应该说太早了，维也纳现在还不到凌晨四点。

他开始担心有人记得他整晚坐在大厅监视着旋转门。

你在哪里啊，你这个死犹太猪？快点来啊，让我把你宰了！

星期三下午两点过后，在曼哈顿服装中心，赖柏曼跳下困在交通堵塞中的出租车，走上人行道，尽管天正下着冻雨。手上拿着的一把伞是向头一天晚上住在一起的马文和莉塔·法贝借来的，伞面每一片颜色都很夸张(那只是一把伞而已，他告诉自己，还好带着它呢)。

他轻快地沿着百老汇西边走去，在来来往往的雨伞(都是黑色的)中穿梭，身边有人推着用塑料布盖着的衣物车架。看着一幢幢自己经过的办公大楼门牌号，赖柏曼加快了脚步。

他走过七八个街区，再横穿过一条街道，看着那儿的一栋大楼——一家赌马公司、一个灯具展厅，一共有二十几层脏兮兮的石砌窄窗——他走进一个拱门入口，用后背推开一扇厚重的玻璃摆动门，并将那把五彩缤纷的伞收了起来。

他穿过铺着黑色地毯的大厅——大厅很小，一个卖杂志、糖果的柜台占据了大部分空间——然后加入到六七个等电梯的人群中，跺了跺已经湿透的鞋子，雨伞顶端轻磕着潮湿的橡胶地毯，把上面的水抖落。

到了十二楼——楼层昏暗，墙上的油漆已脱落——循着门牌一一看去：一二〇二，艾朗·葛德曼，人造花；一二〇三，C&M.路氏，进口玻璃器皿；一二〇四，工艺玩偶，B.罗森威格。一二〇五房窗格上用金属字母标着 YJD①，字母 D 比字母 Y 和 J 贴得稍微高一点。赖柏曼敲了敲玻璃门。

---

① YJD，即 Young Jewish Defenders，犹太青年捍卫团。

玻璃门后一个白白胖胖的人影走上前来。“您找谁?”一个年轻女子的声音。

“我是亚克夫·赖柏曼。”

门牌下方的投信口发出叮当一声并透出光来。“请您把身份证递过来好吗?”

他取出护照,把它塞进投信口,对方从他手上把护照拿了过去。

他站在门口等着。门有两道锁,其中一道好像是原配的,在它下方那道亮黄铜锁看起来是新配的。

门闩响了一下,门开了。

他走了进去。一个把红头发绑在后面的、十六岁左右的女孩微笑着对他说,“你好,”并将护照递还给他。

他接过护照对她说,“你好。”

“我们不得不小心谨慎,”女孩表示歉意。她关上门,拉上门闩。她穿着一件白色运动衫,一条蓝色紧身牛仔裤,头发垂在后背,像一条光亮的橘黄色马尾。

他们来到一间凌乱的小接待室,里面有一张桌子,一台油印机以及几摞白色和粉色的纸张摆在桌上;原木书架上堆着传单和报纸重印本;对面墙里一道几乎关着的门上贴着“犹太青年捍卫团”的海报,海报上画着一只手在蓝色的犹太星子前挥舞着一把匕首。

女孩伸手去拿他的伞,赖柏曼将伞递给她,她把它同另外两把湿漉漉的黑色雨伞一起放在一个金属收纳篮里。

赖柏曼取下帽子,脱掉外套,说,“你就是电话里那位年轻小姐吧？”

女孩点了点头。

“你的办事效率很不错啊。牧师在吗？”

“他刚到。”女孩接过赖柏曼的帽子和外套。

“谢谢你。他儿子还好吗？”

“他们还不知道。他的状况很稳定。”

“嗯。”赖柏曼同情地摇了摇头。

女孩在一个挂得满满的衣服架上找到地方把帽子和外套挂好。赖柏曼把身上的上衣整了整，将头发捋顺，看了一眼旁边书架上的一堆传单：新一代犹太；死亡的使者；永不妥协！

女孩向赖柏曼借光，而后敲了敲那扇张贴着海报的门；她将门推开了些之后，探着头往里面看去。“牧师？赖柏曼先生来了。”

接着，她将门全部打开，并对赖柏曼笑了笑，退到一边。

赖柏曼走进一个挤满了人和桌子、到处凌乱不堪的闷热办公室时，一名留着金色胡子的矮壮男子冷冷地看了他一眼，默西·戈林牧师从角落里的办公桌后走了出来。这位黑发牧师看上去英俊、利索、笑容可掬，下巴有淡淡的胡青，穿着呢子夹克及开领黄衬衫。他用双手紧握着赖柏曼的一只手，迷人而忧郁的棕色眼睛打量着赖柏曼。

“我从小就一直想见到您，”他温柔而热情地说，“您是世上难得的几个我所景仰的人之一，不仅仅是因为您所做的一切，更因为您做这些事完全没有向组织寻求帮助——我说的是犹太组织。”

被他这么一说，赖柏曼有点难为情、却又很开心地说，“谢谢您，我也很想见您啊，牧师，很感谢您的志同道合。”

戈林向赖柏曼介绍其他同志。那位金色胡子、握手时很用力的鹰钩鼻，是戈林的第二把手，叫菲尔·格林斯潘；另外一个秃发、戴眼镜的高个子是艾略特·白克奇；还有一个留着黑胡子的大块头是保罗·史丹。最年轻的那位——大概二十五岁左右——留着浓密的黑胡子、绿眼睛、握手也是非常用劲的叫杰·瑞宾那维兹。他们都穿着衬衣，并像戈林一样戴着无边便帽。

大伙儿随便搬了椅子，围坐在戈林的桌子边。戴眼镜的高个子白克奇在戈林身后，靠着窗台而坐，双臂交叠，身后的窗帘全都拉下来了；赖柏曼坐在戈林对面，看着这一群表情严肃刚毅的人和这间凌乱、破旧的办公室，墙上挂着世界和城市地图，一个黑板架，一堆堆的书籍和文件、纸箱。

“您就别看这个地方了。”戈林摆摆手。

“跟我的办公室没什么两样，”赖柏曼笑着说，“也许大一点点。”

“我实在为你感到难过。”

“你儿子还好吧？”

“我想他会没事的，”戈林说，“他状况挺稳定的。”

“很感谢你能来。”

戈林耸耸肩。“他有他母亲陪着，我为他祈祷。”他微笑着说。

赖柏曼试着在那把没有扶手的椅子上坐得舒服些。“无论什么时候演说，”他说，“我指的是公开场合——他们都会问我，对你看法如何，我总是说‘我没见到他本人，所以无可奉告。’”赖柏曼对戈林笑笑。“现在开始，我可以给他们一个新的答案了。”

“我希望是一个让人喜欢的答案。”桌上的电话铃响了起来。“就说没人在，珊蒂！”戈林朝门口大声说道。“除非是我老婆！”转而又对赖柏曼说，“你没在等电话，对吧？”

赖柏曼摇摇头。“没人知道我在这。我原本应该在华盛顿的。”他清了清嗓子，双手放在膝盖上坐着。“我昨天下午去过华盛顿，”他说，“到联邦调查局谈我正在调查的几起谋杀案，是前纳粹分子在美国和欧洲犯下的。”

“最近谋杀的吗？”戈林关切地问。

“现在还在进行，”赖柏曼说，“是南美的同志党组织和门格勒策划的。”

戈林说，“那个狗娘养的……”其他人也跟着附和起来。金胡子格林斯潘对赖柏曼说，“我们在里约有一个分部，分部一旦壮大，我们可以成立一个突击队，把那家伙除掉。”

“希望如愿，”赖柏曼说，“门格勒现在可是活得不错，整个事件是他一手安排的。九月份，他在巴西杀害了一名来自伊利诺伊州伊凡斯坦的犹太青年，那男孩是在跟我通电话、告诉我这件事时被害的。我现在头痛的是，让联邦调查局的人相信我所说的事实还需要很多时间。”

“你为什么会拖这么久呢？”戈林问，“如果你九月份就已经知道……”

“我不知道，”赖柏曼说，“当时事情……全都还只是处在假设和可能性之中，无法确定，直到现在才把整件事弄明白。”他摇头叹息。“在前往华盛顿的飞机上，我突然想到，”他对戈林说，“也许你们犹太青年团的人”——他看着大家——“能在这件事上有所帮助。”

“无论什么事，只要我们做得到，”戈林说，“尽管吩咐，我们一定照办。”其他人也表示赞同。

“谢谢大家，”赖柏曼说，“这正是我所期待的。我想请你们保护一个人，他住在宾州城那边的新普维登斯，兰开斯特市附近一个小地方。”

“宾州——是个荷兰语城镇，”黑胡子男子说，“我知道那地方。”

“这是这个国家里下一个将被谋杀的人，”赖柏曼说，“时间就在这个月二十二号，不过也有可能会更早，也许就过几天。此人必须得到保护，但不能惊动或杀死杀手，必须抓住活口，这样才能对他审讯。”他看着戈林。“你手下有谁能胜任这项工作吗？保护人、逮捕人？”

戈林点点头。格林斯潘说，“这样的人就在你眼前啊，”然后转向戈林，“让杰接管游行示威的事吧，这件事我来处理。”

戈林笑了笑，朝格林斯潘歪了下头并对赖柏曼说，“这家伙的一大遗憾是没能赶上二战。他负责我们的搏击课程。”

“只需一个礼拜左右就行，我希望，”赖柏曼说，“等联邦调查局介入就可以了。”

“你想让他们做什么？”蓄胡子年轻人问。

格林斯潘对赖柏曼说，“我们会把杀手给你抓回来，这样可以比联邦调查局更快的从他身上获得更多信息。这事我可以保证。”

电话铃响了。

赖柏曼摇了摇头。“我必须用到联邦调查局的人，”他说，“因为可以通过他们把信息传给国际警察组织。这件事涉及到其他国家，除了这个，另外还有五名杀手。”

戈林刚才正望着门口，再回过头来看着赖柏曼。“有多少人已经被杀了？”他问道。

“我知道的有八个。”

戈林脸色苍白。有人吹了声口哨。

“我真正知道的是七个，”赖柏曼纠正道，“有一个只是很有可能，说不准还有其他的。”

“都是犹太人吗？”戈林问。

赖柏曼摇摇头。“非犹太人。”

“为什么？”坐在窗边的白克奇问。“这到底是为了什么呢？”

“是啊，”戈林说，“被杀的都是些什么人？门格勒为什么要杀他们？”

赖柏曼深吸一口气，再吐出，身子往前靠了靠。“如果我告诉你们这件事非常非常重要，”他说，“从长远看来，比俄国的反闪族运动以及以色列所承受的压力都严重——这样理由足够吗？我保证绝无半点夸张。”

大伙一阵沉默，戈林皱着眉头盯着面前的桌子。而后，他抬头看着赖柏曼，摇了摇头，歉意地笑了笑。“不够，”他说，“你现在请求默西·戈林的是把他最得力的三四名助手借给你，也许还要更足够的理由。他们可是男人，不是小男孩。现在正是我们势单力薄的时候，而且政府又对我们打压钳制，因为我们毁坏了他们宝贵的国际缓和趋势。不行，亚克夫”——他摇了摇头——“我可以提供任何力所能及的帮助，但如果我盲目地派遣手下，即使是帮助亚克夫·赖柏曼，我还算什么领导人？”

赖柏曼点点头。“我估计你还是想知道实情，”他说，“不过请不要向我要证据，牧师，听我说并信任我就是，否则我就是在浪费时间。”他看着大家，看着戈林，清了清嗓子说，“你们多多少少学过点生物学吗？”

“天哪！”胡子青年说。

白克奇说，“用英语说这叫‘克隆’。《时代》杂志几年前发表过一篇相关文章。”

戈林挤出一丝虚弱的笑容，一边缠绕着袖口纽扣上一条松脱的线头。“今天早上，”他说，“在我儿子床边，我说，‘接着会有什么事发生呢？噢，上帝？’”他朝赖柏曼做了个手势，点头苦笑。“九十四个希特勒。”

“是九十四个有着希特勒基因的男孩，”赖柏曼说。

“在我看来，”戈林说，“那就是九十四个希特勒。”

格林斯潘对赖柏曼说，“你确定叫威拉克的这个人还活着？”

“我确定。”

“他会不会搬走了呢？”——黑胡子问道。

“我有他的电话号码，”赖柏曼说，“我还不想亲自跟他谈，除非我确定你们会按我的要求去做。”——他看着戈林——“不过今天早上我已经让我客居处的女主人给他打过电话，她在电话里说自己想买一条狗，听说他家养狗。接电话的正是威拉克，女主人还问了他怎么找到他住的地方。”

戈林对格林斯潘说，“我们得在费城之外进行这项工作。”接着转向赖柏曼说：“我们唯一不能做的是携带枪支穿过州界。联邦调查局的人巴不得找到借口逮住我们及纳粹党人。”

赖柏曼说，“用不用我现在打电话给威拉克？”

戈林点点头。格林斯潘说，“我打算派人进驻他家。”留着胡子的青年把电话机推到赖柏曼面前。

赖柏曼戴上眼镜，从上衣口袋里掏出一个信封。白克奇坐在窗边戏谑说，“嗨，威拉克先生，你的儿子是希特勒。”

赖柏曼说，“我根本不想提及小孩，那只会让他马上挂断我的电话，因为收养规则如此。那我拨了哦？”

“要先拨区号。”

赖柏曼边拨着电话，边看信封上的号码。

“现在这个时间可能放学了，”戈林说，“那男孩有可能会来接电话。”

“我和他是朋友，”赖柏曼干巴巴地说，“我已经见过他两次。”电话那端铃声响了起来。

铃声再次响起，赖柏曼和戈林对视着。

“喂，”一名声音低沉的男人声音。

“请问是亨利·威拉克先生吗？”

"我是。"

"威拉克先生,我叫亚克夫·赖柏曼。我现在是从纽约打电话给你,我本人在维也纳办了一个战犯信息中心——你可能听说过我们吧?我们专门收集纳粹战犯的资料,协助搜找并起诉他们,你听说过吗?"

"听说过。就是抓到艾希曼[①]的那位吧。"

"没错,还抓到其他人。威拉克先生,我现在追捕一个人,这个人就在美国。我正要到华盛顿联邦调查局去跟他们谈这件事,这个人不久前在此地杀了两三个人,而且他还打算杀更多的人。"

"你是想找一条护卫犬吗?"

"不是,"赖柏曼说,"他下一个计划要杀的人是威拉克先生"——赖柏曼看着戈林——"也就是你。"

"行了,你到底是谁呀?泰德吗?你这个白痴玩笑也开得太大了吧?"

赖柏曼说,"没人跟你开玩笑。我知道你认为纳粹没理由要杀你——"

"谁说的?我杀过不少纳粹,我敢打赌他们要是能报复,一定他妈的会很高兴,假如这附近还有纳粹组织的话。"

"附近确实有一个……"

"够了,你到底是谁啊?"

---

① 阿道夫·艾希曼(Adolf Eichmann,1906—1962),纳粹德国的高官,也是在犹太人大屠杀中执行"最终方案"的主要负责者。被称为"死刑执行者"。

“我是亚克夫·赖柏曼,威拉克先生。”

“我的天哪!”戈林说道,其他人也在一旁,有人说话,有的咕哝。赖柏曼用一只手指堵住耳朵。“我向你发誓,”他说,“那个人将要到新普维登斯去杀你,是前纳粹党卫军的人,可能就在这几天。我这是竭尽全力救你的命啊。”

一阵沉默。

赖柏曼说,“我现在在犹太青年捍卫团,默西·戈林牧师的办公室。我设法让联邦调查局去保护你,但这需要一个星期左右的时间才办得到,在此之前牧师会派他的手下去保护你。他们可以在——”赖柏曼征询地看着戈林,戈林说,“明天早上。”“明天早上到你那儿,”赖柏曼说,“在联邦调查局的人来之前,请你跟他们配合一下好吗?”

对方依然沉默不语。

“威拉克先生?”

“听着,赖柏曼先生,如果你真是赖柏曼先生的话。好了,也许你说的是真的。让我告诉你一些事情吧,现在跟你说话的,偏偏是美国最安全的人。首先,我以前在州教养所担任纠察官,所以我懂得怎么保护自己;其次,我有一屋子的杜宾犬,谁要是敢冒犯我,只需我一句话,它们就会撕破他的喉咙。”

“听到你这么说我很高兴,”赖柏曼说,“但你的杜宾犬能阻止一堵墙倒在你身上或者有人从远处朝你开枪吗?已经有两个人发生过这样的事了。”

“真是见鬼,这到底是怎么回事呀?不会有什么纳粹分子想杀我，你该找的是别的亨利·威拉克。”

“新普维登斯还有其他人养杜宾犬吗？还有谁年龄六十五、老婆比自己年轻得多、有一个差不多十四岁的儿子？”

对方无言以对。

“你需要得到保护，”赖柏曼说，“纳粹分子应当被抓起来，而不是被狗咬死。”

“除非联邦调查局的人来告诉我，我才会相信。我可不想让犹太小鬼拿着棒球棍在我家晃来晃去。”

赖柏曼沉默了一会儿。“威拉克先生，”他说，“我去华盛顿的时候可否顺道去看你？我可以给你更详细的解释。”戈林疑惑地看着他，赖柏曼移开目光。

“你想来就来吧，我一直在家。”

“你太太什么时候不在家？”

“她差不多整天都不在，她要教书。”

“孩子也去上学了对吧？”

“如果他不翘课去拍电影的话，应该是在学校。这孩子觉得自己是第二个希区柯克[①]呢。”

“我大概明天中午到。”

“随你便，不过就你一个人。要是看到什么‘青年捍卫团’的人，我会把狗放出来。有笔吗？我告诉你怎么走。”

“有，”赖柏曼说，“明天见。我希望今晚你待在家里哪都

① 阿尔弗雷德·希区柯克（Alfred Hitchcock），美国导演。

别去。”

“我是打算待在家里的。”

赖柏曼挂掉电话。

“我只好告诉他有关婴儿领养的事了，”赖柏曼对戈林说，“还好他没挂掉我的电话。”他笑了笑。“我还得让他相信犹太青年捍卫团可不是‘拿着棒球棍的犹太小鬼’。”接着，赖柏曼转向格林斯潘说，“到时你得先找个地方等着，然后我再打电话给你。”

“我得先去费城，”格林斯潘说，“到那边找人手、拿装备。”接着又转向戈林说，“我想带保罗一起去。”

他们部署了一番，决定一打点好行装，格林斯潘和保罗·史丹就开着史丹的车前往费城，赖柏曼则在早上开格林斯潘的车到新普维登斯去。一旦说服威拉克接受犹太青年捍卫团的保护，赖柏曼就往费城打电话，他们的队伍就驱车到威拉克家与他汇合。那边事情一安排妥当，赖柏曼就开车去华盛顿，格林斯潘的车也留着用，直到联邦调查局的人过来接替格林斯潘他们。

“我得打电话回我办公室，”赖柏曼说，搅了一下茶。“要不他们以为我已经到华盛顿了。”

戈林指了指电话。

赖柏曼摇摇头。“不，不是现在，那边现在很晚了，明天一早再打吧。”他笑了笑。“我可不想占你们的便宜。”

戈林耸耸肩。“我可是常打电话到欧洲哦，”他说，“那边有我们的分部。”

赖柏曼若有所思地点点头说，“我的赞助人都跑到你这里来了。”

“我想是有一些，”戈林说。“不过现在咱们不是坐到一起并开始合作了吗，这就证明他们一直都在为共同的事业出力，对吧？”

“我也这么认为，”赖柏曼说。“是啊，肯定的。”

过了一会儿，他又说，“威拉克的儿子不会画画，现在是一九七五年，人家是搞电影的。”他笑笑。“不过他给自己一个正确定位，他想成为阿尔弗雷德·希区柯克第二，他那个公务员父亲觉得那不是什么好的选择，当初希特勒想成为一名艺术家的时候，跟他父亲大吵一架。”

星期三一早，门格勒穿过大街，在另一个旅馆凯南沃斯，用寇特·柯勒这个名字要了一个房间，登记的住址是伊利诺伊州伊凡斯顿市西尔登路十八号。因为他携带的是一个轻巧的皮质公文包（里面装有文件、尖刀、白朗宁自动手枪匣子、钻石）和一个小文件袋（里面装着葡萄），所以旅馆很公平地要求他提前付钱。

他不能从现在住的这个旅馆打电话到赖柏曼办公室了，因为赖柏曼死后，警方很容易就查得出从柯勒打出的电话，而且他也不想专门收集七块钱的硬币，花上一个小时，把它们一个一个扔进投币口，弄得自己拇指发黑；再说，他可以用寇特·柯勒身份接一个回电，一个就够了。

在他第二房间（十分之零颗星标准），门格勒跟日默小姐通了电话，向她解释说他已从纽约飞抵华盛顿，不护送白瑞的尸体回乡了，因为把那可怜的孩子留下的笔记尽快交到赖柏曼先生手上比什么都重要——比他原本以为的重要得多。可是，求求你告诉我，赖柏曼先生到底在哪里？

不在富兰克林酒店？日默小姐感到很讶异，但却不惊慌。她说她会打电话到曼海姆去，看看能否打听到点什么，柯勒先生不妨到别的旅馆找找看，不过她无法想象，赖柏曼先生怎么会跑到别的地方去，估计他肯定很快就会打电话回来，因为他要是改变了原计划，通常都会打电话给办公室汇报一下。好的，一旦有赖柏曼先生的消息，她会立即打电话告诉柯勒先生。请打到凯南沃斯旅馆，好心的日默小姐，因为他抵达时，富兰克林酒店已经住满了，不过还留了一个房间给赖柏曼先生。

在日默小姐回电话之前，门格勒已经打过三十多家旅馆的电话了，富兰克林酒店打了六次。

赖柏曼按原计划搭乘星期二早上的航班离开法兰克福，所以现在他要么在华盛顿，要么已经在纽约停留。

"他住在纽约哪里？"

"有时住艾德森酒店，不过更多时候是住在朋友或那些赞助人家里，他在那边认识很多人，你知道，那是个犹太人很多的城市。"

"我知道。"

"不用担心，柯勒先生，相信他很快就会打电话过来，我会告诉他你在等他。我会在这里待到很晚，以防他打来电话。"

他打电话到纽约艾德森酒店以及华盛顿其他旅馆，而且每半小时就往富兰克林酒店打一次；他还冒着刺骨的冻雨冲回富兰克林酒店，确定自己的衣服和行李箱还在那个挂着"请勿打扰"牌的房间里。

星期三晚上他睡在凯南沃斯旅馆，越想睡着，心情越沮丧。想到床头桌子上那把手枪……在自己没被杀之前，真的有希望置赖柏曼及其余计划中该杀的那些人（还有七十七个啊！）于死地吗？更惨的是，自己有可能被活活逮住，被迫忍受种种可怕的法庭审判，就像可怜的史坦歌和伊奇曼一样。何不让一切挣扎、计划和担忧结束呢？

在深夜一点的美国电视上——很肯定这是上帝的旨意，他找到让自己从绝望中振作起来的东西——一部当年领袖希特勒和冯·隆伯格[1]将军检阅空军低空编队飞行时的录制片。门格勒切掉令人作呕的英文旁白，静静地观看带着雪花点的无声图像，心里是如此悲喜交加、思绪万千……

睡吧。

星期二早上八点多，他正要打电话到维也纳别的地方寻找赖柏曼，电话铃却响了。

“喂？”

“请问是寇特·柯勒先生吗？”是个女的，美国口音，不是日默小姐。

“是……”

“你好，我是莉塔·法贝，是亚克夫·赖柏曼的朋友，他在纽约

---

① 冯·布隆伯格（von Blomberg），纳粹德国陆军元帅，曾任纳粹德国国防部长、武装部队总司令。

时住在我们家，他让我打电话给你。他刚打电话到他维也纳的办公室，得知你在等他。他今晚会到华盛顿，大约六点左右。他想邀请你共进晚餐，他到那之后会马上联系你。”

门格勒终于松了口气，高兴地说，“太好了！”

“能麻烦你帮他个忙吗？请你打个电话给富兰克林酒店，告诉他们赖柏曼先生就到，好吗？”

“好的，我很乐意！你知道他乘哪班飞机吗？”

“他是开车去的，没搭飞机。他刚走，所以我才打电话给你。他走得很匆忙。”

门格勒皱着眉头。“那他不是六点前就会到这儿吗？”他问。“如果他已经出发了的话？”

“不，他得绕道去一趟宾州，说不定六点后才能到，不过他一定会去的，而且第一时间就会给你打电话。”

门格勒沉默了一会儿，然后说，“他去新普维登斯是打算找亨利·威拉克谈话吗？”

“是的，还是我帮他问的路呢。有亚克夫这样的客人来家里，真是挺有趣的，我看好像有什么大事要发生。”

“是的，”门格勒说。“谢谢你打电话来。噢，你知道亚克夫和亨利几点碰面吗？”

“中午。”

“谢谢你，再见。”

他切断通话按钮，拿着听筒，看了看手表，闭上眼睛，一动不动地站在那儿。然后睁开眼睛，松开电话按钮，敲了几下，接通出纳员，要把食物和电话账单准备好。

戴上假胡子和假发，带上手枪，穿戴好上衣、外套和帽子，抓起公文包。

冲过大街，跑到富兰克林酒店，在出纳员的窗台前喘了口气，交代了一些事情，而后匆忙走到小车出租亭。一名穿着黑黄条纹制服的年轻漂亮女子朝他灿烂一笑。

可当她得悉他是个巴拉圭人而且没有身份证时，笑容就没那么灿烂了。租车费得先以现金支付，她估计大约六十元，不过准确数目还得计算一下。门格勒丢下钱和驾驶证，要她十分钟内把车准备好，一刻也不能耽误，接着匆匆忙忙上了电梯。

九点时，他已在通往巴尔的摩的高速公路上了，在明朗的蓝天下，开着一辆白色福特斑马车，腋下携着手枪，大衣口袋里藏着尖刀。上帝会保佑。

他以每小时五十五公里的限速驾驶，估计会比赖柏曼早一个小时到达新普维登斯。

路上别的小车慢慢地超过他。这些美国人！限速五十五公里，他们却开到六十。他摇了摇头，开始让自己加快速度。入乡随俗嘛……

门格勒十一点十分到达新普维登斯——这里就一片颜色单调的房子，一间商店，一栋一层的砖砌邮电大楼。不过后来他还是自己找到公羊路，不敢向人打听方向，因为他怕事后他们会向警察描述他的相貌和车型。他在马里兰的加油站拿的那张地图比地图册上的详细得多，上面标示着新普维登斯南边一个叫公羊的城镇，他便朝那个方向，顺着崎岖不平、弯过一片水田的双线道公路往前开，在每个交叉路口都放慢速度，盯着那些模糊的方向标识看，偶尔会有小车或货车从他身边经过。

他找到向左右两个方向延伸的公羊路，并选择右手方向，朝新普维登斯往回开，沿途看每家每户的信箱。经过“古柏”和“C. 强森”两家后，窄小的公路隐藏在光秃秃的树枝下。一辆黑色马拉车朝他驶来，类似的马拉车他在主干道的广告招牌上见过，阿米什人①显然是当地一旅游景点。黑色马车的遮篷下，坐着一个留着胡子、戴着黑色帽子的男人及一个戴着黑色无边帽的女人，两人目不斜视地看着前方。

设在路边靠近树林的信箱并不多，而且相隔很远——这样倒好，他可以用枪。

H. 威拉克。红旗标识倒在信箱一旁，下面有块板子上用黑字写的警告（或是广告？）：**警犬**。

这可不妙。不过总体上还不算太糟，因为这些警犬最起码让他有一个更容易让威拉克接受的理由，而不需要像之前那样找借口说给孩子安排一个夏日旅行。

他往右拐，车子开上一条烂泥路，顺着深深的车辙，穿过树林，缓缓地上坡。

---

① 阿米什人（Amish），美国和加拿大一群基督新教再洗礼派孟诺信徒，以拒绝汽车及电力等现代设施、过着简朴的生活而闻名。

车子底部刮着隆起的泥块，管不了了，这是别人的事。不过万一车子开不动了，也会坏了自己的事。他慢慢开着，看了一下表：十一点十八分。

是的，他模糊地记得有一对美国夫妇在他们的兴趣栏上填着“养狗”，想必就是威拉克夫妇了。他是监狱警卫，现在当然已经退休了，所以可能把以前的业余爱好当成专职了。

“早上好！”门格勒大声说，“下面牌子上说这里有‘警犬’，我正好要找一条警犬呢。”他把假胡子往下压紧，拍了拍假发的侧面和后面，把车镜往一边挪了挪，看着镜子里的自己。然后又把镜子推回原位，沿着泥泞的道路继续慢慢往前开。他摸了摸大衣及西装上衣下的枪套并把它打开，以便随时掏枪。

狗叫声喧闹不已，他停在一块洒满阳光的空地上，有一栋两层楼房——白色百叶窗、棕色木瓦——矗立在他那个的角度。屋后有十几只狗在高高的铁丝网围栏里朝他露牙狂吠，有个白发男人站在狗群后，朝他看过来。

他继续将车开到房子下面铺着石头的步道上，把小车停在那儿，把操纵杆打到“停车”的位置并转过钥匙。现在就听见一只狗在尖叫了，听上去是一只幼犬的声音。房子远处一侧，一个可停放两辆车的车库里，停着一辆红色小货车，另一个车位空着。

他打开车门走下来，伸伸腰、揉揉背，车子警示器叫了起来，提示他还未拔出钥匙，枪在腋下骚动。他用力关了车门，站在那儿看着小路尽头整洁的白色门廊。那群孩子中有一个就生活在这里啊！说不定这儿某个角落就有他的照片呢。能看到领袖那张十四岁左右的脸庞是多么神奇的事啊！苍天在上，万一今天他没去上学怎么办？多么让人忐忑又兴奋不已的念头啊！

白发男人绕过房子迈着大步走过来，一只警犬跟在他身边，是只毛色黑亮的猎犬。男人穿着一件宽大的棕色上衣、棕色裤子，戴着黑色手套，身材高大宽厚，红润的脸很不友善地阴沉着。

门格勒面带笑容。"早上好！"他大声说道。"那——"

"你是赖柏曼吧？"男人嗓音低沉地问，并走上前来。

门格勒笑容可掬。"呀，是的！"他说，"没错！你是威拉克先生吧？"

男人站在门格勒身旁站定，点了点留着白色卷发的头。那只黑得发青的漂亮杜宾犬露着锋利的白牙朝门格勒狂吠不已。威拉克戴着黑色皮手套的手牵着狗的项圈，棕色上衣袖口被撕成破片了，里面的白色棉絮都露出来了。

"我来早了点，"门格勒歉意地说。

威拉克目光投向远处，看到门格勒的车子，然后，眯着一双蓝眼睛直视着门格勒，两道白眉毛很浓密，脸上爬满了皱纹和白短胡碴。

"进来吧。"威拉克说着一头朝屋子里走去。"我承认，你所说的让我确实觉得好奇。"他转过身，带头走上步道，手里牵着那只黑黝黝的杜宾犬。

"很漂亮的狗，"门格勒跟在他身后说。

威拉克走上门廊。白色门上有一个狗头造型的门环。

"你儿子在家吗？"门格勒问。

“家里没人，”威拉克说，并把门打开。“只有这些狗。”杜宾犬——有两三只——一拥而上，舔着威拉克的手套，朝门格勒咆哮。

“别，乖乖狗，”威拉克说，“他是朋友。”他示意狗狗们退后——它们乖乖地顺从着——他牵着另一只走了进去，招呼门格勒，“把门关上。”

门格勒进去，关上门，站在那儿看着威拉克在一群杜宾犬中蹲下身，摸着它们的头皮毛，狗狗们在他身上又蹭又舔。门格勒说，“真漂亮。”

“这些小鬼啊，”威拉克高兴地说，“叫哈波和塞波——儿子给它们取的名字，只有这一窝我让他取名——这只老家伙叫山森——乖，山森——而这只叫上校。伙计，这位是赖柏曼先生，是位朋友。”他站起来对门格勒笑笑，脱下手套。“现在你明白了你说有人要来杀我时，我为什么不怕了吧？”

门格勒点点头。“明白了，”他说，低头看见两只杜宾犬正在嗅他的大衣。“绝佳的保护，”他说，“有这些狗就够了。”

“谁要是敢冒犯我，狗会将他的喉咙撕裂。”威拉克拉开上衣拉链，里面穿了件红衬衫。“把大衣脱了吧，”他对门格勒说，“把它挂在那边。”

门格勒身边右侧，立着一个高高的衣架，上面有黑粗的钩子，椭圆形的镜子里可以看到屋里的椅子和对面的餐桌一端。门格勒把帽子挂在钩子上，解开大衣扣子，低头对杜宾狗微笑，同时也对正在脱外套的威拉克笑笑。威拉克身后，有道窄梯陡然通向上方。

“艾希曼就是你抓到的啊。”威拉克把衣袖破烂的上衣挂好。

“是以色列人抓到的，”门格勒说，边把大衣脱下。“不过我当然也帮了不少忙，我发现了他在阿根廷的藏身之处。”

“得到赏金了吗？”

“没有。”门格勒把大衣挂上去。“我做这些纯粹出于一种满足感，”他说，“我痛恨所有纳粹，他们应该像害虫一样被穷追、抓捕、根除。”

威拉克说，“我们现在该担心的是那些混混，而不是纳粹。进来这里吧。”

门格勒整理了一下上衣，跟着威拉克进到右边一个房间，两只杜宾犬紧随其后，用鼻子嗅着他的腿，另外两只则跟着威拉克。这是一个很不错的客厅，窗户上挂着白窗帘，还有一个石砌的壁炉，左边墙上挂满了五彩斑斓的绶带、奖杯及黑框照片。

“这儿真是壮观啊，”门格勒说着，走过去近看，都是杜宾狗的照片，没有男孩的。

“现在可以告诉我吧，纳粹为什么要杀我？”

门格勒转过身。威拉克坐在两扇窗户间一条维多利亚风格的长椅上，从面前一张矮桌上的一个玻璃罐里捏了一把烟草，装进一个厚重的黑色烟斗里。一只杜宾犬前爪撑着桌子站在那儿看着。

最大的那只杜宾犬则躺在威拉克和门格勒之间的圆形麻布地毯上，抬着头平静而好奇地看着门格勒。

另外两只嗅着门格勒的双腿和手指头。

威拉克看着门格勒说，“怎么啦？”

门格勒笑笑，说，“你知道，这样……我很难说话。”他示意了一下身旁的杜宾犬。

“不用担心，”威拉克说，边弄着他的烟斗。“你要是不冒犯我，它们也不会冒犯你。坐下来说就是，它们一会儿就习惯了。”

门格勒在一张嘎吱作响的皮沙发上坐下来。一只狗跳到他身边，兜兜转转一番，准备躺下来；原先躺在麻布地毯上的那只见状也站起身，又圆又黑的头钻到门格勒两膝间，伸着脖子嗅他胯部。

“山森，”威拉克呵斥着，一边拿着火柴点烟斗。

那只狗把头缩回来，坐在地上看着门格勒。另一只坐在他脚边的杜宾犬则用一只后腿挠着项圈；坐在门格勒身边沙发的那只狗正看着坐在门格勒对面的那只。

门格勒清清嗓子说，“要来杀你的纳粹分子是门格勒医生本人，他可能很快就会来——”

“是一个医生？”威拉克手里拿着烟斗，并将火柴熄灭。

“是，”门格勒说，“是门格勒医生。威拉克先生，我相信你这些狗都训练有素——从那些辉煌的奖牌就可以看得出来”——他用手指指着身后的墙——“而事实上，我八岁时就被狗袭击过，不是杜宾犬，是一只德国牧羊犬。”他摸着自己的左大腿。“这条大腿，”他说，“到现在还留着很多疤痕，而且我精神上也留下阴影。一条狗跟我待在同一个房间里，我就会很不舒服，何况现在有四条——呃，这对我来说简直像噩梦一样！”

威拉克放下烟斗。

“你早说嘛。”威拉克说着站起身，打了个响指，杜宾犬便跃起、跳着簇拥在他身边。“来吧，孩子们，”他说，带着这群狗穿过房间，朝沙发旁边的门口走去。“我们的客人怕狗，你们进去吧。”他将杜宾犬引到门口，踢开门下面的东西，把门关上，并试了试门把。

“他们不会从其他地方进来吧？”门格勒问。

“不会。”威拉克回到房间里。

门格勒舒了口气，说，“谢谢你。我现在感觉好多了。”他坐在沙发上，身子往前挪了挪，解开上衣扣子。

“有话就快点说吧，”威拉克说，在长椅上坐了下来，拿起烟斗。“我不想把它们关在那里太久。”

“我会直奔主题的，”门格勒说，“不过首先”——他竖起一根指头——“我得先借支枪给你，万一像现在这样，狗不在身边的时候你就可以保护自己了。”

“我有枪，”威拉克说，他咬着烟斗，身子往后靠了靠，手臂扶在长椅边上，两腿交叠而坐。“是一支路格枪。”他从嘴里取下烟斗，吐着烟。“还有两把散弹枪和一把来复枪。”

“这把是布朗宁自动手枪，”门格勒说着，从枪套中取出手枪。“比路格枪好，因为弹匣可以装十三颗子弹。”他用拇指推开保险栓，让枪支处于待射状态，并转过身对着威拉克。“举起手来，”他说，“先把烟斗慢慢放下。”

威拉克皱着眉头看着他，两道白色眉毛竖了起来。

“现在，”门格勒说。“我还不想伤害你。我怎么会这么做呢？对我而言，你只是一个陌生人，我真正感兴趣的人是赖柏曼。‘我真正感兴趣的那位，’我是说。”

威拉克松开交叠着的腿，身子慢慢往前倾，死死地盯着门格勒，脸涨红起来。他把烟斗放下，空着的双手举到头顶。

“把手放在头上，”门格勒说，“你的头发真漂亮，我羡慕死了。可惜我戴的这个是假发。”他从沙发上站起来，枪托向上摇晃了几下。

威拉克站起来，双手交叠在头顶。“我才不管犹太人和纳粹之间的臭事，”他说。

“很好，”门格勒说，手枪一直指着威拉克穿着红衬衫的胸膛。“不过我还是想把你关在某个地方，这样你才不会向赖柏曼通风报信。你这里有地窖吗？”

“有，”威拉克说。

“到地窖去，脚步不要迈得太大。除了那四条，屋里还有别的狗吗？”

“没有了。”威拉克两手放在头顶，慢慢朝走廊走去。“你狗运不错。”

门格勒手拿着枪跟在他身后。“你老婆呢？”他问。

“在学校。在兰开斯特教书。”威拉克走到走廊上。

“你有你儿子的照片吗？”

威拉克停下脚步，过了一会儿才朝右边走去。“你要照片干吗？”

“看看而已，”门格勒说，依然拿着枪紧随其后。“我没想伤害他。我是替他接生的医生。”

“这他妈的到底是怎么回事？”威拉克在楼梯边门口停下。

“你有照片吗?”门格勒又问。

“我们刚才待过的房间里有一本相册。在电话桌下面。”

“是那扇门吗?”

“是。”

“把一只手放下打开门,打开一点点就行。”

威拉克转向门边,放下一只手,轻轻把门打开,另一只手依然放在头上。

“再用脚把门踢开。”

威拉克用脚把门全部打开。

门格勒挪到对面墙边,靠墙站着,手枪顶着威拉克后背。“进去。”

“我得把灯打开。”

“开吧。”

威拉克伸出手,拉了一下绳子,刺目的光照亮了门的里面。威拉克接着把手放回头上,低下头,朝下面一个平台走去,平台上靠墙放着许多家用器具。

“下去,”门格勒说。“慢慢走。”

威拉克转身向左侧慢慢下台阶。

门格勒走到门口,往下朝平台走去,再转过身对着威拉克,把门关上。

威拉克慢慢走下地窖台阶,两只手依然放在头上。

门格勒对准威拉克红色衬衫的后背,开了一枪,接着连续开了好几枪,枪声震耳欲聋,弹片朝四处弹跳开去。

威拉克的双手从长着白发的头上慢慢垂下，踉踉跄跄地摸到木扶手。

门格勒朝威拉克的红衬衫再开一枪。

那双手终于从扶手上滑落，威拉克前额着地、双脚分开，大腿和身躯朝前扑倒在台阶下。

门格勒看着他，边用一只食指掏着一只耳朵。

接着，他把门打开，走出地窖。狗群一片狂吠。“安静！”门格勒大吼道，并继续掏另一只耳朵。狗吠声不止。

门格勒扣上保险栓，把枪放回枪套，然后取出手帕擦拭门把，拉绳、关灯，用手肘把门关上。

“安静！”他大叫着，边把手帕放回口袋。狗还是叫个不停，它们拼命冲撞、抓挠着走廊尽头的门。

门格勒匆匆走到前门，从门边窄小的窗格向外张望；接着打开门跑了出去。

他上了车，启动引擎，车从房子旁开过，绕到车库那个空着的车位上。

然后，他再次跑回屋里，关上门。狗依然狂吠不止地嘶鸣、抓挠、撞击着。

门格勒看着衣架镜子里的自己，摘下假发，撕下上唇的假胡子，并把它们塞到挂着的大衣口袋里，把袋口拉出来、盖好。

门格勒再次看了看镜子里的自己，并用双手理了理自己修剪不齐的白发，眉头紧皱。

他脱下短上衣，挂在挂钩上；又把大衣挪过来挂在同一个挂钩上，盖着短上衣。

解下黑金条纹领带，从脖子上把它抽出，卷起来塞进大衣口袋。

接着，解开淡蓝色衬衣领扣及下一个扣子，敞开衣领，将领尖压了压。

狗还在门后狂叫、哀号。

门格勒理了理枪套的背带，再次看了一眼镜中的自己，问道，“你是赖柏曼？”

他又问了一次，这次多了些美国口音，少了些德国口音：“你是赖柏曼？”努力让自己的声音听起来更像威拉克、嗓音更低沉：“进来吧，我承认我的确非常好奇。别理它们，它们老那样叫个不停。它们……它们，它……它……它，那……那……，别理它们，它们老那样叫个不停。你是赖柏曼吗？进来吧。”

狗依然狂吠。

“安静！”门格勒喊道。

七

赖柏曼密切注视着小坤宝车仪表板上慢慢升到十分之一英里的里程。威拉克的房子就在公羊路左转后不到半公里的地方——如果他没看错莉塔手写的怪模怪样的字的话,看错她写的东西对他来说可是常事。在莉塔难辨的书写和坤宝一路颠簸中,时间已是十二点二十分。

尽管如此,他感到事情已渐渐变得清晰,进展顺利。当然,听到白瑞的尸体已经找到时,他心里很难过,但至少,时机来得正好。这样,到了华盛顿,赖柏曼就有更强有力的证据和立场了。寇特·柯勒就在那里,他不仅带着白瑞写的纸条——那可是非常重要而且大有用处的纸条——而且他作为富裕的美国公民身份,对整件事也是很有影响力的。赖柏曼相信,他会愿意尽其所能留下来协助调查,事实上,只要他在场,他本人就是一个有力的证据。

格林斯潘和史丹也在费城,大概已经准备好一旦威拉克被说服、相信自己身处险境,他们就会出面发挥他们犹太青年团的作用。"这件事跟你儿子有关,威拉克先生。他是领养的,而且是一名叫伊丽莎白·葛雷利的女人为你们夫妇安排的,对吧?现在,请你一定要相信我,没谁——”

里程表跳到十分之四英里的位置,右前方有个信箱映入眼帘,信箱下方一块板子上写着“警犬”两个黑字,箱子上方标着“H.威拉克”。赖柏曼减慢车速,并在一旁停了下来,让一辆迎面而来的大卡车从身边开过。然后,穿过马路,将车开上一条车辙纵横的泥巴路,穿过树林,缓缓上坡。汽车底盘不时刮到隆起的土堆,赖柏曼换着挡慢慢开着。瞄了一下表:差不多过了二十五分了。

他大概得用半小时来解释、说服威拉克(暂且不介入“基因”这个问题,就简单地说:“我也不知道他们为什么要杀孩子的父亲,但他们的确这么做了。”)。然后,等一个小时左右,让青年团的人赶过来。这么算来,时间就是下午两点过了。也许到三点他就可以离开,然后五点或五点半抵达华盛顿,电话联系柯勒。他很期待着与柯勒会面,看看白瑞留下的字条。门格勒当时怎么会遗漏白瑞身上这些字条,让赖柏曼觉得很意外,不过也许柯勒高估了这些字条的重要性……

嘈杂的狗叫声从阳光下一幢两层楼房里挑衅地向他传过来。楼房有着白色百叶窗、棕色木瓦,矗立在对角处;屋后有十几条狗在高高的铁丝网后猛力冲撞,对着他张牙舞爪,狂叫不已。

他把车开到屋前石砌人行道上并在那儿停下车,转换到空挡,熄掉引擎,拉上手刹。屋后的狗还在狂叫,楼房远处一侧车库里,停了一辆红色小货车和一辆白色小车。

赖柏曼下了车,关上车门,提着手提箱,站在那里看着那幢收拾得很整洁的棕色屋子。要在这样一个地方保护威拉克，似乎挺容易的，正在大叫不已的那些狗，便是这幢楼房最好的警报系统，颇有威慑力。这么一来，杀手很可能就只好在别的地方展开行动了——在镇上或公路上下手。此番情形中，威拉克就得按平时的生活习惯行事，这样杀手才有机会现身。问题是，怎样吓唬威拉克，才能让他愿意接受青年团的帮助，却又不至于让他害怕到把自己关在家里不敢出门呢？

赖柏曼深吸了口气，踏上步道，走进门廊。门上有个门环，铁铸的狗头造型，旁边有个黑色的门铃按钮。赖柏曼选择用门环敲门，敲了两下，门环又旧又紧，敲起来声音不大。他站在门口等了一会儿——狗依然在屋里咆哮——于是他用一只手指按了按门铃。门开了，走出来一个比他想象中瘦小的男人，修剪不齐的灰白头发、一双灵动且活泼的棕色眼睛。他看着赖柏曼，用低沉的嗓音说，“你是赖柏曼吗？”

“是，”赖柏曼说，“你是威拉克先生？”

留着灰白头发的头点了点，门打开了。“进来吧。”

赖柏曼进去，散发着狗的味道的门廊里有梯子通向上面。他摘下帽子。狗群——听声音，应该有五六只——还在狂叫，在走廊尽头的门后哀号着、抓挠着。赖柏曼朝威拉克转过身去，威拉克已经把门关上，站在那儿朝他微笑着。

“幸会，”威拉克说。他穿着整洁的淡蓝色衬衫，领口敞开，袖子向上翻着，深灰色的长裤很合身，黑色鞋子也很好看。警犬生意应该做得不错吧。“我还以为你不来了呢。”

“我看错方向了，”赖柏曼说，“你还记得从纽约打电话给你的那位小姐吧？”他摇了摇头，歉意地笑笑。“是她帮我打的电话。”

“噢，”威拉克微笑着说，“把大衣脱了吧。”他指了指衣架，上面挂着一顶黑帽子、一件大衣，还有一件袖扣已经被撕破的棕色棉夹克。

赖柏曼把帽子挂好，把手提箱放在地板上，解开大衣扣子。威拉克显得比在电话里友好多了——一副其实很高兴见到赖柏曼的样子——可是他说话的方式里却有某种让人感觉不友善的东西。赖柏曼感觉到这点，却又无法准确描述到底是什么。看了一眼走廊尽头那道狗叫声不断的门，他说，“这就是你电话里说的‘一屋子的狗’吧。”

“没错，”威拉克说着，微笑着从赖柏曼身边走过去。“别管它们，它们老是那样叫个不停。我把它们关在里面，就是不想让它们干扰到你。有的人看到狗会很紧张。进来这里吧。”威拉克说着，走到右边走廊。

赖柏曼把大衣挂好，拿起手提箱，若有所思地看着威拉克的背影，跟着他进了让人赏心悦目的客厅。左边门后的狗开始冲撞、狂叫，靠近黑色皮沙发上方木墙上，挂满了五颜六色的绶带、奖杯和黑框照片。房间尽头有一个石砌的壁炉，炉架上也摆着奖杯，还有一只钟。右手边那堵墙开着两扇挂白色帘子的窗户，一张旧式靠背长椅摆在中间。门口角落里，摆着一张椅子和桌子，上面放着电话、账簿，搁着几根烟斗的架子。

“坐吧，”威拉克指着沙发说，自己则走到长椅前。“告诉我，为什么纳粹分子想要我的命。”他坐下来。“我承认我的确很好奇。”

好奇——他发“r”的音①听起来有点生硬，这正是让赖柏曼觉得不解的地方。显得很友善的亨利·威拉克这是在模仿真正的威拉克，故意加了点德语腔来掩盖自己的美国语音，虽然不是很明显，只是r字母发音比较生硬、w音发成v的轻音而已。赖柏曼在沙发上坐下来——靠枕发出呼哧呼哧的声音——看着正坐在对面的长椅上的威拉克，他身体向前倾，两腿分开，双肘撑在膝盖上，手指来回摸着前面矮桌子下一本绿色相簿或剪贴簿边缘，面带微笑地等着。

难道他的模仿不是故意的吗？赖柏曼自己有时也会受外国人笨嘴拙舌的德语影响而发出跟他们腔调一样的音来，有几次都发现自己字不正腔不圆的，非常尴尬。

但这不一样，这是故意的，赖柏曼很肯定这一点。一股敌意从微笑着的威拉克身上显露出来。你能期望一位专门训练凶猛猎犬的反犹太前任监狱警卫，对人和善、有礼吗？

算了吧，到这儿来，又不是为了交个新朋友。赖柏曼把行李箱放在脚边，两手支在膝盖上。

“为了解释清楚这件事，威拉克先生，”他说，“我不得不提到一个私人问题，一个关系到你和你的家人的私人问题，就是有关你儿子以及他被收养的事。”

威拉克疑惑地抬起眉毛。

---

① 好奇的英文是curious，含r的发音【r】。

“我知道，”赖柏曼说，“他是你和你太太从纽约的‘伊丽莎白·葛雷利’手里领养来的孩子。请你相信我”——赖柏曼身子往前靠了靠——“没有人会在这件事上找你麻烦，也没有人企图把你儿子带走或控告你非法收养，这事过去那么长时间，已经不重要了，至少没什么直接关系了，这点我可以向你保证。”

“我相信你。”威拉克严肃地说。

这是个冷静的主，这个坏蛋，装得挺镇定的。只见他坐在那儿，手指一张一合、一合一张地摸着绿色相册封面。相册缝合处正对着赖柏曼，封面微微向上张开着，显然里面肯定有什么东西撑着。“‘伊丽莎白·葛雷利’，”赖柏曼说，“不是她本名，她真名叫菲黛·麦隆尼，菲黛·奥莎·麦隆尼。你听说过这个名字吗？”

威拉克若有所思地皱了皱眉头。“你说的是那个纳粹分子？”他问。“被遣送回德国的那个？”

“是。”赖柏曼拿起手提箱。“我这里有几张她的照片。你看看——”

“不用了，”威拉克说。

赖柏曼看着他。

“我在报纸上看过她的照片，”威拉克解释说，“照片看上去很面熟，我现在知道为什么了。”他微笑着，“为什么”说成了“唯什么。”

赖柏曼点点头。（是故意的吗？除了说话的腔调听得出是模仿之外，威拉克其他方面表现得还是很和蔼的嘛。）赖柏曼把解开的行李箱皮带放了回去，看着威拉克。“你和你太太，”他说，尽量不把 w 音发成 v 音，“不是唯一一对从她手上领养孩子的夫妻。有一对叫古塞的夫妇也领养了，而古塞先生去年十月就被人杀害；另一对领养夫妻叫库里，库里先生十一月也遇害了。”

威拉克此时表情关切，手指在绿色相册封面上停住了。

“有个纳粹分子现在已经到了美国，”赖柏曼说，并把行李箱放在膝上，“一个前纳粹党卫军，正在肆杀那批从菲黛·麦隆尼手上收养男孩的父亲，而且是按收养时间的前后顺序暗杀的，你就是下一个谋杀目标，威拉克先生。”他点点头。“时间不会太久，而且接着还会有更多人遇害。这就是我去联邦调查局的原因，也是我走后你应该受到保护的原因，光靠你的狗还不够。”他指了指沙发尽头那道门，狗还在门后号叫着，有一两只则附和着。

威拉克不解地摇摇头。“哼！”他说，“这也太奇怪了吧！”他大惑不解地看着赖柏曼。“这些孩子的父亲要被杀害？”

“没错。”

“可这是为什么呀？”这次的发音倒是很标准，他够卖力的。

天哪，原来如此！根本不是模仿，他既不是有意也不是无意，而是在竭力掩饰跟自己完全一样的德国口音。

赖柏曼说，“我不知道……”

看看此人的鞋子和裤子，完全是城里人而不是乡下人的行头；还有他身上隐藏的敌意、说是为了免于干扰客人而被关得远远的狗……

“你不知道？”这个“纳粹分子”而非“威拉克”问赖柏曼。“那么多人被害，而你却说你不知道‘渊因’？”

可是杀手们年龄都是五十几岁，而眼前这家伙应该有六十五岁了，或者少一点点。难道是门格勒？不可能，他人在巴西或巴拉圭，不敢贸然到北美来，更不可能就坐在宾州新普维登斯这个地方。

他对着这个不知是不是门格勒的人摇了摇头

但寇特·柯勒去过巴西，而且已经来到华盛顿了，他的名字可能在白瑞的护照或皮夹里……

一支枪从相册封面后冒出来，枪口对着赖柏曼。"那我来告诉你吧，"那家伙拿着枪说。赖柏曼看着他，若将他的头发染黑、拉长些，再加上一圈稀疏的胡子，想象一下他年轻一点的样子……没错，就是门格勒，门格勒！这个让他踏破铁鞋无觅处的可憎死亡天使，这个屠杀儿童的恶魔！此时就坐在面前，阴险地笑着，拿着枪对着自己。"但愿，"门格勒用德语说，"你不会死得不明不白，我想让你知道未来二十几年世界将是什么样子。你是被枪吓呆了，还是认出我是谁了？"

赖柏曼睁着眼睛，深吸一口气。"我认出你来了。"他说。

门格勒笑了。"鲁道、塞伯特还有其他人，"他说，"简直就是一群没用的老太婆，就因为菲黛·麦隆尼告诉了你有关婴儿收养的事，他们就把人员招回去了。所以，我只好亲自把这件事了结。"他耸耸肩。"我真的不介意这么做，这项工作带给我无限活力。听着，你慢慢把行李箱放下，手放在头顶坐回到你的位子上，放松些，在我杀你之前，你还有一两分钟舒服一下。"

赖柏曼慢慢把箱子放到左脚边，考虑如果有机会迅速转向右边打开门——那道门肯定没上锁——也许另一侧的正在哀号着的狗会看到门格勒拿着枪，而门格勒还来不及射出更多子弹前把他扑倒。当然，狗会不会反过来攻击自己也说不定，也有可能因为没有威拉克（已经死了）的指令，警犬们谁都不咬。可是，他再也想不出别的办法了。

“我希望你活久一点，”门格勒说，“我确实是这么想的。这是我一生中最得意的时刻，这点我想你能体会得到，如果现实允许，我真乐意像现在这样，坐下来和你好好聊上一两个小时，顺便反驳一下你那本破书里面言过其实的地方，不过……”他遗憾地耸了耸肩。

赖柏曼交叠着双手放在头顶，笔直地坐在沙发前段。他开始慢慢地把双脚分开。沙发很矮，要迅速站起来不是件容易的事。“威拉克死了是吗？”他问。

“没有，”门格勒说，“他在厨房给我们做午饭呢。你听清楚了，亲爱的赖柏曼，我决定告诉你一些让你觉得难以置信的事情，不过我对天发誓，我所说的句句属实。我用得着对一个快要死的犹太猪撒谎吗？”

赖柏曼眼睛朝长椅右边的窗户瞟了一下，又即刻将目光转回到门格勒身上。

门格勒叹了口气，摇摇头。“如果我要留意窗外有什么动静，我会先把你杀了再去看。不过我不想管窗户外的事，如果有人来，后院的狗肯定会叫个不停，对吧？对吧？”

“对，”赖柏曼说，一边手放头顶坐着。

门格勒笑笑。“你知道吗？一切都在按我的计划进行，天意站在我这边。你知道今天凌晨一点我在电视里看到什么了吗？希特勒的影片。”他点点头。“就在我极度低落、几乎想了结自己的时刻。那若不是天意，那这个世界上就不存在天意这回事了。所以嘛，你也不用浪费时间盯着窗外了，看着我，好好听着就行。希特勒还活着，你看着相册”——他用那只空着的手指了指，眼睛和枪口却始终没从赖柏曼身上挪开——“这上面全是他的照片，从一岁到十三岁。这些男孩千真万确都是希特勒的基因所复制。我不想浪费时间向你解释我是怎么做到的——我对你有没有能力理解我所做的很是怀疑——不过总之一句话，我做到了。毫厘不差的基因复制。他们是我在试验室受精的，然后转移到巫地族妇女身上孕育，一群健康、聪慧，跟领袖一样有条理的人就这样诞生了。孩子们不会受到母体的任何污染，他们是纯粹的希特勒，完全承传了他的细胞。一九四三年一月六日，希特勒让我从他身上抽出半公升血、从肋骨处切下一块皮肤——我们依据的是圣经的理念。他自己不愿意生孩子”——电话铃响了，门格勒的眼睛和枪口一直对着赖柏曼——“因为他知道他不可能生出一个像他一样光宗耀祖的儿子”——电话铃还在响——“神一般的领袖啊。所以当他听说复制基因在理论上可行的时候，就断定我一定能”——电话铃声还在继续——“在某一天，创造出一个并非其后裔，而是另一个他自己来，甚至不是复制品，而是”——铃声不断——“另一个原件。这想法让他像我一样兴奋不已，就是那时，他授权给我，给我提供所需设备，让我开始为了这目标而努力。你真的以为我在奥斯维辛所做的一切都是漫无目的的疯狂行为吗？你们这些人头脑真是太简单了！为了纪念他提供血液和皮肤这件事，领袖在一个漂亮的烟盒上刻了字'致我多年的好友约瑟夫·门格勒，他对我的奉献无人能及，甚至到将来亦如此。阿道夫·希特勒'。这当然是我最珍爱的物品了，我不敢冒险带着它过海关，所以我把它藏在南美律师的保险柜里，等我旅行结束的时候再回去拿。你瞧，我给你的时间已不止一分钟"——他看了看时钟。

赖柏曼猛地站起身——一声枪响——赖柏曼一个箭步绕到沙发尽头，伸出手。又一声枪响，再一声；赖柏曼痛得撞到坚硬的墙上，疼痛自胸口向下蔓延，他紧贴着墙的耳朵听到狗的咆哮，棕色木门被猛烈撞击，震动不已，赖柏曼伸手去摸索那个钻石形的玻璃门把。枪声又响了，门把一下从他手上破裂开来，手背上一个弹孔注满了鲜血；他抓住门把锋利的部分——枪声又响了，狗疯狂地大叫着——赖柏曼痛得肌肉抽搐，双眼紧闭。他扭动着残留的门把，用力一拉，门在他手臂和肩膀的撞击下自动打开了，狗怒吼着冲了进来，密密麻麻的枪声如雷鸣一般。狗吠声群起，还听见一声哀号和子弹用尽后空枪的咔哒声，有人扑倒在地，接着是一阵乱吼和惨叫。赖柏曼松开破碎的门把，转过身靠着墙，让自己慢慢滑落下去，睁开眼睛……

一群黑狗把门格勒逼到长椅上，张着双腿躺卧在那儿。一只只壮硕的杜宾犬龇牙咧嘴，目露凶光，尖尖的耳朵向后竖着。门格勒的脸猛然撞在长椅扶手上，他死盯着面前的一只杜宾犬，狗四脚朝天在桌脚间扭动着身子，嘴咬着门格勒的手腕不放，枪已从他手里掉落。他转动着眼睛盯着那几只逼近他脸颊和下巴的杜宾犬，其中一只靠近他脸的杜宾犬站在他的后背和长椅之间，前爪蹭向他的肩膀；另一只贴近他下巴的杜宾犬则半蹲着立在他张开的双腿间，朝前靠过他的大腿，身子差不多要贴到他胸部了。门格勒撑着椅子扶手，稍稍把脸抬高一些，眼睛朝下盯着，双唇发抖。

第四只狗硕大的身体躺在长椅和赖柏曼之间的地板上，身子两侧肋骨一鼓一鼓地，鼻孔贴着麻布地毯，一汪尿液在下面泛着微弱的反光。

赖柏曼慢慢栽倒在墙角，浑身肌肉抽搐地倒坐地板上。他慢慢把腿伸直，看着杜宾犬威逼着门格勒。

它们只是威逼着他，倒没有撕咬。门格勒的手腕已经被松开，刚才咬着他手腕的那只杜宾犬此时正站在那儿，鼻子对着门格勒的鼻子咆哮着。

"咬死他！"赖柏曼命令道，可是声音轻若游丝，冲击着胸口的疼痛越来越剧烈、蚀骨。

"咬死他！"赖柏曼忍着剧痛再次喊道，勉强发出沙哑的声音。

那群杜宾犬只是怒号，并未挪动半步。

门格勒双眼紧闭，牙关紧咬着下唇。

"咬死他！"赖柏曼大喊——胸口剧痛欲裂。

杜宾犬咆哮着，还是一动不动。

门格勒紧闭的嘴里发出一声尖叫。

赖柏曼后脑勺靠着墙，闭上眼睛，喘着粗气。他吃力地拉开领带，解开衬衣领扣子。将领带下面一粒扣子也解开后，他手指触摸到痛处，感觉到胸口前衬衣边缘处下一片湿润。接着他把手伸了出来，睁开眼睛一看，手指上全都是血，子弹是从他躯体穿过去的，击中哪儿了呢？难道是左肺部吗？不管击中哪里，总之每次呼吸都让他疼痛不已。他伸手去掏裤袋里的手帕，并往左滚动了一下身子，剧痛自屁股下蔓延开来，痛得他又蜷成一团。唉！

终于把手帕掏了出来，拿起来压在胸部伤口上。

他抬起左手，血沿着手臂两侧流下来，手心里那个血肉模糊的伤口，比手背上那个小洞冒出的血多。子弹是从大拇指和食指之间虎口处穿过的，手指现在已经麻木了，无法动弹，鲜血从两道伤口中汩汩流淌。

他想把手抬高一些来减缓血流的速度，可是却无能为力，手还是垂了下来。他现在浑身一点力气都没有，只有疼痛和疲惫……身边的门慢慢关上了。

他看着被杜宾犬围困的门格勒。

门格勒眼睛盯着他。

他闭上双眼，强忍着胸口灼烧般的伤痛，浅浅地呼吸。

“走开……”

赖柏曼睁开眼睛，看向侧卧在长椅一旁、被一群号叫着步步逼近的杜宾犬包围的门格勒。

“走开，”门格勒小心翼翼地轻声说道，他的眼睛在面前一只、下巴旁边一只、脸颊边一只杜宾犬之间游移。“下去，我没枪，没枪。走开，去吧，乖狗狗。”

亮黑色那只狗露齿低吼，一动不动。

“好狗狗，”门格勒说。“山森？乖山森，快去，快走开吧。”他慢慢地把头靠向长椅扶手，杜宾狗的头稍往后退了一点点，依旧低吼着，门格勒皮笑肉不笑地对着它们，“少校？”他问道。“你是少校吗？好少校，乖山森，乖狗狗，我是你们的朋友，我没枪。”他红肿的手抓住长椅扶手，另一只则握住椅背边沿，开始慢慢地侧身撑起来。“乖狗狗，走开，走开。”

房子中间那只杜宾狗躺在那儿一动不动，它的黑色肋骨僵直着，周身一摊尿液此时已变成几小摊，在宽大的地板上蔓延开来。

“好狗狗，乖狗狗……”

门格勒仰卧着，开始慢慢朝放着长椅的角落撑起身子。杜宾狗还在威胁地吼叫着，依然待在原处，门格勒找到新的可以抓手的地方，慢慢起身，渐渐跟龇牙咧嘴的狗拉开距离。“走开，”他说。“我是你们的朋友。我现在会伤害你们？不会的，不会，我喜欢你们。”

赖柏曼闭上眼睛，坐在从他身后流下来的血泊中，微弱地呼吸。

“好山森，好少校。贝波？塞柯？好狗狗，走开，走开。”

狄妮和葛瑞之间有些问题。他十一月在他们那儿的时候不便多说，可是也许应该说点什么才是，也许他——

“你还活着吗，犹太猪？”

赖柏曼张开眼睛。

门格勒直挺挺地坐在长椅那个角落，一条腿抬起来，一条在地板上。他看着赖柏曼，并抓住椅子扶手往后挪了挪，表情轻蔑、傲慢，对三只向他欠身低吼的杜宾犬却低声下气。

“糟糕透了，”门格勒说，“不过你也活不了多久了，我看得出来。你面如死灰，如果我乖乖坐在这里，好声好气地哄哄这些狗，它们慢慢就会对我放松敌意。它们总要去尿个尿或喝点水什么的。”接着他又用英语对杜宾狗说，“水？喝水？你不想喝点水吗？乖狗狗，去喝点水吧。”

杜宾犬低吼着，不为所动。

“狗娘养的，”门格勒轻声用德语骂道，并转向赖柏曼说：“犹太猪，你跑到这里来，除了让自己慢慢等死，狂抓几下我的手腕，别的都一无所获。十五分钟后我就会从这里出去，名单上的每个人都得在预定时间里死掉。第四帝国就要来临——不仅仅是德意志帝国，更是整个雅利安民族帝国。我必将见证这一切，并站在众领袖身边。你能想象这些男孩将激起怎样一番风云吗？他们将要执掌的是怎样一种权力？他们又将如何撼动苏俄和中国这样的泱泱大国？小小的犹太就不值一提了。”电话铃响了起来。

赖柏曼试图从墙边挪过去——如果可能的话，他想爬到门口桌边垂下来的电话线旁——可是，臀部的锥心的剧痛让他无法做到，哪怕挪动一点点都不可能。他跌坐回湿粘的血泊中，闭上眼睛喘息。

“很好，再撑一分钟你就会死。快死的时候想想你的子孙走进毒气室的情景吧。”

电话铃声不断。

电话也许是格林斯潘和史丹打来的，想问问情况怎样、他为什么没打电话回去。既然没人应答，他们会不会担心出了什么事而直接从镇上赶过来呢？只要这些杜宾犬能把门格勒控制住……

他睁开眼睛。

门格勒坐在那儿微笑着面对那群狗——那是放松、沉着、友好的笑。它们现在不再吼叫了。

赖柏曼闭上双眼。

他试着不去想毒气室、军队和众人欢呼的场景，心里想着麦克斯、莉莉和艾丝特能否把中心继续经营下去，也许会有人捐款建纪念馆。

狗的狂吠和怒吼再度爆发。赖柏曼张开双眼。

“不，不！”门格勒退坐到长椅一角，紧紧抓住椅子扶手不放，此时杜宾犬们正低吼着向他步步逼近。“不，不要！乖狗狗！乖狗狗！别，别过来，我不动！别，别过来，你们看我不是乖乖坐着没动吗？乖狗狗，乖狗狗。”

赖柏曼笑了笑，闭上眼睛。

真是一群好狗。

格林斯潘呢？史丹呢？快来吧……

“犹太猪？”

手帕必定黏在伤口上了，于是乎赖柏曼继续闭上双眼，屏住呼吸——好让自己想想——接着，他将右手抬起，竖起中指。

远处传来狗叫声，是屋后的那群狗。

赖柏曼睁开眼。

门格勒盯着他，他再一次感受到遥远的过去那个晚上，电话那端传递过来的那种恨意。

“无论发生什么，”门格勒说，“我赢了。威拉克是第十八个死者，那群孩子中有十八个已经失去父亲，就像领袖当年失去父亲一样。十八个当中至少有一个长大后会成为真正的伟人，成为和领袖一样的人。你不可能从这个屋子活着出去阻止这件事了，也许我也出不去，不过我敢发誓，你是死定了。”

门廊传来脚步声。

杜宾犬号叫着，向门格勒逼近。

赖柏曼和门格勒各据一方，彼此对视。

前门打开。

又关上。

两人都朝走廊看去。

玄关那边有重物坠落的声音，是金属发出的叮当声。

又有一阵脚步声传来。

男孩走来，站在走廊上——他形容枯瘦，鼻子尖挺，深色头发，身上穿的拉链式蓝色夹克前襟有一道宽宽的红色条纹。

男孩看着赖柏曼。

又看了看门格勒和那群狗。

接着看着那条死掉的狗。

他前前后后看了一遍，淡蓝色的眼睛睁得老大。

他用戴着蓝色塑胶手套的手，把前额深色的头发拨到一边。

“嘘……嘘！”他说。

“我——亲爱的孩子，”门格勒表情充满敬慕地说，“我亲爱的，亲……亲……亲爱的孩子，你肯定想不到，看到你这么英俊健壮地站在这里我有多开心，多高兴！你把这些狗叫开好吗？把这些忠心可鉴的狗狗唤走？它们把我困在这儿好几小时无法动弹，它们以为跑来这里害你们是我而不是那边那个犹太猪。你把它们叫开好吗？我会向你解释一切。”门格勒坐在一群杜宾狗中间，一脸钟爱地微笑。

男孩盯着他，并慢慢朝赖柏曼转过头去。

赖柏曼摇摇头。

“别被他骗了，”门格勒警告说。“他是一个罪犯，一个杀手，一个跑来这里伤害你和家人的可怕人物。把狗叫开，波比，你瞧，我连你叫什么名字都知道，我知道关于你的一切——你去年夏天去过科德角[①]；你有一部摄影机；你有两个漂亮的堂姐名叫……我是你父母的老朋友，事实上我是为你接生的医生，刚从国外回来！我是布莱特奇医生。他们跟你提起过我吗？我很久以前就离开这里了。”

---

① 科德角(Cape Cod)，位于波士顿之南。

男孩不太肯定地看着他。“我父亲呢?”他问。

“我不知道,”门格勒说,“我怀疑,因为他带了枪,现在枪已经被我夺过来了——这些狗看到我们争夺,误以为我是坏人——我怀疑他可能”——门格勒严肃地点了点头——“已经把你父亲杀害了。我刚从国外回来,所以来拜访,他假冒成你们的朋友让我进来。当他拔出枪时,我把他打倒并把枪夺了过来,但后来他把门打开让狗跑了出来。你把狗叫开,我们去找找你父亲吧,也许他只是被绑在哪儿了。可怜的亨利! 希望他好好的。还好你母亲没在家,她还在兰开斯特教书是吗?”

男孩看了一眼那条死掉的杜宾狗。

赖柏曼摆了摆手指,试图让男孩看见他。

男孩看着门格勒。“番茄酱,”他说;杜宾狗都转过身,向他奔去,两只站在他身侧,一只站在另一侧。男孩用戴着连指手套的手抚摸着它们蓝黑的头。

“番茄酱!”门格勒开心地叫道,并把腿从长椅上放下来,朝前坐着,揉了揉手臂。“我就是花上几千年也想不到要说‘番茄酱’!”他双脚在地板上挪了挪,揉揉大腿,微笑着。“我叫它们‘走开’,‘快走’,我叫它们‘走开吧’,‘朋友’;打心眼里没想到对它们说‘番茄酱’!”

男孩皱皱眉,摘下手套。“我们……最好打电话报警,”他说,额发在前额斜垂着。

门格勒坐在那儿盯着男孩看。“你真的太了不起了!”他说。“我真的太——”门格勒惊愕地看着他,咽着口水,微笑着。“对,”

他说，“我们当然必须报警，帮帮忙好吗，我的——亲爱的波比，把狗带走，再到厨房给我拿杯水，再找点东西给我吃。”门格勒站起来。“我来打电话报警，然后再去找你父亲。”

男孩把手套塞进上衣口袋。“前面那辆是你的车吗？”他问。

“是的，”门格勒说，“车库里那辆是他的，我猜；或者是你们的？你家里人的？”

男孩怀疑地看着他。“前面那辆，”他说，“保险杠上贴着‘犹太人绝不放弃以色列一寸土地’的标语。你刚叫他‘犹太人’对吧？”

“他是犹太人，”门格勒说，“至少看上去像。”他微笑着。“现在不是谈论我用什么词语的时候，请你快去拿杯水过来，我这就打电话报警。”

男孩清了清嗓子。“你能不能坐下来？”他说，“我会给他们打电话。”

“泡菜，”男孩说着，杜宾狗马上冲到门格勒前面号叫起来。门格勒退回到长椅边，前臂交叉着挡住自己的脸。“番茄酱！”门格勒叫道。“番茄酱！*番茄酱！*”杜宾狗咆哮着向他靠近。

男孩走进房间，拉开上衣拉链。“它们才不会听你的呢，”他说。接着，他转向赖柏曼，并把额发推到一边。

赖柏曼看着他。

“他颠倒了是非，对吧？”男孩说，“有枪的是他，是他让你进屋子里来的。”

“不！”门格勒说。

赖柏曼点点头。

“你没法开口说话吗?”

赖柏曼摇了摇头,用手指着电话。

男孩点头并转过身。

“那人是你的敌人!”门格勒叫道,“我向上帝发誓,他是你的敌人!”

“你以为我是弱智啊?”男孩走向桌子旁,拿起电话。

“不要啊!”门格勒身子朝男孩靠过去,杜宾狗立刻扑上去,对着门格勒吼叫,但门格勒依然欠着身子。“求求你!我求求你!为了你自己而不是为了我!我是你的朋友!我来这里是要帮助你的!你听我说,波比!就一分钟!”

男孩面对着他,手里拿着电话。

“求求你!我会向你解释清楚!事实真相!我刚才确实撒了谎,没错!我有枪。为了帮助你!请你听我说,只需一分钟!你会感谢我的,我发誓你一定会感谢我的!就一分钟!”

男孩站着那儿看着他,放下电话,挂了回去。

赖柏曼绝望地摇摇头。“快打电话!”他说,声音小得几乎还未从嘴里发出去。

“谢谢你,”门格勒对男孩说,“谢谢你。”他坐回原处,苦笑着。“我早该知道你是那么聪明,不该对你撒谎。请”——他瞅了一眼杜宾狗,又看着男孩——“请把它们叫开,我坐在这里不动就是。”

男孩站在桌子旁,看着他。“番茄酱。”男孩说;杜宾狗立刻转过身跑到男孩身边,并在一旁依次排开。三只狗一律侧身向着赖柏曼,面朝门格勒。

门格勒摇摇头，一只手伸到后面理了理自己的短白发。“这件事……很难一下解释清楚。”他垂下手，焦急地看着男孩。

“什么？”男孩说。

门格勒说，“你很聪明，是吧？”

男孩依然站在那儿，看着门格勒，手指在身边那只杜宾狗头上抚摸着。

“你在学校功课不怎么样，”门格勒说，“小时候还不错，但现在不太好，这是因为你太聪明，太”——门格勒抬起一只手，拍了拍太阳穴——“太沉迷于你自己的想法，但事实上你比你的老师还聪明，是吗？”

男孩看了一眼死去的杜宾狗，皱了皱眉头，紧闭双唇。接着，他又看了看赖柏曼。

赖柏曼只是指着电话机。

门格勒身体凑近男孩。“如果我对你是完全坦诚的，”他说，“你也必须对我说实话！你是不是比你老师聪明？”

男孩看着他，耸了耸肩，说，“只有一个例外。”

“你有很多远大抱负，对吧？”

男孩点点头。

“你想成为一名伟大的画家或建筑师。”

男孩摇摇头。“想拍电影。”

“哦，对，当然。”门格勒微笑着，“想成为一名伟大的电影制作人。”他看着男孩，脸上的笑容渐渐消退。“你和你父亲对此有过争执，”他说，“他是个没什么见识的老顽固，你怨恨他，而且有自己很充分的理由。”

男孩还是看着他。

“你看，”门格勒说，“我的确很了解你，比世上任何一个人都了解你。”

男孩用不知所措的表情看着他，说，“你是谁？”

“我是你的接生医生，这点的确是真的。不过我不是你父母的老朋友，事实上，我从来没见过他们，我们根本不认识。”

男孩歪着头，像是想听得清楚些。

“你明白这是什么意思吗？”门格勒问他，“那个你以为是你父亲的人”——门格勒摇头——“其实并不是你父亲。而你母亲——虽然你很爱她，她也爱你，我敢肯定——她也不是你的母亲。你是他们领养的，而领养这件事是我通过中介和协助者一手操办的。”

男孩盯着他看。

赖柏曼不安地看着男孩。

“突然听到这样的消息心里很难受吧，”门格勒说，“可是，也许……也不完全是那么糟？难道你不曾感觉到自己比周围那些人更优秀吗？就像凡夫俗子里的一位王子一样？”

男孩站直了些，耸耸肩，说“我有时觉得自己……跟所有人都不一样。”

“你的确跟别人不一样，”门格勒说，“非常不一样，而且非常优秀。你拥有——”

“我的亲生父母是谁？”男孩问。

门格勒若有所思地看着自己的手，拍了拍，看着男孩说，“还是不要知道的好，这样对你有好处。等你长大些、成熟些了，自然会明白。不过我现在可以告诉你一点，波比，你拥有世界上最高贵的血统，你继承的——我指的不是金钱，而是性格和能力——是无与伦比的。你身上具备的这些特质，必将成就比现在伟大千百倍的梦想，你的确应该去完成此千秋伟业！不过——你必须记住，我是多么了解你，并请你相信我说的这些——你得带着这些狗离开这里，让我……做我必须做的，然后让我走。”

男孩站在那儿看着他。

“我是为你好，”门格勒说，“我的所有思虑，都是为了你一切安好，你一定要相信这点。我把我的一生都奉献于你和你的福祉之上了。”

男孩说，“我亲生父母是谁？”

门格勒摇了摇头。

“我想知道。”

“关于这点，你得听从我的决断，在合适的时候，你——”

“泡菜。”杜宾狗立马冲了过来，对门格勒吼叫。门格勒双臂交叉挡住自己的脸，蜷缩着往后退，杜宾狗号叫着向他逼近。

“告诉我，”男孩说，“马上，不然我就……对狗狗发出别的命令，我是认真的，只要我愿意，我可以让它们把你咬死。”

门格勒透过交叉的手腕盯着男孩。

“我的父母是谁？”男孩问，“我数三下。一……”

“你没有父母！”门格勒说。

“二……”

"这是真的！你是从过去的一个伟人细胞里繁殖出来的！你是他的再生！你就是他，你复活着他的生命！那边那个犹太人是他的死敌！也是你的死敌！"

男孩朝赖柏曼转过身去，蓝眼睛一片困惑。

赖柏曼抬起手，用一只手指揉着太阳穴，然后指着门格勒。

"不！"男孩转过身来，门格勒大叫道。杜宾狗咆哮着。"我不是疯子！你虽然聪明，但有些科学和生物学上的事情你还不懂！你是历史上最伟大的人的复制品！而他——"门格勒的眼睛怒视着赖柏曼，"——来这里是要杀你的！我是来保护你的！"

"什么？"男孩挑衅地逼问。"我是谁？什么伟人？"

门格勒透过咆哮的狗盯着男孩。

男孩说，"—……"

"阿道夫·希特勒，别人一直都跟你说他是恶魔，"门格勒说，"但等你长大后，看到这个世界上充满了黑人、犹太人、斯拉夫人、东方人、拉丁人——而你自己的雅利安民族却受到绝种的威胁——你该拯救的就是他们！——你将会明白，阿道夫·希特勒是全人类最优秀、最完美、最睿智的人！你将会为你的传承而欣喜，而且你一定会感谢我创造了你！就像伟人本人当年感谢我所做的努力一样！"

"你懂什么？"男孩说，"你是我见过最难缠的家伙，你是怪物、疯子——"

"我跟你说的都是事实！"门格勒说，"听听你内心的声音！里面充满着指挥千军万马的力量啊，波比！凡间举世都将躬身于你的意志之下！所有反对你的人必将灭亡！”

男孩说，“你是——疯子。”

“听听你的内心吧，”门格勒说，“领袖至高无上的威权都在你心里，或者会在时机来临时出现。现在，请按我说的做，让我保护你。你肩负着人类最神圣的使命。”

男孩垂下眼，揉了揉额头。接着，他抬眼看着门格勒。“芥末，”男孩说道。

杜宾狗一跃而上，门格勒倒地惨叫。

赖柏曼看着这一切，退缩了一下，继续看着。

然后，赖柏曼看了看男孩。

男孩双手插在红杠蓝上衣口袋里，从桌子旁慢慢走到长椅一边，站在那儿往下看，然后皱了皱鼻子，说，“嘘……”

赖柏曼看着男孩，然后看着步步逼近的杜宾狗将门格勒扑倒在地。

他看着自己缓缓淌着血的左手两侧。

此时，咆哮声四起，一片狼藉。

过了一会儿，男孩离开长椅，双手依然插在口袋里。他看了看死去的杜宾狗，用穿着运动鞋的脚趾踢了踢狗的臀部。他看了赖柏曼一眼，然后转身往后看。“去，”他说。两只杜宾狗抬起头朝他走来，舌头舔着嘴里的血。

“去！”男孩说。第三只杜宾犬抬起头。

其中一只杜宾狗用鼻子嗅了嗅死掉的那只狗。

另一只狗从赖柏曼身边走过去，用鼻子推开他身侧那道门，走了进去。

男孩走过来站在赖柏曼两只脚之间，俯视着他，一撮额发垂在额前。

赖柏曼抬头看着他，并指了指电话。

男孩从口袋里伸出手，蹲下身，手肘撑在穿着灯芯绒裤的大腿上，轻垂着双手，露出脏兮兮的指甲。

赖柏曼看着这张枯瘦而年轻的脸：尖挺的鼻子，留着额发，正盯着他看的淡蓝色眼睛。

"我想你可能活不了多久了，"男孩说，"如果没人来帮助你、把你送到医院的话。"男孩的口气里有一股口香糖的味道。

赖柏曼点点头。

"我可以再出去一次，"男孩说，"带着我的书，然后过一会再回来，就说我……刚到别处闲逛去了，我平时也会去闲逛。我母亲要到七点五十五分才回来。我敢打赌，那个时候你已经断气了。"

赖柏曼看着他。另外一只杜宾狗走了出去。

"如果我留下来，打电话给警察，"男孩说，"你会告诉他们我刚才做过什么吗？"

赖柏曼想了想，摇了摇头。

"永远？"

赖柏曼摇摇头。

"信守承诺？"

赖柏曼点点头。

男孩伸出手。

赖柏曼看着他的手。

他看男孩,男孩也看着他。“如果你还有力气能指着电话,肯定就还能有力气握手,”男孩说。

赖柏曼看着男孩的手。

不,他告诉自己,不管怎样,你就快要死了。在这样一个鸟不生蛋的地方,能找到什么医生?

“怎么样?”

说不定还有来世;也许汉娜在等他;妈妈,爸爸,姐姐们……

别自欺欺人了。

他伸出手。

他轻轻地握了握男孩的手。

“他真是个怪物,”男孩说着站起身。

赖柏曼看着他的手。

“滚开!”男孩对着一只继续在门格勒身上忙碌的杜宾狗吼道。

这只杜宾狗跑出走廊,然后又满口带血冲了回来,走到赖柏曼身边,接着再跑了出去。

男孩走到电话旁。

赖柏曼闭上眼睛。

突然记起一件事,又把眼睛张开。

男孩讲完电话,赖柏曼朝他招手示意。

男孩走了过来。“要水吗?”他问。

赖柏曼摇摇头,示意他靠近。

男孩在他身边蹲了下来。

“有一张名单,”赖柏曼说。

“什么?”男孩将耳朵靠近过去。

“有一张名单,”他尽可能大声地说。

“名单?”

“看看你能不能找到,可能在他大衣口袋里,是一张名字列表。”

他看着男孩走到走廊。

我的小希特勒帮手。

他努力张着眼睛。

他看到长椅前的门格勒,他的脸只剩下白骨和鲜血,模糊难辨。

天哪!

过了一会儿,男孩折了回来,正看着手里拿着的一张纸。

赖柏曼伸出手。

“我父亲的名字也在上面,”男孩说。

赖柏曼把手抬高了点,伸过去。

男孩不安地看着他,把那张纸递到他手上。“我差点忘了。我得去找找他。”

五六页打印的文件,上面有名字、住址、日期。没有眼镜,很难看清。道林,已经划掉;哈维,也划掉了。其他几页上的名字,都没被划掉。

他对着地板把纸张折好,并放进上衣口袋。

闭上眼睛。

撑住，活下去，事情还未完成。

远处传来狗吠声。

“我找到他了。”

留金色胡子的格林斯潘瞪着他，小声说道，“他死了！我们没法审判他了！”

“没关系，我找到名单了。”

“什么？”

金色卷发、戴着刺绣无檐帽的赖柏曼尽量抬高嗓门说：“没关系，我拿到名单了，那些男孩的父亲都列在上面。”

他被抬了起来——哎！——又被放下。

放在担架上，抬走。狗头型的门环，日光，蓝蓝的天空。

一个闪光的镜头对着他，一直跟着，发出嗡嗡的声音，一个尖鼻子紧跟在旁。

八

最后，他们找到好医生，不管怎么说，的确挺好的，至少让他还知道自己手上打了石膏，手臂上插了管子，全身裹满绑带——前前后后，上上下下，裹得严严实实。

这是在兰开斯特综合医院的加护病房，时间是星期六。星期五过去了。

一名矮胖的印第安医生告诉他，他会好起来的。一颗子弹穿过他的“胸腔隔膜”——这位医生摸着自己的穿着白大褂的前胸对他说。这颗子弹导致一根肋骨断裂，并伤及左肺及所谓的“喉部回归神经”，差一点点就击中主动脉。另一颗子弹穿过骨盆，陷在肌肉里。还有一颗击伤左手骨头和肌肉，另一颗从右肋骨擦过。

身体里的子弹都取出来了，受伤部位都处理妥当。一周或十天后他应该可以说话了，两周后可以拄着拐杖行走。他们已通知奥地利大使馆，虽然——医生笑了笑，说，也许没这个必要，因为报纸和电视都已报道过。有名警探想找他谈谈，不过只好等上一阵子了。

狄妮弯下身亲吻了他，站在一旁面带微笑紧握住他的右手。今天星期几？虽然熬出黑眼圈，不过看上去依然很漂亮。“你就不能安排在英国住院吗？”她问。

他被挪到观察室，渐渐能坐起来写笔记了。我的东西呢？

“等你住到自己的病房，东西都会给你，”护士微笑着说。

什么时候？

“星期四或星期五，很可能。”

狄妮把报纸内容读给他听。门格勒已被确认，身份是雷蒙·阿许汉·尼葛林，巴拉圭人。他杀死了威拉克，击伤赖柏曼，最后被威拉克的狗咬死。威拉克的儿子，十三岁的罗伯特，从学校回家后，打电话报了警。在警方抵达后不久前来的五个人，自称是犹太青年捍卫团成员，也是赖柏曼的朋友，他们说，他们本来打算去那儿与赖柏曼汇合，并陪同他前往华盛顿。他们指出，阿许汉·尼葛林是纳粹党人，但没能解释这个纳粹党人及赖柏曼为何出现在威拉克家、威拉克为何被杀。警方希望赖柏曼康复之后，能对整件事情作明朗清晰的阐述。

“你能吗？”狄妮问。

他歪着头，做出个“也许”的嘴型。

“你什么时候跟犹太青年捍卫团套上近乎了？”

上周。

护士告诉狄妮有人来看她。

夏文医生来巡房，仔细看了赖柏曼的病历，抬起他的下巴，近距离端详了一番，并告诉他，他身上最糟糕的是拉拉碴碴的胡子，得好好理理了。

狄妮返了回来，斜着身子提着赖柏曼沉重的手提箱。“说曹操，曹操就到，”说着，把箱子放在隔墙边。箱子是格林斯潘送过来的，他来镇上把他的车开回去，因为星期四那天警察不让他把车开走。他托狄妮把口信带给赖柏曼：“一、早日康复；二、戈林牧师会尽快打电话来，他现在有自己的麻烦事，留意报纸消息就是。”

赖柏曼浑身疼痛，睡得多。

后来他被转移到一间挂着条纹窗帘的很不错的病房，墙上装着电视机，他的行李箱放在椅子上。刚在床上安置妥当，他便打开床头柜抽屉，那张名单以及他的其他物件就在里面。他戴上眼镜，看了看那些打印好的名字，其中的一至十七位数字已经被勾划掉了，威拉克也划掉了。威拉克原来的指定日期是二月十九日。

有位理发师来给他刮胡子。

他现在能说话了，虽然声音嘶哑，不过从健康考虑最好还是别说。这样也好，他可以有时间思考。

狄妮在写几封信，他看了《费城调查报》和《纽约时报》，还打开电视看新闻。没有关于戈林的消息，只有季辛吉在耶路撒冷跟鲁宾会面的报道，以及一些犯罪、失业等消息。

“怎么了，爸？”

“没什么。”

“不要说话。”

“是你问我啊。”

“不要说，用笔写吧！那便笺就是专门拿来给你写字的啊！”

没事。

狄妮有时真是婆婆妈妈的。

不断有朋友、赞助人、演讲局和地方教会的妇女团体送来卡片和鲜花。克劳斯来了封信,他是从麦克斯那儿得到医院地址的,信的内容如下:康复后请尽可能早点回信。不用说,黎娜和我,还有纳倍格都甚为挂念,欲知更多实情。

医生准许赖柏曼说话的第二天,一名叫班哈特的警探来看他。警探是一个红头发年轻大个子,说话温和有礼。赖柏曼没能阐述更多,因为在雷蒙·阿许汉·尼葛林开枪射击他那天之前,他从未曾与此人谋过面,也从未听过他的名字。是的,威拉克太太说的没错,他曾在前一天打过电话给威拉克,告诉他纳粹分子可能会前来谋害他,因为他在南美获悉一则不完全可靠的小道消息,他来看威拉克,是想弄清是否真的有这回事。在威拉克家,阿许汉开门让他进屋并朝他开枪,他就让狗进来,狗便把阿许汉咬死了。

"巴拉圭政府说他的护照是假的,他们也不知道他到底是谁。"

"他们没有他的指纹资料吗?"

"没有,先生,他们没有。不过无论他是谁,看得出你才是他追杀的目标而不是威拉克。你知道,他是在我们抵达后不久死的,你肯定是两点半左右到的,对吧?"

赖柏曼想了想,点了点头说,"是。"

"可威拉克是在十一点至正午之间死的,所以'阿许汉'等你等了不止两个小时。你得到的那个消息看来也许是个圈套,先生。威拉克跟你所追缉的人根本没任何关系,我们很肯定这一点。以后有什么小道消息你最好留点神，如果你不介意我这么说的话。”

“我完全不介意，那是个好建议，谢谢你。是的，要‘留点神’。”

戈林出现在晚间新闻里。他因涉嫌一起爆炸案而被起诉，他自己已经认罪，并于一九七三年被判三年缓刑。现在，联邦政府以他又秘密策划绑架俄国外交官为由，正打算撤销其缓刑。法官已定于二月二十六日举行听证会。缓刑若撤销，意味着戈林必须入狱，服剩下的一年刑。是啊，他问题够大的，一点不假。

赖柏曼也一样。他一个人待着的时候，就研究那张名单。五张薄薄的纸，九十四个名字工工整整地打印在上面。他坐在那儿对着墙壁发呆、摇头叹息，然后又把名单折得小小的，放进护照夹。

他写了封信给麦克斯和克劳斯，信里并未多说什么。接着，开始打电话，虽然声音依然嘶哑而且不能以正常的音量说话。

狄妮得回家了，她把医药费的事处理妥当，马文·法贝他们会先垫付，等赖柏曼回到奥地利拿到保险理赔再把钱还给他们。“别忘了保留好账单复印件，”狄妮提醒她爸，“还有，别急着说太多话，院方允许你出院你才可以出院。”

“我不会，不会，不会的啦。”

她一走，赖柏曼才想起自己没提起她和葛瑞的事，心里挺不好受的。哪有这样的父亲啊。

他拄着拐杖来到走廊，手上还打着石膏，走起来十分艰辛。他得认识认识其他病人，对医院的食物发发牢骚。

戈林打来电话。“亚克夫吗？你还好吧？”

“挺好的，谢谢，我一周后就可以出院了。你怎么样啊？”

“我没你那么走红啦。你知道他们是怎样对我的吗?”

“知道,真是太遗憾了。”

“我们想设法获得延缓,可情况看来不容乐观,他们这次是不会善罢甘休的了,我被当成同谋,天哪!对了,你那边有什么情况,你方便说话吗?我现在在电话亭,这里说话应该很安全。”

赖柏曼用犹太语说,“我们最好用犹太语。不会再有暗杀事件发生了,那些杀手都被招回去了。”

“真的?”

“那个向我开枪的家伙,被狗咬死的那个,就是……天使。你知道我说的是谁吧?”

一阵沉默。“你确定?”

“确定。我们谈过了。”

“噢,我的天哪!谢天谢地!谢天谢地!被狗咬死算便宜他了!你愿意出席吗?我要就此事安排一次史上最大的新闻发布会!”

“那万一他们问我他当时跑到那边做了些什么,我该怎么说?说那是一名巴拉主人倒容易,但要如何解释门格勒本人呢?如果我不解释,联邦调查局也会查出来。他们应该会去调查吧?我也不知道。”

“不,你不能解释,你是对的。但知道事情却不能说出来真是痛苦的事!你要来纽约吗?”

“是的。”

“你会待在哪儿?我跟你联系?”

赖柏曼给了他法贝家的电话号码。

“菲尔说你手上有份名单。”

赖柏曼眨眨眼。“他是怎么知道的?”

“你告诉他的呀。”

“是吗? 什么时候?”

“在威拉克家的时候。你真的有名单吗?”

“是,我刚还在看呢。这名单可是一个大问题,牧师。”

“这还用说。好好保管,我很快就会去见你,再见。”

“再见。”

赖柏曼和几名记者和高中学生谈过话。他常拄着拐杖在走廊上来回练习走动。

有一天下午,一名穿着红外套的矮胖棕发妇女,提着一只手提箱跑来找他说,“您是赖柏曼先生吗?”

“有事吗?”

她对他微笑,露出两只酒窝和洁白的牙齿。“我可以跟您聊一会儿吗? 我是威拉克太太,汉克·威拉克太太。”

赖柏曼看着她。“可以,”他说,“当然。”

两人一起进到赖柏曼的病房。她在一把椅子上坐了下来,手提箱放在腿上;赖柏曼则把拐杖靠在床边,弯下身子坐到另一把椅子上。

“我深感遗憾,”他说。

她点了点头,看着摆在腿上的手提箱,涂着红色指甲油的大拇指在上面摩挲着。她看着赖柏曼。“警察告诉我说,”她说,“那个人来我们家是想诱捕您，而不是谋害汉克，他不是冲汉克和我们家人来的，他感兴趣的是您。”

赖柏曼点了点头。

“但在等您的时候，”她说，“他看过我们家的相册，相册就放在地板上，就是他被狗——”她耸耸肩，看着赖柏曼。

“可能，”赖柏曼说，“当时你丈夫正在看相册，在那个人进来之前。”

她摇了摇头，嘴角一垂。“汉克从来不看那个相册，”她说，“照片都是我拍的，也是我一张一张添加上去并在旁边题字的，看相册的是那个人。”

赖柏曼说，“可能他只是想消磨一下时间。”

威拉克太太默默地坐在那儿，看了看房间四周，双手交叠在手提箱上。“我们的儿子是领养的，”她说，“我儿子他不知道这件事，我们不能告诉他，这是协议好了的。前天晚上，他问我他是不是收养的，这是他第一次提到这个问题。”她看着赖柏曼。“您那天是不是跟他说了什么，他才会冒出这样的想法？”

“我？”赖柏曼摇头，“没有，我怎么知道这件事？”

“我觉得这些事情可能有一定联系，”她说，“安排领养的那个女的是德国人，阿许汉是个德国名字，一个带有德国口音的人打电话问到波比。我知道您是……反德人士。”

“是反纳粹，”赖柏曼说，“不，威拉克太太，我不知道他是领养的，而且他进屋的时候我没跟他说话，你也听得出来，我现在说话还不是很方便。你儿子可能是因为失去父亲才这么想的吧。”

她叹了口气，点点头。“可能吧，”她说，并对赖柏曼笑了笑。“很抱歉打扰您。我很担心这件事会把波比卷进去。”

“没关系，”赖柏曼说，“很高兴我们能见面。我本来打算出院的时候打电话向你致哀。”

“你看到影片了吗？”她问，“应该没有吧，你猜你还没法看。事情弄成这样，实在是很好笑，对吧？这就是所谓的因祸得福吗？发生了这么多灾难：汉克死了，你伤得那么重，那个人——还有我们的狗，我们只好让它们安乐死，你知道的。不过波比却由此有了新的突破。”

赖柏曼说，“他有突破？”

威拉克太太点点头。“WGAL 电视公司买下他那天拍的胶卷并播出一部分——就是你被抬上救护车、狗狗满口是血、那个人和汉克被抬出的画面——GBS 网络公司以及全国各地电视台都选播了他拍的片子，在第二天早上的‘休斯·路德早间新闻’播出，只播了你被抬上救护车那段。这样的突破对波比这个年龄的孩子来说是非常重要的，不仅仅让他有了接触的途径，更重要的是提升了他的自信。他一直都想成为一名电影导演。”

赖柏曼看着她说，“我希望他如愿以偿。”

“我觉得他相当有机会，”她说，并面带自豪的微笑站起身，“这孩子很有天分。”

二月二十八日，周五，法贝一家过来接赖柏曼，他的拐杖、行李和手提箱都塞进崭新的林肯轿车里。马文·法贝还叫给赖柏曼一份医院账单复印件。

赖柏曼看着账单，又盯着法贝。

“这算便宜的了，”法贝说，“要是在纽约，还会贵两倍。”

“我的妈呀！”

犹太青年捍卫团的办公室的女孩珊蒂打来电话，邀请赖柏曼十一日、周二中午共进午餐。“这是饯别餐会哦。”

他十三日就要走了。这是为他饯行吗？“为谁饯行啊？”他问。

“为牧师啊，你没听说吗？”

“上诉被驳回了？”

“他撤回上诉了，他想把这事彻底了结。”

“哎呀！真是太遗憾了。好的，我一定去。”

她告诉了他餐会地点：运河街史密克斯丹餐厅。

《时代》杂志上有一整个专栏刊登了戈林的事，他没看到，因为登在折页里。戈林决定接受法官撤销缓刑的判决，不再为新的控告提出辩护，他将在三月十六日到宾州一个联邦监狱服刑。“嗯。”赖柏曼摇了摇头。

十一日，星期二，正午刚过，赖柏曼拄着手杖慢慢步上史密克斯丹餐厅的楼梯，每爬一级台阶就停下来，用右手扶住栏杆再往前挪。这简直像是谋杀啊。

他气喘吁吁、汗流浃背地走到楼顶，看到一间大厅，厅里的演奏台搭着绿色婚礼华盖，大厅内还摆着许多未盖桌布的桌子及镀金折叠椅。大厅中央的舞池里，有一桌客人正在看着菜单点菜，一名驼背的服务生在一旁写着。戈林坐在桌子首座，看见赖柏曼进来,赶忙放下菜单和餐巾直奔过来,兴高采烈得像打赢了一场官司。“亚克夫!看到你真是太高兴了!”他握着赖柏曼的手,抓着他的肩膀。“你看上去气色不错啊!该死,我忘了,不该让你爬楼梯。”

“没关系。”赖柏曼喘着气说。

“什么没关系,我真是笨,该挑别的地方才是。”两人一起走向餐桌,戈林在前面带路,赖柏曼拄着手杖紧随其后。“这些是我们分部的负责人,”戈林说,“还有菲尔和保罗。你什么时候走,亚克夫?”

“后天。我很遗憾你——”

“别提了,别提了,我在牢里可又有伴了——尼克森智囊团的人都在里面呢。那里关的可都是同谋。各位,亚克夫,我来介绍一下,这是丹、史第格、阿尼……”

在座的大约有五六个人,菲尔·格林斯潘和保罗·史丹也在场。

“你看上去比我上次见到你的时候好上百倍了,”格林斯潘掰开一个面包圈,微笑着说。

赖柏曼坐在格林斯潘对面的椅子上说,“你知道吗,我甚至都想不起那天跟你见过面?”

“这我相信,”格林斯潘说。“你那时面如死灰,奄奄一息。”

“那里的医生还真神,”赖柏曼说。“我感到很意外。”他往前拉了拉椅子,坐在右边那个人扶了他一下。赖柏曼将拐杖靠在桌子边,拿起菜单。

戈林坐在他左侧。“服务生说别点鹅肉，你喜欢吃鸭肉吗？这里的鸭肉很不错噢。”

这是一个离愁甚浓的告别会。他们边吃，边听戈林耳提面命。为了他在监狱中能与组织保持联系，他和格林斯潘作了一些安排。席间，有人提出了些报复行动，有人则开了些泛酸的玩笑。赖柏曼想让气氛变得轻快些，便讲了一则基辛格的故事，那是从马那里听来的，估计是真实故事。不过还是没起什么作用。

服务生清理完桌子后又下楼去了，桌上只剩下蛋糕和茶水。戈林前臂靠着桌子，双手交叠，严肃地看着大家。“我们现在所遇到的问题其实不算什么，”他看着赖柏曼说，“对吧，亚克夫？”

赖柏曼看着他，点了点头。

戈林看着格林斯潘和史丹，又看了看其他五个部门的负责人。“有九十四个男孩，”他说，“大部分十三岁，有些只有十二岁或十一岁，他们长大成人之前就必须被除掉。不，”他说，“我可不是开玩笑，虽然我真希望我是在开玩笑。有些孩子住在英国，罗夫；有的在北欧，史第格；还有些在美国、加拿大、德国。我也不知道我们怎样才能除掉他们，不过我们会做到的，我们必须这么做。亚克夫会向大家介绍这些孩子是什么人以及他们是怎么……出现的。”他坐了回去，向赖柏曼示意。“说要点就行，”他说，“不必详解其细节。”然后，戈林继续转向大伙儿，说，“我可以担保亚克夫将要说的每一个字都是真的，菲尔和保罗也可以担保，他们俩见过其中一个孩子。你可以开始了，亚克夫。”

赖柏曼坐在那儿，直愣愣地看着茶杯里的汤匙。

“该你了，”戈林说。

赖柏曼看着他，声音嘶哑地说，“我们可以先私下聊几分钟吗？”他清了清嗓子。

戈林先是疑惑地看着他，接着又恍然大悟，深吸了一口气，微笑着对赖柏曼说，“当然可以，”便站起身来。

赖柏曼拿起拐杖，扶着桌沿从椅子上站起来。他拄着拐杖迈出一步，戈林用一只手扶着他后背跟他一起走，并温柔地说，“我知道你要说什么。”他们一起朝设有婚礼花棚的演奏台走去。

“我知道你想说什么，亚克夫。”

“连我自己都不知道，真高兴你已经知道了。”

“好吧，那我替你说吧。‘我们不应该那么做，我们应当给他们机会，包括那些已经失去父亲的孩子，他们也可能会变成凡夫俗子。’”

“我倒不认为他们会变成凡夫俗子，不会的。不过也不会变成希特勒。”

“‘所以，我们应该做仁慈、老派的犹太人，尊重他们的公民权。要是他们当中的确有人变成了希特勒，只好让我们的后代去操心了，在他们前往毒气室的时候。”

赖柏曼在演奏台旁停下脚步，转过身面向戈林。“牧师，”他说，“没人知道其几率如何。门格勒认为他们都很优秀，但这只是他的计划、他的野心。没有一个人会如他所料成为希特勒也说不定，不管他们的基因是什么，他们只是孩子，我们怎么可以对他们下手呢？杀孩子是门格勒干的事，难道我们也干这样的勾当？我甚至——”

“你真的让我震惊。”

“请让我把话说完。我甚至觉得让政府的人看守着他们都不应该,因为这么做必定会把真相走漏出去,这点你可以拿命去赌,这样一来,他们就会引起广泛关注,并把真正希望他们成为希特勒的那伙蠢猪吸引到他们身边来,鼓动他们,甚至政府内部就藏着这样的疯子。所以说,知道这件事的人越少越好。”

“亚克夫,万一真有一个成了希特勒,哪怕就一个——上帝,你知道我们将遭受什么后果!”

“不会的,”赖柏曼说,“不会,这个问题我考虑好几个星期了。我在我的演讲中也说过,希特勒的历史只有在两种条件下才会重演:一个新的希特勒加上一个与三十年代一样的社会环境。但这还不太确切,要三个条件才行:希特勒,社会环境以及一群跟随希特勒的人。”

“你不认为新希特勒能找到自己的追随者?”

“当然,这种人已凤毛麟角。我真觉得现代人比以前聪明了很多,不会那么盲目地把领袖当成自己的神了。电视的出现,意义重大,它让人们了解到历史……所以即使他能找到一些追随者,但不会多于,我觉得——我希望——不会多过我们现在已经知道的、住在德国和南美的那群假希特勒。”

“是啊,你对人性的信任比我高得多,”戈林说,“听好了,亚克夫,就算你站在这里讲到脸色发青,你也别想改变我在这件事上的想法。我们不仅有权利把他们杀掉,更有责任这么做。他们不是上帝造的，而是门格勒一手弄出来的。”

赖柏曼定定地看着戈林，点了点头。“好吧，”他说，“我想我得将这个问题提出来讨论讨论了。”

“你提过了啊，”戈林说着朝餐桌方向摆了摆手。“你现在能跟他们解释一下吗？散席前我们有许多事情要安排好。”

“今天我说太多话了，嗓子不行了，”赖柏曼说，“最好还是你跟他们解释吧。”

两人往回朝餐桌走去。

“趁现在我还没坐下来，”赖柏曼说，“有洗手间吗？”

“在那边。”

赖柏曼拄着拐杖朝楼梯走去。戈林回到席间坐了下来。

赖柏曼进了洗手间——小小的一间——进入小隔间，把门闩上，把手杖挂在右手腕上，拿出护照夹，拿出里面折好的一小叠名单列表，然后把护照夹放回上衣口袋。将名单列表打到半开，拦腰撕开，再叠在一起继续撕，再叠，再撕——如此反复多次，最后把手上一叠厚厚的小纸片丢进了马桶，当打印着名字的小纸片散入水中时，赖柏曼按下水箱上的黑色按钮，纸片和水旋转着，哗啦啦地顺势往下流去，只有几片贴在马桶壁上，还有几片随着回流的水浮上来。

他稍等片刻，让水箱重新注满。

反正要等，他索性拉开裤子拉链。

当他从洗手间出来时，正好与餐桌另一端的一位客人目光交接，赖柏曼用手指了指戈林，那位客人叫了戈林一声，戈林则转过身来看着赖柏曼。赖柏曼向他点头示意，他稍坐片刻后即站起身，朝赖柏曼走来，表情有些不悦。

“又怎么了？”

“你别太失落了哦。”

“为什么？”

“我把名单冲到马桶里去了。”

戈林看着他。

赖柏曼点了点头，说，“这么做是正确的，请相信我。”

戈林瞪着他，脸色煞白。

“我觉得跟一个牧师谈什么是正确的挺滑稽的——”

“那不是你的名单，”戈林说，“那是……大家的！是犹太人民的！”

赖柏曼说，“我能表决吗？刚才洗手间里只有我一个人而已。”他摇摇头。“杀小孩，杀任何小孩——都是错误的。”

戈林的脸涨得通红，鼻孔张开着，棕色的眼睛直冒火，黑着眼眶。“你别跟我谈什么正确与错误，”他说，“你这个混蛋。你这个愚蠢无知的老东西！”

赖柏曼瞪着他。

“我该把你从梯子上推下去！”

“你敢碰我一下，我就拧断你的脖子，”赖柏曼说。

戈林长长地吸了口气，身侧的双拳紧握着。

“就是因为有你这种犹太人，”他说，“那些事才早晚会发生。”

赖柏曼看着他。“不是犹太人‘让’它发生，”他说，“是纳粹造成的，是那些想通过杀害孩子来达到目的的人造成的。”

戈林涨红的下巴咬得紧紧的。“从这里滚出去，”他说着，转身大踏步离开。

赖柏曼看着他离去，深吸一口气，然后转身朝楼梯走去。他抓着扶手，拄着拐杖，独自一步一步走了下去。

在前往肯尼迪机场的路上，透过出租车车窗，赖柏曼看见霍华德·约翰逊的汽车旅馆，那儿正是以前菲黛·麦隆尼把婴儿转交给美国和加拿大收养夫妻的地方。赖柏曼看着这个汽车旅馆在视线中飞掠而过，旅馆的十层或十二层楼房在黄昏里透出灯光……

赖柏曼在泛美航空登记报到后，给演讲经纪公司的金卫塞先生打了个电话。

“喂！你还好吧？你现在在哪儿？”

“在肯尼迪机场，正要回家。我还行，只不过要放松几个月。你收到我的便条了吗？”

“收到。”

“再次谢谢你，鲜花真美。宣传做得不错嘛，对吧？《时代》周刊封面、哥伦比亚广播公司以及所有的网络……”

“我希望你以后再也不要用这种方式宣传了。”

“不过的确起到宣传的作用了。听好了，如果我对天发誓，以后绝对不再取消演讲，你愿不愿意在这个春末或秋初再帮我安排？我的嗓子快恢复了，医生打了包票。”

“嗯……”

“好啦，你都送了那么多鲜花，肯定对我还有兴趣。”

“好吧，我去跟几个团体打声招呼。”

“太好了。对了，金卫塞先生——”

“拜托你叫我本好不好，真是的！咱们彼此合作都多少年了？”

“本——别把演讲安排在教堂或哈达莎①，我想到大学跟孩子们演讲吧，高中学校也可以。”

“他们可是一文不名的穷学生啊。”

“那就大学吧，还有就是基督教青年会，无论哪里，听众是年轻人就行。”

“我会尽量把行程安排妥当，好吗？”

“好的，空档时间就安排到高中吧。有消息及时通知我。保重。”

赖柏曼挂了电话，把手指伸到退币口，然后拿起手提箱，拄着拐杖朝登机口走去。

① 哈达莎(Hadassahs)，美国妇女犹太复国主义组织。

九

屋里一片漆黑，球形门把手闪着亮光，屋内有一面镜子、一副滑雪杆；床和椅子轮廓幽暗，一个金属笼子里有个跑步机转了停、停了又转；屋里还有几个火箭模型，一架银色小飞机机翼在慢慢转动。

房子中央，铺着白纸的桌子摆在一盏低弯着的灯下，有只手拿着刷子，蘸了墨水，刮去多余的墨汁，描绘在铅笔画的线条上，画出一个体育馆：透明圆顶环形的大型建筑。

男孩小心翼翼地画着，尖削的鼻子凑近画纸。他开始在上面添加一些人物，成排小人头的线条布置在图中间平台上。他用画笔蘸墨，刮掉多余的墨汁，用手背理了理前额的头发，接着画出更多小人头、更多人物。

一架钢琴在演奏施特劳斯的华尔兹。

男孩抬起头聆听，会心地微笑。

他弯下身子继续作画，一边勾勒出更多的人物，一边跟着钢琴的旋律哼唱。

爸爸走了可真好，就剩下他和妈妈。再也没有争吵，没有门突然被甩开后，传来父亲的呵斥，“把乱七八糟的东西拿开，该做功课了，求你了，祖宗——”

唉，也不是说爸爸走了倒好，他不是那个意思，只是——比以前轻松、舒服多了。就连奶奶也经常说，爸爸太专横霸道，唠叨固执，总是自以为是……所以说，现在轻松多了。但这并不是说他讨厌他，巴不得他早点死，其实他还是挺爱爸爸的，葬礼上他不是哭了吗？

他专心致志地画画，画里的世界是那么美好。他把自己交给平台，人站在上面，从远处看是那么渺小。涂啊，画啊，而后举起双臂，继续涂、画。

平台上那个人会是谁呢？当然是某个伟大人物啦，那么多人都是来看他的。他可不是某个歌星或喜剧明星，而是一个传奇般的真正的好人，他们热爱他、尊敬他。他们为了看他不惜代价进来，如果他们付不起门票，他会让他们免费进来。他是一个非常……

他在圆形屋顶画了个小小的摄影机，镜头对准聚集在那个人身上的灯光。

他把画笔弄尖，为图中距离较近、看起来较大的人画上张大的嘴，这样，这些人的样子看起来是在欢呼、在向他——那位伟人——表达他们的无比敬仰和爱戴。

他低下尖削的鼻子凑近画纸，继续给那些较小的人物添加张开着的嘴。额发垂了下来，他咬了咬嘴唇，眯起淡蓝色的眼睛。这里加一个圆点，那里加一个圆点，他似乎听到人们欢声如雷、激情高涨，一浪接一浪。

如同在旧希特勒电影里一般。